KB021525

낙서 문학 史;사

김종광은 1971년 충남 보령에서 태어나 중앙대학교 문예창작학과를 졸업했다. 1998년 계간 『문학동네』 문예공모에 단편 「경찰서여, 안녕」이 당선되어 문단에 나왔으며, 소설집 『경찰서여, 안녕』 『모내기 블루스』 『짬뽕과 소주의 힘』과 중편소설 『71년생 다인이』, 장편소설 『야살쟁이록』을 펴냈다. 2000년 중앙일보 신춘문예에 희곡 「해로가」가 당선되었고, 대산창작기금(2000)과 신동엽창작기금(2001)을 수혜했다.

김종광 소설집
낙서문학사

초판 발행_2006년 6월 23일
2쇄 발행_2006년 6월 30일

지은이_김종광
펴낸이_채호기
펴낸곳_㈜**문학과지성사**
등록번호_제10-918호(1993. 12. 16)

주소_서울 마포구 서교동 395-2(121-840)
편집_전화 338)7224~5 팩스 323)4180
영업_전화 338)7222~3 팩스 338)7221
홈페이지_www.moonji.com

ISBN 89-320-1704-2

문학과지성사
2006

차례

율려
탐방기

1일: 율려공항-허생거리-첫발포구-율려산-율려호텔

2일: 율려호텔-율려성-초원섬

3일: 초원섬-전쟁기념관-바위섬

4일: 바위섬 유격체험장-종교성지

5일: 율려호텔-율려공항

박태균(35세)이 가로되

마침내 나는 비행기를 탔어라. 제주도도 가본 적이 없다는 것. 신혼여행을 경주로 자동차 끌고 갔었다는 것. 왜 그랬을까? 돈이 없었기 때문. 돈 없는 세월을 참 오래 살았다는 것. 어쩔 수 없었어라. 가난한 집 부모 밑에 태어나……, 이런 자수성가 타령은 하지 말아야지 하면서도 입에 붙어버렸다는 것.

그런데 겨우 37분 만에 내리라고? 하여간 그리하여 마침내 나는 해외 땅을 밟고 섰어라. '머나먼 이국 땅!'이라 말하고 싶지만, 사실 너무나 가까운 땅이라는 것. 제주도보다도 가깝다니 더 무슨 말이 필요할까. 게다가 율려국은 완전히 '이국'이라 말할 수도 없는 나라. 우리나라 선조들이 227년 전에 건국한 나라라는 것.

좀더 먼 나라로, 완전히 이국으로 못 간 건, 내 의지가 아니었어라. 본사에서는 미국, 일본, 영국, 프랑스, 스페인, 독일, 이탈리아, 브라질, 아르헨티나, 멕시코, 이집트, 인도, 중국, 타이, 일본, 율려국 이 16개국 중에서 고르라고 했어라. 원장 및 지도교사, 관리교사도 공짜는 아니었어라. 애들과 마찬가지로 돈을 내야 했다는 것. 그러니까 돈 많이 드는 서방 선진국은 원장인 내 입장에서도 만만한 데가 아니었다는 것. 하지만 아시아 지역 정도는 만만하게 볼 만큼 형편이 되었다는 것. 그럼에도 불구하고 중국, 인도의 수백 분의 1이나 될까 말까 한 데로 정할 수밖에 없었던 것은, 바로 재 때문.

아롱이는 벌써부터 지랄이어라. 다리가 아파서 못 걸으시겠다니. 걷기나 했냐는 것. 비행기 내려서 한 백 미터 걸은 걸 가지고 저 지랄이어라. 너보다 어린 3학년짜리 다래, 다인 쌍둥이도 뚜벅뚜벅 잘도 걷는데 왜 너만 이러냐는 것. "형, 어떻게 해,

재?" "일단 네가 업어라." "내가 왜 업어?" "야, 나는 다른 애들 챙겨야지. 수속도 밟아야 하고." 소설가 후배가 뭐라고 따지려는 듯했지만 난 그 말을 듣지 못했어라. 막 달려갔다는 것.

아롱이는 우리 혼주지리나라 원생 중에서 가장 싸가지가 없는 애여라. 있는 집 애들이라 그런지 한 백여 명 되는 원생들이 한결같이 되바라지고 성품들이 개갈 안 나는데, 나머지 아흔아홉 명을 합친 것보다 아롱이 하나가 더 골치여라. 그럼에도 아롱이를 받아들일 수밖에 없었던 건, 잘라버릴 수 없는 건, 아롱이 엄마가 우리 혼주지리나라의 돈줄이나 마찬가지이기 때문이라는 것. 아롱이 엄마는 50인분에 해당한다는 것. 아롱이가 우리 혼주지리나라에 들어왔기 때문에 마흔아홉 명이 들어온 거고, 아롱이가 나가면 나머지 마흔아홉 명도 나갈 거라는 것. 그러니까 아롱이의 말은, 아롱이의 엄마 말은, 나에게 헌법보다 지엄하다는 것.

"너희들 어디 가고 싶냐? 난 중국이 좋을 것 같은데. 만리장성 보고 싶지 않냐? 인도도 좋지. 거기 갔다 오면 다들 뭔가 깨닫고 오더라. 너희들도 미리 깨닫고 오면 좋잖아. 너희들 갠지스강 보고 싶지 않아?"

이때 아롱이가 말을 끊더니 이렇게 말했던 것이어라. "중국, 지저분해. 인도도 지저분해." "지저분해? 네가 어떻게 알아? 가봤어?" "그럼, 여섯 살 때 가봤는걸." "여섯 살 때? 여섯 살 때 일을 기억해?" "그럼, 난 두 살 때 일도 기억해." "그래? 그럼, ……어디 가자고? 유럽?" "유럽은 작년에 갔다 왔어. 노르웨이부터 이탈리아까지 일주를 했어." "그럼 미국?" "미국은 여덟 살 때."

존댓말이라고는 한마디도 할 줄 모르는 이 아이가 열한 살도 되기 전에 전 세계를 돌아다니는 동안, 나는 대체 뭘 하고 있었던 걸까? 괜스레 화가 나서 "대체 안 갔다 온 데가 어디야?"라고 따져 묻듯 했더니 나온 대답이 "율려국." 그래서 우리 혼주지리나라 소속 열다섯 아이와, 원장인 나와, 발랑 까진 청소년 하나와, 소설가 하나는 율려국으로 온 것이어라. 서울서초지리나라, 경기성남지리나라, 대구지리나라, 부천지리나라, 전남전주지리나라 소속의 인솔교사와 아이들과 함께.

'(주)지리나라'는 전국적으로 뜨고 있는 회사. 세계화, 국제화 시대에 어디 영어만 중요할까? 21세기의 어린이들에겐 뭐든지 중요하다는 것. 뭐든지 척척박사가 돼야만 한다는 것. 그러니 수학나라, 음악나라, 과학나라, 글짓기나라 등등 별의별 게 다 있다는 것. 그러니 지리나라도 꼭 필요하다는 것. 지리나라는 아주 저렴하여라. 답사, 탐방, 여행 갈 때 여비가 많이 들어서 그렇지, 기본 수업료는 참 싸다는 것.

결정적으로 그 어떤 나라 프로그램보다 재밌어라. 생각해보아라. 공부는 아주 조금씩만 하고, 보름이 멀다 하고 인근 지역 답사, 한 달이 멀다 하고 좀 먼 국내 지역 탐방, 석 달이 멀다 하고 아주 먼 국내 지역 유람, 반년에 한 번씩 해외여행, 이러니 순 놀러 다니자는 것. 어린이에게 이만큼 죽여주는 과외 프로그램 봤냐는 것.

대전광역시에서 지리나라로 성공한 선배, 끈질기게 권했어라. "충청권에선 지리나라 하는 데가 네 군데밖에 없어. 대전, 청주, 천안, 공주. 딱 서해안이 없다 이거야. 서해안에서 제일 잘나가는 도시가 어디야? 바로 너 사는 혼주란 말이지. 아무리 없어도 3년 내에 원생 백 명은 모일 거다. 스무 명만 돼도 사무실 유지는 돼. 백 명이면 돈 긁는 거지. 꼭 돈 때문에 권하는 게 아니라, 이런 좋은 과외 프로그램을 시골에 산다는 이유만으로 경험할 수 없는 아이들이 안타까워서 그래. 내가 널 대학 때부터 쭉 지켜봤는데, 그 정도 감각에 그 정도 노력이면 백 퍼센트 성공이라니까. 돈이 없다? 얼마 없어도 돼. 사업이라면 사람들 겁부터 먹는데 별거 아냐. 몇천만 있으면 돼. 사무실 얻고, 초기 자금 대고 그뿐이라고. 너희 친인척들이 아무리 가난하더라도 2, 3천 안 나오겠어?"

고민을 거듭하다가 결단했어라. 그래, 언제까지 학원 강사나 하고 살래. 언제까지 월급 백만 원도 안 되는 촌 신문 기자 노릇이나 하고 있을래. 희순의 시도 때도 없는 이별 타령을 언제까지 듣고 있을래. 그래, 하자, 하자, 하자! 하여 '혼주지리나라'라는 간판을 걸게 되었다는 것.

과연 친인척에게서 3천만 원 정도는 나왔어라. 과연 혼주시에도 자식에게 세상에 존재하는 모든 교육은 다 시켜야 직성이

풀리는 사람들이 많았어라. 1년차에 원생 20여 명을 달성했다는 것. 2년차에 30여 명으로 늘었으며, 좀더 넓은 건물로 이사할 수 있었고, 배가 잔뜩 부른 희순과 결혼식을 성대히 올릴 수 있었다는 것. 3년차에는 50명을 돌파했으며 지도교사를 셋이나 쓰게 되었고, 4년차에 80여 명에 도달했고 둘째 아이를 보았다는 것. 현 5년차에는 백여 명으로 늘었고 지도교사도 일곱이나 된다는 것.

그리고 마침내 숙원이던 해외 탐방 프로그램에 참여하게 된 것이어라. 그럼 왜 지금까지는 해외 탐방에 참여하지 않았느냐? 열 명 이상이 가야만 인솔교사를 반값에 해주는데, 다섯 명 이상 가겠다고 한 적이 없었다는 것. 애 하나 잘못되면 사업 끝장이니 겁나서 어디 가겠냐는 것. 이런 이유들 때문만은 아니어라. 결정적으로 나는 빚을 다 갚기 전에는 해외여행 안 가기로 작정을 했었다는 것. 강조하건대 나는 현재 빚이 없는 인간이라는 것.

김창호(12세)가 가로되

율려공항은 인천공항과 비슷했다. 율려호텔은 한국 호텔과 비슷했다. 내가 가본 한국 호텔은 딱 하나인데 호텔 이름은 기억이 나지 않는다. 전라도에서 가장 큰 호텔이었다는 것만은 분명하다.

점심을 먹으러 간 허생거리는 서울 명동과 비슷했다. '허생'은 이 나라의 건국자랬다. '대한민국음식전문점'에서 먹은 김치찌개는 엄마의 김치찌개보다 백배는 맛이 없었다.

첫 탐방지는 율려섬 첫발포구였다. "이곳은, 지금으로부터 227년 전, 장사 세 번으로 조선의 엽전을 깡그리 긁어모은 허생과, 허생의 꼬임에 넘어간 도적 천 명과, 그 도적 천 명이 각기 구해 온 천 명의 여인과, 천 마리의 소가, 더불어, 서해 바다를 열하루 동안 항해한 끝에, 신출귀몰 홍길동이 이상국을 세웠다는, 율려제도에 닿아, 첫발을 디딘 곳입지……."

안내원 아저씨의 설명은 줄기차게 이어졌다. 그러나 내 눈에는 달랑 비석 하나가 보일 뿐이었다. 한글로 '첫발포구'라고 씌어진. 저따위 큰 돌멩이 하나 보자고 여기에 왔나?

그런데 아무도 궁금하지 않은 걸까? 왜 아무도 안 물어보지? 나만 빼고 다 알고 있는 걸까? 아니면 나만 궁금한 걸까? 나는 손을 번쩍 들고 물었다. "아저씨, 그런데 왜 아무것도 안 보여요? 바다도 없고, 배도 없고…… 그냥 공원 같잖아요?"

"그것은 전쟁과 간척사업 때문입지. 우리 율려는 건국 이후 102회의 내전과, 51회의 외침을 겪었습지. 이 포구는 가장 중요한 군사적 요충지 중의 하나였습지. 내전이든 외침이든 전쟁이 터졌다 하면 이 포구에서 싸웠고 그때마다 포구는 불탔습지. 하다가 결정적으로 1970년 대간척사업으로 이 포구를 메워버렸습지. 하므로 이 비석은 단순한 비석이 아니라, 이 첫발포구의 모든 원한과 상처를 아로새긴 상징입지, 상징이란 말입지."

"그렇군입지." 내가 아저씨의 말투를 흉내내자, 아저씨는 "이 녀석읍!" 하고 내 머리에 알밤을 먹였다. 하나도 안 아픈 알밤이었다. 선생님들이 가르쳐주신 대로, 율려 사람들 말은 우리나라 말과 똑같았다. 'ㅂ'이나 'ㅂ지'로 말을 끝맺는 것만 빼고. 왜 그런지 모르겠지만 '습지'와 '입지'라는 말을 들으면 슬그머니 웃음이 나왔다.

두번째 탐방지는 율려산이었다. "우리 율려제도는, 여러분의 나라 대한민국의 섬들과 비교하여 말하자면, 한 개의 제주도만 한 섬과, 두 개의 진도만 한 섬과, 세 개의 울릉도만 한 섬과, 서른세 개의 독도만 한 섬들로 이루어져 있습지. 여러분의 나라 제주도에 한라산이 있듯이, 우리 율려의 가장 큰 섬 율려섬에는 율려산이 있습지. 하나 우리 율려산은 그리 높지 않습지. 겨우 503미터입지. 꼭대기까지 도로를 내놓았습지."

커브를 너무 자주 틀어서 어지러웠다. 강원도 대관령 넘어갈 때랑 거의 비슷했다. 내가 짝사랑하고 있는 지혜는 토하기까지 했다. 나는 잽싸게 손수건을 내밀었다. "아름다워라!" "신선이 사는 땅 같구나!" "다 때려치고 이런 데서 살았으면!" 등등의 경탄을 늘어놓던 어른들도 지쳤는지 입 다물고 어지러워들 하고 있었다.

산꼭대기 율려산 정상공원에 도착했다. 동서남북에 다 바다가 보였다. 어른들의 경탄이 귀를 아프게 했다. “그림 같구먼!” “천국 같은 풍경일세!” “마치 에덴동산에 서 있는 듯해!” “이런 데서 죽으면 여한이 없겠어!” 나는 어른들이 이해가 안 간다. 뭐가 그렇게 아름답다는 것일까? 내가 고작 열두 살이라 아름다운 게 뭔지 모르는 걸까? 저게 우리 혼주 바다보다 정말로 아름다운 걸까? 내 눈에는 그게 그거 같은데.

“지혜야, 네 눈에도 대단히 아름다워 보여?” “너, 왜 자꾸 쫓아다녀? 손수건 빌려준 건 고마운데 이런 식으로 나오면 정말 곤란해. 너, 이따가 내 옆에 앉지 마. 앉으면 죽어.” 씨, 내가 미친놈이다. 이런 년을 사랑하고 있다니.

내려갈 때 또 멀미할 생각을 하니 아찔했다. 그런데 케이블카로 내려간다는 것이었다. 나는 처음으로 율려에 온 보람을 느꼈다. 케이블카를 처음 타보는데 굉장히 좋았다. “참, 좋다!”라는 말을 여러 번 했다. ‘참, 좋다!’라는 말밖에 못한다는 것이 갑자기 슬프기까지 했다. 어른들이 갑자기 위대해 보였다. 경탄을 표현하는 말을 참 많이 알고 있으니.

참 좋은 것도 계속 보니 금방 질렸다. 그래서 케이블카 내부로 눈을 돌렸는데, 지혜년이 덕구와 딱 달라붙어 있다. 덕구, 너 오늘 죽었다.

저녁은 호텔에서 먹었다. 코스 요리였다. 모양도 이상하고 맛도 이상한 음식이 한 열 가지는 나왔다. 나는 밥에다가 계란찜 비슷한 것만 먹었다. 밥은 대체로 우리나라 거와 비슷했다.

다른 애들도 나처럼 외국 음식을 거의 입에 대지 않았다. 그런데 어른들은 되게 맛있는지 지치지 않고 먹어댔다. 나는 궁금해서 소설가 아저씨에게 물어보았다.

"맛있어요?" "맛으로 먹나." "그럼 뭘로 먹어요?" "안 먹어본 건 다 먹어봐야지. 율려에 왔으면 율려의 음식을 먹어봐야 되는 거란다." "그러니까 맛은 없다는 거죠?" "사실 난 모르겠다. 맛있는 건지 맛없는 건지. 느끼하기는 해."

원장 선생님은 다른 지도교사 선생님들이 돈 없어 해외 탐방을 못 가겠다고 하자, 대신 후배 하나를 인솔교사로 꼬여 왔다. 그분이 이 소설가 아저씨인데, 내 생각엔 먹으러 온 것 같다. 아까 점심때도 혼자서 세 그릇을 먹었다. 그리고 되게 소심한 것 같다. 원장 선생님은 우리들에게 별로 신경 안 쓴다. 우리들이 알아서 잘 따라다니니까. 그런데 이 소설가 아저씨는 우리 중 한 사람만 뒤처져도 되게 난리다.

혼주지리나라 소속 남자 어린이는 일곱이었다. 4학년 애들 넷이 한방, 우리 5학년 셋이서 한방을 쓰기로 했다. 종훈이가 먼저 씻으러 들어갔다. 덕구가 "야, 역시 호텔 방이 최고야. 나는 해외여행 여러 번 다녀봤지만, 호텔 방이 최고 좋더라!" 하고는 침대 위에 몸을 던졌다.

"야, 변호사 아들 이덕구!" "왜 불러, 의사 아들 김창호!" "우리 격투기 한판 할까?" "좋지!" 나는 침대 위로 몸을 날렸다. 장난하자는 줄 알았던 이덕구, 나의 기습적인 공격에 일단 코피가 터졌다. 흠씬 두들겨 팼다. "무조건 잘못했어. 무조건 잘못했어. 살려줘……." "지혜는 내 거다. 지혜는 내 거야. 지혜한테 알랑거리면 밤마다 격투기 하는 거야……."

선지혜(12세)가 가로되

저는 우리나라가 그리워요. 어서 집에 가고 싶어요. 이렇게 양 떼처럼 몰려다니는 게 싫어요. 애들도 짜증나요. 특히 남자 애들은 철이 너무 없어요. 탐방을 온 건데 소풍을 온 줄 알아요. 배우려는 자세가 안 돼 있어요. 첫날 저만 열심히 적고 다녔다니까요. 다른 애들은 도대체 필기를 할 줄 몰라요.

둘째 날 아침은 빵과 샐러드, 된장국과 밥 중에서 선택하는 거였어요. 저는 빵 조금에 샐러드 약간을 먹었지요. 그게 얹혔는지 배가 살살 아파요. 하지만 티 내는 게 싫어서 꾹 참았어요. 어제도 버스 안에서 토해서 굉장히 창피했거든요. 창호가 손수건을 내밀었지요. 제 손수건은 너무 더러워서 할 수 없이 받아썼을 뿐이지요.

오전엔 율려성에 갔어요. 구석구석 자세히 다 보려면 하루 꼬박 걸린대요. 하지만 우리는 무기고, 사절 접견소, 독재자 집무실, 독재자 미이라 안치소 등 가장 소문난 곳만 돌았지요. 정말 관광객이 많았어요. 여러 번 발길에 챌 뻔했지요. 해수욕장 같은 데 안 가고 왜 여기로 왔는지 모르겠어요. 우리야 공부하러 왔다지만 저 어른들은 놀러 온 거 아닌가요? 이런 데서 놀 맛이 날까요?

독재자 미이라 안치소가 가장 강렬했어요. 독재자 다섯 명의 시신이 나란히 누워 있었어요. 알 수 없어요. 왜 죽은 사람을 저렇게 산 사람처럼 놓아두는 걸까요?

"……율려(律呂)는 육률(六律)과 육려(六呂)를 아울러 이르는 말입지. 즉 음악입지. 음악은 불평등하고 파란곡절이 끊이지 않는 인간 세상을 구원할 최고의 가치로 알려져왔습지. 때문에 율려가 충만한 땅이 바로 태평천국이며, 무릉도원이며, 별천지라는 것이었습지. 여기에 안치되어 있는 다섯 독재자는 그 율려를 이 땅에 실현한 위대한 분들입지……."

위대하기 때문이군요? 하지만 저는 부럽지 않아요. 죽어서 저런 식으로 모셔질 거라면 차라리 저는 위대해지지 않겠어요.

그런데 미이라 안치소에서 근무하는 저 군인 아저씨들은 정말 무섭겠어요. 다들 표정 없는 얼굴이시지만요, 시체들이 벌떡 일어나 덮칠 것 같은 무서움이 왜 없겠어요? 제 삼촌은 전투경찰인데 매우 슬퍼했어요. 데모 막다가 잘못하면 죽는다고요. 요새 데모 살벌하잖아요. 그런데 휴전선 어느 부대에서 총기 사고가 난 뒤에는 매우 기뻐해요. 전투경찰이 훨씬 안전하다고요. 보직을 너무너무 잘 받았다고요. 저 군인 아저씨들은 보직을 너무너무 못 받은 거겠지요? 죽은 사람을 지키면서 몇 년을 보내다니요.

저는요, 율려성의 넓이보다 성을 이룬 돌멩이들이 더 놀라웠어요. 하나하나가 바위 같았어요. 저 바위 하나 옮기려면 몇 사람의 힘이 필요했을까요. 안내원 아저씨도 말하네요. 거의 백 년에 걸쳐 쌓은 성이라고요. 인구가 10만 명을 넘은 적이 없기 때문에 아주 오래 걸렸다고요. 이 성을 짓는 동안 수천 명이 죽었다고요. 그럼 율려 사람들은 태어나서 죽을 때까지 성만 쌓았다는 건가요? 암튼 이해할 수 없어요. 왜 사람들은 죽어가면서까지 이따위 성을 쌓았던 것일까요.

훗날 우리 관광객들을 위해서였을까요? 관광객들 보기 좋으라고요? 또 사람들이 죽어가면서 쌓은 이 성에 살았던 사람들은 누구일까요? 허생, 홍씨 왕들, 조선인 식민통치관, 일본인 총독, 중국인 총통, 미국인 대령, 황제들, 독재자들……, 그 사람들은 뭔데 자기들을 위해 사람들을 말과 소처럼 부릴 수 있었을까요? 민주주의가 참 좋은 것임을 알겠어요. 민주주의였다면 그런 말도 안 되는 일이 없었을 테니까요.

오후에는 배를 타고 이 나라의 많은 섬들 중, 세번째로 크다는 초원섬으로 갔어요. 초원섬은 말 그대로 초원이었어요. 키 작은 풀과 꽃만 끝없이 이어지고 있었지요. "……몽고 초원의 축소판이라고 말할 수 있습지. 우리 율려제도는 정말 신기합지. 열대섬이 있는가 하면, 초원섬이 있고, 바위섬, 사막섬도 있습지. 심지어 빙하섬도 있습지……."

우리는 말이 끄는 수레를 타고 초원을 가로질러 갔어요. 덕구는 저를 피하려는 듯 멀리서 빙빙 돌아요. 대신 창호가 자꾸 다가와요. 창호랑 한 수레를 탔지 뭐예요. 어쩔 수 없이 창호와 달라붙어 있었어요. 잘못하면 수레에서 떨어질 것 같았다고요.

한 시간 정도를 가자 파오촌이 있었어요. 하늘이 온통 붉었어요. 노을이었지요. 실내공연장 관람석 테이블에서 면과 고기를 먹었어요. 파오마을 사람들이 방금 잡아 구운 양고기랬어요. 너무 질겨서 별로 못 먹었어요. 공연이 시작되었지요. 파오마을 무예단이라는데 노래하고 춤췄어요. 우리나라 전통 춤과 흡사했어요. 원장 선생님이 "우리도 나가서 추자!" 하면서 뛰어나갔어요. 다른 지역의 선생님들과 아이들도 우르르 몰려 나갔지요.

저는 몸이 근질근질하던 참이었어요. 저도 뛰어나가 전국 어린이 댄스 경연대회 동메달 실력을 뽐냈지요. 모든 이들이 자기 춤을 멈추고 저에게 환호성을 보내주었지요. 그중에서도 창호는 완전히 넋이 나가서 침을 질질 흘리고 있었어요. 저는 큰일이에요, 어딜 가나 튀니.

캠프파이어를 하기 위해 밖으로 나갔어요. 밤이 깊어 있었지요. 거짓말 안 보태고 주먹만 한 별들이 셀 수 없이 박혀 있었어요. 저 사는 혼주도 꽤 시골이어서 많은 별을 볼 수 있지요. 혼주에서 볼 수 있는 별보다 백배는 더 떠 있는 것 같았다고요. 보석들 같았어요. 학원 선생님이 흔한 비유를 쓰면 안 된다고 했지만요, 정말 보석 같은 걸 어쩌겠어요.

초원에 커다란 원을 그리고 앉았지요. 장작은 불티를 날리면서 활활 타올랐지요. 노래하고 춤추고 무리지어 게임도 했어요. 창호는 틈만 나면 저에게 알짱거렸어요. 저는 약 올리듯 살살 피해 다녔지요.

선생님이 겁준 것에 비해서는 별로 안 추웠어요. 하지만 모기들은 정말 대단했어요. 옷을 뺑뺑 뚫지 뭐예요. 선생님들이 우리를 파오에 서너 명씩 몰아넣었지요. 파오 안에 에프킬라를 엄청나게 뿌렸어요.

잠이 쉽게 오나요. 여자 애들끼리 모여서 다과회를 했지요. 고등학생 언니는 "잠깐 나갔다 올게" 하고는 영 돌아오지 않았어요. 선생님들이 술판을 벌일 모양이던데 거기 끼었을 거예요. 언니, 순 양아치더라고요.

남자 애들이 같이 놀자고 찾아왔었지만 못 들어오게 했지요. 세 번 찾아오면 같이 놀아줄 생각이었는데 다시는 안 찾아오더라고요. 여자 꼬일 줄을 모르는 애들이라니까요.

수연이가 갑자기 비명을 질렀어요. "피다!" 제 아랫도리가 피로 흥건하지 뭐예요. 이게 대체 뭔 일일까요? 비명도 못 지르고 어쩔 줄 몰라 부들부들 떨었지요. 비명은 수연이가 계속 질러주었고요. 그런데 미류는 깔깔 웃어대지 뭐예요. "너, 생리다!"라며.

팽이(35세)가 가로되

큰가슴과 깨발이 코를 싸쥐고 화장실을 뛰쳐나오는데, 못 볼 걸 봤어도 크게 못 본 상판대기였거든. "잘 잤어요?" 인사를 건넸는데 이것들이 아는 체도 안 하고 가버리는 겨.

저 두 여성, 간밤에 말은 잘하고 술은 별로 못했거든. 특히 큰가슴이라는 별호가 잘 어울리는 저 아가씨는, 술자리 주제가 어린이 과외 교육 전반에 대한 성찰로 흘렀을 때는, 이런 데 와도 자기 밥 벌어먹고 사는 일에 대한 화두를 놓치지 않는 점을 높이 사고 싶은데, 하여간 좌중을 압도하는 언변으로 쾌도난마와 같은 논리를 펼쳤거든.

그랬던 그녀가 술을 지나치게 마시더라니, 스스로 무장해제되어서는, 거의 날 잡아먹어줘 분위기였는데, 내 주관적인 판단이라고만은 할 수 없는 것이, 나에게 키스를 여러 차례 했고, 내 사타구니 속에 손을 들이밀기도 했거든. 덮쳐줘어야 했는데, 내가 무슨 부처님 가운데 토막이라고, 참았을까.

사실은 참을 수밖에 없었거든. 고삐리가 말짱한 눈으로 쳐다보고 있었으니까. 걔는 참으로 술이 셌거든. 그렇게 술 잘 마시는 애는 첨 본 겨. 고등학교 들어가서 술만 배운 모양이야. 하여간 미성년자 앞에서 성년자들끼리 교미를 할 수는 없잖아. 큰가슴을 넓고넓은 초원 어딘가로 끌고 가서 덮칠 요량을 안 해본 건 아니지만, 겁탈이란 게 말처럼 쉬울까. 취한 중에도 겁은 나서 다만 요량으로 그쳤던 거거든.

화장실에 들어간 즉시, 나도 코를 싸쥘 수밖에 없었거든. 초등학교 다닐 때 변소 정도로 예상했는데 오판이었거든. 칸막이가 안 되어 있는 겨. 변기 구멍이 여덟 개 정도 되는데, 그 변기 구멍들에서 똥으로 변장한 구렁이들이 기어 나와 꿈틀대는 것 같았거든. 그렇지만 나는 큰가슴과 깨밭처럼 뛰쳐나갈 수가 없었던 겨.

매우 급했거든. 굵은 것이 한줄기 빠져나간 것까지는 좋았는데, 물 섞인 것이 찔끔찔끔 끊어지지 않고 나왔거든. 환장하는 겨.

동행인 어린이 하나가 들어오더니 비명을 지르고 나갔고, 파오마을 노인이 들어와 내 옆에 앉더니 푸지게 싸고는 밑도 거의 안 닦고 나갔고, 동행인 인솔교사 하나가 들어와서 또 비명을 지르고 나갔고, 뒤이어 파오마을 아가씨인지 아줌마인지 들어와서 엉덩이를 까 내리더니 우두둑 쌌고, 눈을 어디에 둘지 모르는 나에게 "변비입지? 우리 파오마을 사람들은 변비가 없습지. 율려초를 먹기 때문입지. 율려초로 만든 변비약이 있는데 하나 사 가면 참 좋을 것입지"라는 말을 하고 나갈 때까지, 나는 계속 싸댔던 겨.

아직도 남은 게 있는 듯싶었지만 이만하면 하루는 견딜 수 있겠다 싶어서 마무리를 했던 겨. 난 똥구멍 닦은 휴지를 쳐다보는 버릇이 있거든. 봤는데 피가 묻어 있는 겨. 굵은 똥에 물똥에 피똥에 쌀 건 다 쌌나 벼. 그리고 우리 동행 중에 파오마을

화장실에서 똥 싼 건 나밖에 없나 벼.

초원섬을 빠져나오니 점심때였거든. 어제 저녁은 양고기인지 고무고기인지에 면 몇 가닥을 먹었을 뿐이고, 아침은 뭐가 나왔는지 구경도 못했으니, 뱃속이 아우성을 치는 것은 당연했던 겨. 우리나라가 너무 그리운 겨. 사흘째인데 3년은 된 것 같은 겨.

박아롱(11세)이 가로되

난 무얼 보아도 놀랍지 않아. 모두가 그 나물에 그 밥이야. 전 세계가 똑같아. 율려국도 별수 없어. 다른 데랑 똑같아. 어른들 눈에는 달라 보이나? 나는 아이여서 달라 보이질 않나? 몰라, 몰라! 알고 싶지도 않아! 내 시선이 무조건 옳아.

이번에 가는 데는 전쟁기념관, 버스를 타고 갔어. 내 옆에 앉은 팽이, 머리칼이 곱슬곱슬해. 몇 가닥 붙잡고 확 잡아당겼어. "야, 너 왜 이래?" 우와, 재미있어. 아파하는 것이 재밌어. 인상 팩 쓰는 게 재밌어. 재밌어서 계속계속 잡아당겼어. 팽이 웃지도 못하고 울지도 못해. 원장 선생님은 보고도 딴청, 다른 선생 아저씨들도 신경 안 써. 나는 계속계속 잡아당겼어. "아롱아, 제발 좀 살려줘라! 이러다간 머리 뽑히겠다, 응, 제발제발!" 팽이가 빌어, 빌어! 비는 모습이 또 재밌어.

난 팽이가 참 맘에 들었어. 졸졸 쫓아다녔어. 내전기념관에서는 목말을 태워달랬어. 국제전기념관에서는 업고 달려달랬어. 어른들 너무 심각해. 전쟁을 만나더니 모두 표정이 변했어. 그러기에 왜 전쟁을 하래. 나만 신났어. 팽이, 내가 참말 못 견디겠는가 봐. 독립전쟁기념관에서 나를 팽개쳐버렸어. 사라져버렸어.

퍼질러 앉아 엉엉 울어버렸어. 안내원 아저씨 난감한가 봐. "예, 바로 저렇게 됩지, 전쟁이 나면. 전쟁이 나면 아이들이 저렇게 처절히 울게 돼 있는 거란 말입지. 근데 저 꼬마 담당선생이 누굽지? 다른 관람객도 생각해줘얍지. 여기는 우리 율려국의 가장 경건한 곳이란 말입지. 우리 율려국의 피맺힌 독립투쟁, 그 원한과 광희가 서려 있는 곳이란 말입지."

원장 선생이 날 달래려 했어. "싫어, 싫어! 팽이를 데리고 와. 팽이야, 팽이야 어딨어? 이제 머리끄덩이 안 잡을게. 얼른 돌아와." 어른들 날 전쟁고아 바라보듯 했어. 결국 팽이 돌아왔어. "팽이, 한 번만 더 날 버리면 먹어버릴 테야." 나는 펄쩍 뛰어올라 쪽 키스를 했어.

"팽이, 너 돈 없지?" "어떻게 알았어?" "귀여운 연인한테 아이스크림 한 개를 안 사주잖아. 걱정하지 마. 내가 사줄게. 난 돈 많아." 우리는 아이스크림을 쪽쪽 빨았어. 오래된 연인처럼. "팽이, 왜 전쟁을 기념해?" "온고지신! 옛일을 보고 배워 다시는 그런 일이 안 생기도록 하자는 거지." "그렇구나. 그래서 전쟁이 계속 일어나는구나. 보고 배워서 일어나는구나. 이라크!

테러!" "아니, 그게 아니고 그 반대라니까!" "보고 배웠다며?"

또 배를 탔어. 이번엔 바위섬엘 간대. 여기저기 많이도 데리고 다녀. 노을 무렵이었어. 이번엔 뱃멀미를 하나도 안했어. 팽이랑 노니까 하나도 안 어지러웠어. 배가 좀 요상해. 거북처럼 생겼어. 우리나라가 임진왜란 때 쓰던 거북선이래. 본뜬 거래. 가다가 불쇼, 폭죽쇼도 했어. 용머리 입에서 불길이 확확 뿜어져 나왔어. 배 옆구리에서 대포 소리가 났어. 공중에 갖은 폭죽이 만발했어. 놀과 어울려 피카소 그림 같았어. "이 거북이 순신이가 타던 거라며?" "아롱아, 이순신 장군이라고 하면 어디 덧나냐?" "난 팽이가 순신이보다 좋아. 나랑 결혼해줄 거지?"

바위섬은 속이 비어 있는 거나 마찬가지래. 속이 순 동굴로 얽혀 있대. 안내원 아저씨 또 달달 외웠어. "여기가 바로 우리 율려국의 성지입지. 침략당할 때마다 다른 데는 모두 점령당해도 여기만은 빼앗기지 않았습지. 우리 조상들은 바위섬을 근거지로 끝없는 항전을 했습지. 적들이 바다에서 포탄을 쏘아대면 우리 전사들은 동굴 깊이깊이 들어가 숨죽이고 있었습지. 적들이 상륙하면, 우리 전사들은 여기서 불쑥 저기서 불쑥 치솟아 적들을 기습 섬멸하였습지. 적들이 포위를 풀고 물러가면, 우리 전사들은 뗏목을 타고 나가, 적의 기지를 유린하였습지. 오늘 여러분이 주무실 곳은, 우리 전사들이 먹고 잤던 바로 그 동굴 방입지."

정말 이런 여행은 첨이야. 이런 데서 자라니. 어제는 파오,

오늘은 동굴. 집에 가면 엄마한테 이르겠어. 지리나라 그만 다닐 거야. 난 짐승이 아니야. "팽이랑 잘 거야. 난 팽이 아니면 안 잘 거야. 무섭단 말야. 귀신 나올 것 같단 말야." 난 울고불고 날뛰었어. 원장 선생은 아퀴를 지었어. "팽이야, 할 수 없다. 아롱이랑 자라." "나더러 유아랑 동침하라는 거야?" "팽이, 아무 일도 없을 거야. 겁먹지 마. 날 믿어." "형님, 나 정말 자살하고 싶어!" "어찌 하겠냐, 아롱이가 널 사랑한다니."

난 팽이의 팔을 베고 누웠어. "팽이는 여행 많이 해봤어?" "별로." "언제 어디가 제일 좋았어?" "내 방." "왜?" "난 여행이 별로 안 좋아. 난 방에서 프로농구나 프로야구를 보는 게 제일 좋아." "그럼 왜 왔어?" "그래도 기회가 닿으면 해야지. 요새 해외여행은 필수라고, 필수! 한 5년 있어봐라. 해외 안 나가본 놈은 사람 취급도 못 받을 테니." "나한테도 물어봐줘." "그래, 넌?" "지금 여기 이 순간. 팽이랑 함께 있으니까!" "오, 부처님이시여! 절 굽어살피소서!"

팽이가 슬그머니 빠져나갔어. 붙잡으려 했지만 너무너무 졸렸어. 난 어린애야. 잠이 많아. 사랑도 다 자자고 하는 일이잖아.

깨어보니 나 혼자였어. 다음 방으로 가봤어. 남자 애들, 원장 선생, 팽이 선생이 나자빠져 있었어. 원장 선생, 팽이 선생한테서 술 냄새가 진동했어. 이 어른들은 술 처먹으러 왔나. 밤마다 술이야. 천둥 치는 소리가 났어. 팽이 선생 코에서 나오는 소리야. 톱 써는 소리 들렸어. 팽이 선생 이 가는 소리야. 이런 걸 누가 좋아할까. 앞날이 깜깜한 아저씨야. 결혼이나 할지 몰라.

다음 방에 가봤어. 계집애들과 여고생 언니 잠들어 있어. 나쁜 년들, 나를 왕따시켜? 난 치약을 찾았어. 년들 코밑에다 잔뜩 발라주었어.

조미경(32세)이 가로되

내 해외 경력을 읊어보겠다. 스물한 살 때 여름에는 중국을 배낭여행했고, 스물두 살 때는 인도에서 한 반년을 살았다. 스물세 살 때는 아프리카 남단 남아프리카공화국에서 두 달, 아시아와 유럽을 잇는 터키에서 석 달을 머물렀다. 스물네 살 땐 영국에서 어학연수를, 스물다섯 살 땐 프랑스에서 그림 공부를 했다. 그때 유럽 전역을 거의 다 돌아보았다. 스물여섯 살 때 멀리멀리 남아메리카로 갔다. 브라질에서 한 달, 아르헨티나에서 두 달, 칠레에서 보름, 볼리비아에서 보름, 파나마에서 석 달을 보냈다. 난 파나마가 제일 좋았던 것이다. 스물여덟 살 때는 호주와 뉴질랜드를 반년간 돌았고, 스물아홉 때는 미국과 멕시코를 대여섯 달간 일주했다.

해외 구경을 제법 했다고 할 만하지 않은가? 전 세계를 돌며 볼 수 있는 것이라면 다 보았다고 자부할 만하지 않은가? 더 이상 날 놀라게 할 만한 게 이 세상에는 존재하지 않는다고 확신

할 만하지 않은가? 그러나 아니었다. 아직도 날 놀라게 할 만한 게 세계엔 남아 있었다.

우리는 조식 후 유격체험장이라는 데를 갔다. 가면서 보니 말 그대로 바위산이었다. 수목은 거의 볼 수가 없고 크고 작은 바위들이 제멋대로 널려 있었다. 마침내 목적지에 온 듯한데, 특별한 것은 보이지 않고, 다만 곳곳에 작은 구멍이 뚫려 있을 뿐이었다. 옛날 변소에 뚫려 있던 사각 구멍과 흡사한데 그보다는 좀 커 보였다.

"여러분, 이 구멍에 사람이 들어갈 수 있을깝?" 우리 아이들이 제비들처럼 대답했다. "아니요!" "그럴깝? 자, 봅지!" 안내원은 그 구멍 속으로 두 다리를 집어넣었다. 몸뚱이가 들어가고 머리통마저 들어가버렸다. 우리들은 놀라워서 입을 쫙 벌렸다. 마치 마술쇼 같았다.

안내원이 반대 순서로 구멍 속에서 나오자, 우리들은 우레 박수를 쳤다. "나도 여러분께 손뼉을 쳐줍지. 이따 구멍 속에서 나오시면입지. 난 다시 구멍 속으로 들어갈 것입지. 여러분은 차례로 나를 따라 들어와야 합지. 우리는 150미터짜리 유격로를 이동해볼 것입지. 우리 율려 전사들이 바람처럼 달리던 바로 그 유격로입지. 원래 보통이 300미터 아니면 500미터 코스고, 천 미터 코스도 있습지. 하지만 여러분은 어린이도 많고 해서 최고 짧은 150미터짜리로 정했습지."

나는 기겁하여 외쳤다. "난 못 들어가요." 안내원은 낯빛이 변했다. 율려국 안내원이 저토록 불친절한 표정을 짓는 것을 처음 보았다. 그래도 못 들어가는 건 못 들어가는 것이다. "내 가슴을 보라고요. 이렇게 큰 가슴을 하고 어떻게 들어갈 수 있겠어요?" "여러분의 나라에 강호동이라고 있습지? 천하장사 하다가 연예인 된. 강호동도 들어가고 남습지." "아니, 내가 왜 비싼 돈 내고 와서 저런 델 들어가야 되냐고요." "우리 율려를 배우러 온 것 아니었습? 우리 율려인의 모든 것이라 할 수 있는 유격정신을 체험하라는 건데, 그건 우리 율려공화국이 여러분에게 베풀 수 있는 최대의 탐방 코스인데, 대체 무슨 말씀을 하시는 것입지? 더 이상 대답 않겠습. 따라 들어옵!"

안내원이 다시 구멍 속으로 들어갔고, 다른 안내인들이 살벌한 얼굴로 재촉해댔다. 뭐가 뭔지 모르고 신난 아이들이 먼저 구멍 속으로 들어갔다. 다른 선생들도 하나둘씩 구멍 속으로 사라졌다. 정말이지 모두들 문제없이 구멍 속으로 들어가기는 했다. 이제 한국인은 나만 남았다. 나만 남고 보니, 율려인들이 더 무서웠다. 율려인들이 나를 몰아붙이듯 다가왔다. 나는 겁이 덜컥 나서 구멍 속으로 뛰어들었다. 큰 가슴도 걸리지 않았고 큰 머리통도 걸리지 않았다.

암흑이었다. 일어서려고 했더니 내 머리통이 바위천장을 들이받는 소리가 나고 띵했다. 앞선 선생들도 여럿 찧었는지 훈수두어주는 소리가 들렸다. "허리를 숙여! 앞사람 허리를 붙잡아!" 앞 선생 허리를 붙잡고 정신없이 오리걸음을 했다. 언뜻

보니 꼬마전등이 1미터 간격으로 붙어 있기는 했지만, 별로 도움이 되지 않아 도저한 암흑만 계속되는 듯했다. 보이지 않는다는 것이, 보이지 않는 곳에서 두더지처럼 기고 있다는 것이, 무섭고 서러웠다.

그래, 당신의 조상네들이 이렇게 싸웠단 말이지. 하지만 내 입장에서 다시 말하자면 비싼 돈 내고 와서 이 무슨 생고생이냐고. 내가 여기 오는 돈 버느라고, 얼마나 비위가 상했는지 알아?

그래, 내가 20대 때는 돈이 썩어날 정도로 많았다. 아버지에 어머니에 오빠까지 하루아침에 사라져버린 게, 나 스무 살 때다. 난 경상북도의 한 지방대학에 겨우 입학했다. 부모와 오라비는 내가 학교 앞에 얻은 원룸을 구경하러 오던 길에, 차를 몰고 강 속으로 들어가버렸던 거다. 그들은 상당한 재산을 남겼을 뿐만 아니라, 보험도 많이 들어놓았더랬다. 그러니까 난, 부모와 오라비 목숨값을 가지고, 그토록 해외를 싸돌아다녔던 거다. 싸돌아다니지 않고는 배겨날 수가 없었다. 그런데 서른이 되었을 때 재산 정리를 해보니, 거의 바닥이었다. 부모와 오라비 목숨값을 다 쓰는 데 10년이나 걸렸던 거다.

취직을 지리나라라는 데로 했다. 지리나라든 과학나라든 영어, 수학나라든 어린이 과외 교육은 다른 거 없다. 아이들과 그 아이의 아빠, 엄마 비위만 잘 맞춰주면 되는 것이다. 그들 비위를 맞춰주는 만큼 내 비위는 상했다. 그래도 3년이나 견뎠고, 드디어는 사표를 냈다. 퇴직 기념 겸, 다른 지역 지부 선생들을 만나서 지리나라를 따로 차릴 만한 고장을 알아볼 겸, 그간 눌러놓아 폭발 지경인 여행 욕구도 달랠 겸, 반값에 혹하여 율려 여행에 참여한 거였다. 반값이라도 근 백만 원, 내 비위장이 닳고닳은 값인데, 그 돈 주고 와서, 이 무슨 두더지 행색이냔 말이다.

내가 마지막으로 나오자, 먼저 나왔던 선생과 아이들이 환호성을 지르며 손뼉을 쳐주었다. 안내원은 흡족한 모양이었다. "그것 봅지. 가슴이 아무리 커도 상관없습지." 모두들 두더지 꼴인 걸로 봐서 내 꼴 역시 보지 않아도 알 만했다. 그런데 갑자기 기분이 괜찮아졌다. 그토록 숱하게 해외를 돌아다녔지만, 이토록 보람 있는 관광은 처음이었다 싶은 거였다. 그런데 세상엔 이런 데가 또 있는가 보다. 다른 선생 두엇이 이런 대화를 하는 거였다.

"베트남 구찌터널을 벤치마킹했구만." "베트남에는 아예 유격 코스가 있다며?" "음, 내가 15년 전에 갔을 때 받아봤는데, 어찌나 돌리던지 군대 다시 간 줄 알았다니까." "참 독특한 관광상품이네." "우리나라도 이렇게 굴 파기가 쉬웠으면 빨치산이 그냥 허무하게 끝나지는 않았을라나?" "하여간 사우나 한번 잘했네."

서성철(39세)이 가로되

"이 안내원, 세상에서 가장 슬픈 전쟁은 종교전쟁이라고 생각합습지. 우리 율려 227년 역사 153회 전쟁에 있어서도 가장 슬픈 전쟁은 서기 1975년에 있었던 종교내전이었습지. 이건 우리 율려인이 하도 부끄럽게 생각하는 전쟁이라 우리가 그 자랑하는 전쟁기념관에도 기념해놓지 않은 것입지.

당시 제일 큰 종교는 유교였습지. 유교가, 다음으로 신도가 많던 기독교를 탄압한 것이 전쟁의 씨앗이 되었습지. 기독교는 끈질기게 항거했습지. 세번째로 신도 많던 이슬람교가 기독교를 지원한 것이 사태를 심각하게 만들었습지. 유교가 장악하고 있던 중앙정부가 모든 종교를 모조리 금지해버린 것입지. 종교는 아편이라고.

다른 사람들은 유교도 종교라고 생각했는데, 유교 신자들 당사자는 유교가 종교가 아니라고 생각했던 것입지. 유교 정부는 유예기간이 지나자, 종교를 포기하지 않은, 모든 종교의 건물을 폭파해버렸고, 모든 신자를 잡아들였습지. 총살대에 세워놓고, 가부간에 결정을 하라고 강요했습지. 종교를 포기하면 노동수용소에 가두었고, 포기 안 하면 바로 총살해버렸습지. 몇 달 사이에 수천 명이 죽었습지.

이에 기독교, 이슬람교, 불교, 공산교(아, 그 마르크스 레닌주의 맞는데 우리 율려 역사학계에서는 그걸 종교로 보기로 합의했습지), 이 4개 종교가 군대를 결성, 유교 중앙정부에 성전을 선포하였습지. 동학교니, 유대교니, 라마교니 하는 소수 종교들도 당연히 성전군을 편들었습지.

전쟁은 싱겁게 끝났습지. 성전군은 세계 여러 강대국의 지원을 받았습지. 지금과 마찬가지로 그때도 강대국들은 다 기독교 국가였습지. 기독교 국가들이 지원해준 최신식 무기로 성전군은 무장했던 것입지. 이슬람교 국가들과 불교 국가들은 용병들을 보내주었습지. 결국 사흘을 버티던 유교 중앙정부가 항복을 했습지.

성전군은, 황실이야말로 유교를 가능하게 한 악의 근원이라고 보고, 율려 황제를 포함, 황족 중의 남자 전부를 총살시켜버렸습지. 유교 중앙정부의 수상을 비롯한 모든 장관, 차관을 교수형시켜버렸습지. 유교 중앙정부의 군인, 경찰, 행정공무원 등은 아예 생매장시켜버렸습지. 그건 학살이었습지. 그때 죽은 율려인이 또 수천 명이었습지.

말하자면 종교내전은 별다른 전투 한 번 안 일어난 전쟁인데 학살로만(유교 중앙정부가 저지른 학살까지 합쳐서), 만 명 가까이 죽었습지. 죽은 이들의 부녀는 재건소에 수용되어 나라의 재건을 위해서 일했습지. 부모 잃은 사내아이들도 특별고아원에 수용, 앵벌이를 시켰습지. 이후로 우리 율려가 관광국으로 탈바꿈하게 되는데, 그 고아들이 앵벌이한 외화가 어마어마했단 말입지(아이굽, 이럽! 결국 내가 또 솔직한 소리를 했습지. 이러다

정녕 잘릴 터입지).

성전군은 승리를 기념하여 율려종교성지를 조성하였습지. 북쪽이 교회, 남쪽이 절, 서쪽이 모스크입지. 공산교는 그런 게 필요 없다고 해서 없고, 동쪽에 나머지 소수 종교들의 성소가 있습지. 왜 크기가 다르냐곱? 전쟁에 공이 많은 순서입지. 기독교들이 기독교 강대국의 지원을 끌어왔으니까 가장 공이 많은 것이고, 그래서 교회가 가장 큰 것입지.

암튼 종교내전 후 새로 헌법을 만들었는데 1조 1항이, '율려공화국은 모든 종교가 자유다'였습지. 이 성지는 바로 그 헌법 1조 1항을 상징적으로 표현하는 곳입지. 아직도 종교 때문에 싸우는 세계 사람들, 우리나라에서 보고 배워야 할 것입지. 어떻게 모든 종교가 더불어 존재하는가를 말입지. 긴 설명 끝났습지. 이제부터 가고 싶은 성소에 다녀오십지. 어느 쪽으로 가든 볼만할 것입지. 지을 때 세계에서 가장 볼만한 교회, 절, 모스크를 지으려고 했었습지. 소수 종교들도 대단하게들 지어놓았습지."

나는 투어가이드다. 나는 안내원이 말을 멈추기가 무섭게, 와락 소리친다. "시간이 많이 없거든요. 선생님들, 다섯 시까지 이 자리에서 집합입니다. 아셨죠? 다섯 십니다, 다섯 시. 이번에 꼭 시간 좀 지켜주세요." 이래 보았자 빠르면 다섯 시 반에나 버스를 출발시킬 수 있을 것이다.

단체 관광객은 절대로 시간을 정확히 지킬 수 없다. 예정 시간에서 최소 10분은 지나야 대개 모이고, 꼭 한두 명이 안 보이는데, 이 사람들을 기다리거나 찾거나 하다 보면 한 20분이 훌쩍 지나간다. 단체로 화장실 다녀오면 또 10분이 지나고. 이번에 인솔 중인 이 팀도 나흘 동안 한 번도 시간을 엄수한 적이, 당연히 없다.

그래도 의외다. 총 인원 98명 중 아이들이 88명이라 걱정을 많이 했다. 그런데 어른들로만 된 단체보다 두 배 정도는 시간을 잘 지켰다. 내 생각과는 달리 어른들보다 아이들이 나았던 것이다. 학교에서 다른 교육은 몰라도 시간 엄수 교육은 철저하게 하는 모양이다.

지리나라 본부 팀장이 내게 같이 안 가냐고 묻는다. "아, 선생님, 저는 여기서 좀 쉴게요. 하도 여러 번 본 거라." 지리나라 팀 전부가 절로 향한다. 일반적인 현상이다.

모든 종교의 성소 전부를 돌려면 하루 종일 걸린다. 관광객들이 별로 좋아하지 않는 코스이기도 하다. 하지만 율려국은 반드시 이 코스를 넣어주기를 바란다. 율려국은 자기 나라가 세계에 가장 자랑할 만한 것 중의 하나가 종교성지라고 생각하는 것이다. 이 코스가 안 들어가면 허가가 안 나온다. 결국 지금처럼, 짧은 시간에 한 군데 정도만 선택해서 들르는 것으로 때우는 편법이 성행하게 되었다.

그런데 한국 사람들은 열에 아홉이 절을 선택했다. 한국 사람들에게 교회나 모스크는 경건하게 예배 드리는 곳이지, 관광하는 곳으로 생각되지 않는 모양이었다. 하긴 한국 내에서도 그렇다. 절에 놀러 갔다는 얘기는 들어봤어도, 교회나 모스크에 놀러 갔다는 얘기는 장난으로도 못 들어봤다.

나는 퍼더버리고 앉아 고민한다. 어디로 가야만 할까? 아이들은 고민할 필요가 없다. 고민이 필요한 것은 인솔교사 열 명이다. 그중 남자 선생은 여섯이다. 한 명은 본부 팀장이고 다섯 명은 각 지역 지리나라 지부 선생이다. 본부 팀장은 40대인데 반드시 접대가 필요한 사람이다. 나머지 다섯 명의 남자 선생은, 50대가 하나, 40대가 하나, 30대가 둘인데, 굳이 접대가 필요할까? 여자 네 명 중에서도 한 명은 본부 팀원이고, 셋은 지부 선생이다. 모두 30대다. 여자들은 접대를 할 필요가 없겠지만, 본부 팀원인 여자가 만만치 않아 보인다.

율려공화국은 매춘공화국이다. 가이드들은 아예 율려매춘국이라고 부른다. 인간이 상상할 수 있는 거의 모든 매춘 행위가 가능한 나라다. 종교내전으로 초토화가 된 이 나라는, 강대국 군인들의 매춘기지로 변해버렸다. 성전군을 도왔던 여러 강대국들이 각각 제 나라 군대를 주둔시켰다. 이 나라의 여자들은 그 외국군에게 몸을 팔아 남자들을 먹여 살렸다. 남자들은 여자들이 벌어온 돈으로 먹은 뒤, 잉여를 매춘시스템에 투자했다. 독재자의 지휘 아래! 여자들은 매춘시스템에 예속되어 돈 버는 기계가 되어갔다. 남자들은 돈 버는 기계가 벌어들인 잉여로 매춘시스템을 나날이 발전시켜나갔다.

외국군들이 제 나라로 돌아간 뒤에도 매춘국의 영예는 사라지지 않았다. 세계의 돈 많은 것들이 매춘국의 소문을 듣고 벌떼처럼 몰려왔다. 그렇게 30여 년이 흘렀다. 초고속 성장이 있었을 뿐, 단 한 번의 침체기조차 없었다.

그러니까 대한민국의 지리나라 어린이들이, 낮에 만나고 다닌 그 수많은 관광객들은, 사실은, 대개가 매춘하러 온 것들이다. 이 나라의 매춘은 낮과 밤을 가리지 않으니 낮에는 관광을 하고 밤에는 매춘을 한다는 얘기가 아니다. 사람이 매춘만 할 수는 없는 일이다. 자투리 시간을 이용하여, 잠깐 구경을 나온 것이다. 식후경이라잖은가. 매춘을 하고 나면 보고 싶어지는 것이다. 매춘만큼은 아니지만, 세계에 소문나 있는 율려의 풍광을.

나는 결정짓는다. 1차로 열 명 전부를 마사지 센터로 데리고 간다. 선생님들, 너무 수고하셔서 제가 감사하는 마음으로 한턱 쏘는 겁니다, 라는 말을 또 어떻게 하나. 내 자신이 너무 가증스러워서. 2차에서는 30대 남녀 지부 선생들을 제외한다. 오르가즘 노래방에 간다. 3차는 본부 팀장과 본부 팀원과만 간다. 이 두 사람에게 무조건 잘해야 한다. 그래야 내년에도 모모 여행사를 찾을 것이고, 모모 여행사는 나를 찾을 것이다. 여자인 본부 팀원이 판타스틱 섹스를 싫다 하면 어떻게 해야 하나? 생긴 걸로 봐서 원하고 있는 것도 같지만 사람 마음은 알 수가 없으니. 그럼, 섹스 가상체험을 시켜주자. 그건 거절 않겠지. 실제가 아니니까.

이해민(19세)이 가로되

율려에서의 마지막 밤이에요. 그런데 나는 혼자예요. 어른 새끼들은 나만 빼놓고 어디 좋은 데 갔나 봐요. 애새끼들은 지들도 잠이 안 오는지 룸마다 난리블루스예요. 혼자 궁상떠는 거 차마 못할 짓이네요. 그래서 애들이랑 놀아볼까 찾아갔지요. 그런데 애들도 어른은 가라며 받아주지 않네요. 어른 새끼, 애새끼 모두에게 왕따당했다는 거지요. 내가 왕따시킬 때는 몰랐는데 왕따당하니 정말 서럽네요. 제가 이래 봬도 혼주여고 일진회 서열 5위예요. 여럿 작살내고 여럿 왕따시켰지요.

그런데 내 동생이 참 잘 노네요. 집에서는 벙어리 비슷하게 말도 못하는 애가 율려에서는 나흘 내내 천방지축마골피데요. 동생도 나처럼 집구석이 감옥 같았나 봐요. 그래요, 난 동생 해철이 때문에 왔어요. 우리 엄마가 말했어요. "야, 너 놀러 갔다 와라. 율려국, 4박 5일, 해철이의 보디가드! 네년이 쌈질은 잘하잖아." "그게 고3한테 할 소리유? 수능이 내일모레인 사람한테." "수능? 어이구, 훌륭하셔라? 수능 볼 생각은 하고 계셨어요?" "나도 대학은 가야지. 대학은 노는 물이 다르대. 대학서도 놀아봐야지." "공부 못해도 가는 아무 똥통대나 처넣어줄 테니까, 까불지 말고 갔다 와."

5년 전이라면 이런 해외여행은 꿈도 못 꾸었을 집구석이었지요. 자린고비 할아버지가 평생 마련한 논과 밭, 그 위에 아파트 단지를 조성한댔어요. 할아버지 기절초풍하여 바보가 되었어요. 할아버지한테 뒈지게 혼나면서 농사짓던 엄마, 아빠는 할아버지를 간병인 붙여 어디 요양소인가에 집어넣고, 논밭 판 돈을 신나게 써댔어요. 졸부였어요, 졸부였어요. 근데 엄마, 아빠는 타고난 돈놀이꾼이었나 봐요. 속설대로라면 값없이 번 돈 물처럼 빠져나가야 되잖아요? 근데 쓴 거의 두 배 세 배씩 벌어대는 거예요. 그러니 이백만 원짜리 해외여행에 애새끼 둘 보내는 건, 돈 쓴 표시도 안 나겠지요.

혼자라도 나가볼까요? 애들과 얼려 다닐 때는 겁이라고는 없었어요. 그런데 혼자가 되니 겁이 나네요. 내가 얼마나 겁 많은 년인지 알겠네요. 하지만 참말로 더는 가만히 못 있겠네요. 혹시 모르니 쌈질하기 편한 청바지를 입었어요. 위쪽도 대충 입었어요. 거울 보니 난 아무렇게 입어도 미스코리아 부럽지 않네요. 뭘 믿고 이리 잘났나 모르겠어요. 엘리베이터를 타고 로비로 내려왔어요. 각양각색 남녀노소가 왁자지껄하네요. 동물원에 온 것 같네요.

호텔 밖으로 나왔지요. 불야성이네요. 어느 쪽으로 가야 할까요? 용감하게 마음먹고 어느 쪽인가로 걸어갔어요. 어머나! 아홉 시 뉴스에서 더러 보던 거잖아요. 정육점 닮은 가게에 여자들이 헐벗고 들어앉았는데 그런 가게가 끝도 없이 있는 거예요. 나는 뒤로 돌아서 막 뛰었어요. 뭐에 부딪혀서 뒤로 벌러덩

나자빠졌어요.

웬 털투성이 팔뚝이 손을 내밀었어요. 얼떨결에 잡고 일어섰어요. 백인이에요. 백인이 혀 꼬이는 소리를 냈어요. "하우? 하우?" 뭐라는 거래요. 손을 뿌리쳐보았지만 놈 힘세네요. 놈은 다른 한 손으로 내 엉덩이를 퍽퍽 두들겼어요. "굿 히프! 수운 유 빽 큐. 고, 고!" 막 나를 잡아끄는 거예요. 정육점 같은 데로요. 힘껏 놈의 부자지를 걷어찼어요. 태권도 2단 발차기니 좀 아플걸요. 분유 빨던 힘까지 다해서 달아났어요.

룸에 들어와서 문을 꼭꼭 걸어 잠갔어요. 이불 뒤집어쓰고 있다 생각하니 계속 열 받잖아요. 그런데 술이 보이네요. 양주 등속 중에 제일 비싸 보이는 것을 원샷해버렸어요. 속에서 불이 나는 것 같네요. 좋네요, 좋아. 또 다른 한 병을 마셨어요. 계속 좋네요, 좋아.

누가 문을 두드리네요. 아롱이가 아니고 원장 오빠랑 팽이 오빠네요. "해민아, 맥주 한잔 할까?" "야, 씹새끼들아, 너네들끼리만 재미 보고 와? 씹새끼들, 돈 많나 보지?" 두 오빠는 당황한 모양이에요. 일단 들어오네요. "어, 뭐야? 둘이서 나를 따먹을라고? 그래, 씹새끼들아. 해라, 해. 나도 많이 해봤다 이거야, 썅. 나 만족시켜줄 수 있어? 있냐구, 썅."

"해민아, 너 술 많이 마셨구나? 형, 얘 어떻게 하지?" "뭘 어째, 재워야지." "그래, 썅 빨리 재워줘라. 죽겄다, 썅. 야, 씹새끼들아, 너네들 얼마나 쓰고 왔어? 얼마나 썼냐고? 야, 썅, 그게 다 외화 낭비야. 알아, 몰라. 너 같은 놈들이 10달러씩만 써도 수억 달러라구. 그러면서 무슨 경제가 어렵다고 지랄이야. 경제 어렵다는 새끼들이 개나 소나 해외 나가냐고. 나가서 썅, 씹질하냐고. 나는 써도 돼. 내가 졸부 딸이잖아. 난 막무가내로 써도 돼. 그런데 네놈들은 그러면 안 되잖아. 가난한 새끼들이 왜 외화 낭비를 해. 씹새끼들아."

체크아웃을 하는데, 이 언니들이 미쳤나? 돈을 내놓으라 하네요. 한두 푼 달라는 거면 팁이거니 주고 말았지요. 그런데 글쎄 533달러를 내라는 거예요. 날강도 같은 년들에게 욕설을 퍼부었지요. 이때 팽이 오빠가 달려오더니 "얼마 나왔는데, 얼마야, 얼마?" 하면서 자기 지갑에서 돈을 막 뽑네요. "오빠, 오빠가 왜 돈을 내요? 오빠도 미쳤어요?" 원장 오빠가 또 나타나서 나를 질질 끌고 가네요. "오빠들, 도대체 왜 이러는 거야? 무슨 일 있었어?" 이때 내 동생 해철이가 다가와서 쏘아붙이네요. "누나, 좀 부끄러운 줄 아셔."

글쎄요. 친구들이 율려에 가서 뭘 보고 느꼈냐고 물으면 뭐라고 대답할까요? 물은 사람 성의도 있으니, 대충이라도 탐방기를 읊어주기는 해야 할 텐데요. 비행기도 처음 타보았고, 나흘간 구경한 것도 많고, 들은 것도 많고, 느낀 것도 많았던 것 같기는 한데, 글쎄요. 그 백인놈이 자꾸만 떠오르네요. 불알 안 터졌을라나요?

비행기가 뜨네요. 율려, 안녕!

낙서문학사
창시자편

낳아준 어머니 박첫예가 가로되

엄마가 모처럼 집에 기어들어 온 아빠에게 말했겠지. "첫예가 어른이 됐어요. 글쎄, 초경을 했지 뭐예요." 아빠의 눈이 초롱초롱 빛나더군. 먹잇감이 생긴 맹수처럼 말이야. 아빠가 도시 구경을 시켜주겠다는 거야. 난 내 아빠를 개하고 같은 급으로 생각하고 있었는데, 그런 개 같은 인간이 웬일이냐 했지. 아니나 다를까 도시에 데리고 나가더니 어떤 놈한테 나를 팔아버리더라고. 그 어떤 놈은 나를 며칠 갖고 놀다가 광산촌 포주한테 되팔았고. 그래서 광산촌 작부가 된 거야. 열다섯 살 때였을 거야, 아마.

단골이 생겼어. 이름이 잘 기억나지를 않아. 유가였던 것만은 분명한데. 유부천이었다고? 그랬나? 아무튼 그 유가가 나한테 미쳐버렸지. 유가는 석탄 캐서 번 돈을 모조리 내 보지에 쑤셔 넣었어. 한심한 놈이었지. 표현이 저속하다고? 지랄, 보지를 보지라고 하지 그럼 뭐라고 해. 근데 그 유가 놈이 노름을 좀 했어. 하루는 돈을 왕창 땄더라고. 우리 집 포주한테 나를 팔라고 하더군.

식은 무슨 식. 정화수 한 그릇 떠 놓고 맞절한다든가 뭐 그런 짓도 안 했어. 그냥 살기 시작했지. 유가가 출근하고 나면 미치겠데. 눈길과 발길이 자꾸만 몸 팔던 가게로 쏠리는 거야. 작부 짓 그만두게 되었다고 그렇게 좋아했는데 말이지. 다시 작부가 되고 싶었다는 것은 아니야. 그냥, 그랬다는 거지. 광산촌 사택 년들의 괄시가 대단했어. 밑구멍 팔아먹던 년하고 같은 마당, 같은 우물, 같은 화장실을 쓰는 게 싫다고 노골적으로 까발리는 년도 있었지.

나는 떠나자고 했지. 무조건 떠나고 보자고, 도시든 시골이든 상관없다, 여기만 아니면 된다고, 졸라댔어. 하지만 유가는 엉덩이가 무거웠어. "이놈의 지긋지긋한 광산, 나도 떠나고 싶어. 누구는 뭐 있고 싶어 있간디. 헌디 떠나려면 돈이 있어야 될 것 아닌가베. 하다못해 집 한 채 값은 있어야……." 마지못해 이런 푸념이나 늘어놓더군. 그럼 답 나온 거지. 나 혼자라도 떠날 수밖에. 하여튼 그 광산촌에서 조금만 더 살았었다면, 난 필시 돌아버렸을 거야. 정말 잘 떠났지.

내가 지금 자식이 둘인데, 그 애들 말고도 몇 더 있었던 게 분명해. 아무 데나 버렸지. 고아원 문 앞에 떨어놓기도 했고. 그 유가랑 살 때도 애를 하나 낳았던 것 같기는 해. 확실치는 않아. 살면서 생각이 나지 않았느냐고? 전혀! 그런 핏덩이나 생각하고 있을 만큼 한가한 생이 되지 못했거든. 오죽하면 낳았던 것 같기는 하지만 확실치는 않다고 말하겠나?

그래, 나도 그런 얘기를 언뜻 듣기는 했었지. 작부의 아들이며 광부의 아들인, 유가 성 가진 작자가 죽어서 아주 유명해졌다는 얘기. 그 유가 마누라 된다는 여자가 떼돈을 벌어들인다는 얘기. 찾아가면 떡고물 같은 몇 푼이라도 쥘 수 있지 않을까, 그런 생각을 하지 않았던 건 아냐. 하지만 생각만 했어. 그 여자를 찾아가거나, 내가 그 유가 친어미 될지도 모른다고 떠벌리거나 하지는 않았어. 왜냐고? 그걸 몰라서 물어? 당신 눈에는 내가 어떻게 보였는지 몰라도, 내가 그 정도로 뻔뻔한 년은 아니야.

유년 시절의 친구 이기운이 가로되

옆집에 탄광 사고로 다리를 못 쓰게 된 아저씨가 있었어. 그 집 누나가 아버지를 대신해서 가족을 먹여 살리려고 산기슭으로 내려가 작부를 했지. 그 집에 나랑 동갑이던 애가 있었는데, 우리가 '작부년 동생'이라고 놀려대자 자살을 해버리더군. 그 애는 석탄 찌꺼기 가득한 방죽으로 다이빙하더니 나와버리지 않은 거야. 어른들은 수영 사고라고 말했지만, 나는 그 애가 놀림을 견디지 못해서 자살해버린 거라고 생각했어.

그래서 나만 사풀이를 안 놀렸지. 우리 광산촌 아이들이 사풀이를 '작부년 새끼'라고 놀릴 때, 나만 입을 다물고 있었어. 나는 또 누군가 자살해버리는 것을 원치 않았어. 우리 광산촌에서는 어른들이 참 많이들 죽었어. 탄을 캐다 보면 그럴 수밖에 없었나 봐. 아저씨들 말고도 많이 죽었어. 아주머니들도 죽었고, 그 작부라고 불리던 누나들도 툭하면 죽었어. 이유가 있었겠지. 어쨌든 난 누가 죽는 게 싫었어. 무섭잖아. 나는 사풀이가 그 광산촌에서 자살해버리지 않은 것은 다 내 덕분이라고 생각해. 내가 동무가 돼주지 않았다면 사풀이는 그때 이미 끝장나버렸을 거야.

우리가 동무가 되기에는 나이 차이가 좀 있었지 않느냐고? 그건 그래. 우리는 열 살이나 차이 났으니까. 하지만 내가 워낙 덜떨어졌거든. 아이들은 초등학교에만 들어가도 나랑 안 놀았어. '바보'라고 놀리기나 했지. 해서 난 네다섯 살 애들하고만 놀았는데, 그중에서 특히 사풀이랑 죽이 맞았던 거지.

사풀이 아빠는 쌀하고 라면 같은 것들을 사다 놓기만 했어. 사풀이 아빠가 술 마시는 모습은 늘 볼 수 있었지만 밥 짓는 것은 한 번도 못 보았어. 사풀이는 생쌀을 씹어 먹고, 생라면을 뜯어 먹었지. 사풀이는 밥이 어떻게 생겼는지도 잘 몰랐을걸.

아니다, 가끔 데려다가 밥을 챙겨주는 아주머니들이 있었다!

사풀이한테서 어떤 천재적인 면모를 엿보지 못했느냐고? 천자문을 떼었다든가, 학교 다니는 애들보다 한글을 더 잘 읽고 잘 썼다든가? 고양이와 개와 참새와 이야기했다든가, 하늘과 바람과 별의 노래를 들었다든가? 절대로 그렇지 않았어. 사풀이는 나보다도 글자를 몰랐고, 고양이와 개와 참새를 무서워했지. 석탄 속을 헤매고 다니기는 했지. 우리 광산촌은 어디를 보아도 새까맸거든. 하늘과 바람과 별 같은 게 있기나 했는지.

길러준 어머니 최입분이 가로되

나도 도시로 도망치고 싶었죠. 하지만 나는 겁쟁이였어요. 그땐 사내아이나 계집애나 모조리 도시로 나가려고 했죠. 큰언니도 초등학교를 마치자마자 도망갔죠. 공장으로 간 거죠. 나처럼 용기가 없었던 애들이나 고향을 지켰죠.

어떻게 하다 보니 벌써 스물이나 먹었을 때였죠. 나보다 열 살이나 많은 애 딸린 홀아비. 누가 보기에도 숫처녀 입장에서는 쌍수를 들어 환영할 조건은 아니었죠. 하지만 난 흡족했죠. 난 하루 두 끼만 먹고살 수만 있다면, 뭐든지 할 수 있는 상황이었어요. 첩으로 시집가는 것이더라도 좋다고 했을 판인데, 전처소생이 문제가 됐겠어요. 사지 육신 멀쩡한 광부, 나한테 과분했죠.

나 살던 데에서 광부는 최고급의 신랑감이었죠. 찢어지게 가난한 농촌이었죠. 달마다 돈봉투를 받는다는 그 성주산의 시커먼 광부들은, 우리가 말로만 듣던 도시의 월급쟁이들과 별다를 바가 없이 생각되었다고요.

신랑은 정식으로 혼례를 치러주었죠. 난 부처님한테 감사드렸죠. 헌헌장부더라고요. 신랑은 광산촌 사택을 나와, 내가 나고 자란 집이 있는 동네에 집 한 칸을 마련했죠. 처가는 멀어야 좋다는 속담이 있었는데, 신랑은 아예 처가 마당으로 들어온 거였죠. 신랑은 아주 어렸을 때 천애 고아가 되었다는 거였어요. 혈혈단신으로 산지사방을 떠돌며 살다가 이제야 정착을 하게 되었다고 좋아했죠.

신랑은 열심히 일했죠. 신랑 친구를 만난 적이 있었는데, 사람이 너무 변했다고 혀를 내두르더군요. 광산촌 사택에 있을 때는 개망나니였다는 거였죠. 신랑이 송아지 한 마리와 논 한 다랑이를 샀을 때 내 아버지가 더 좋아하더군요. 얼마나 좋은지 펑펑 울데요. 자기가 논을 마련하기라도 한 것처럼 흥분했죠. 아버지가 송아지와 논에 기울이는 정성이 얼마나 대단했던지, 신랑이 걱정하고는 했죠. "장인어르신, 저러다가 자기 소, 자기 논이라고 우기시는 거 아녀?"

남동생이 방위 근무를 마치고 광산에 들어갔죠. 신랑이 다리를 놓아주기는 했어도 아직까지는 광산 경기가 좋아서 채용되는 것이 그리 어려운 일은 아니었던가 봐요. 그래도 우리 처가 식구들은 신랑에게 치사를 해댔죠.

신랑은 자식 욕심이 있었죠. 자기처럼 형제도 없는 외로운 놈을 만들고 싶지 않다는 거였어요. 나는 아들 둘과 딸 둘을 낳았죠. 사풀이는 애어른이었어요. 터울이 지는, 배다른 동생들을 잘 챙겨주었죠. 하여튼 난 시집 못 갔다는 말은 듣지 않았죠. 그때까지는.

초등학교 동창 최미주가 가로되

둘째 언니가 결혼하면서 동네에서 가장 가난했던 우리 집에도 서광이 비쳤어요. 내 다섯 살 때 소원이 아버지가 술을 끊게 만드는 약을 만들어내는 거였는데 형부가 우리 동네에 들어온 뒤에 아버지가 술을 끊더군요. 아버지가 술을 끊은 것만으로도 우리 집은 좀 나아지게 되었지요. 그리고 형부가 물질적으로 많이 도와주었죠. 아무튼 우리는 그때부터 굶지 않게 됐어요. 학교도 정상적으로 다닐 수 있게 되었죠.

형부한테는 둘째 언니가 낳지 않은 아들이 하나 있었는데, 걘 나와 동갑이었죠. 사풀이라고, 이름이 좀 웃겼어요. 걔와 나는 함께 학교를 다녔죠. 내 점수는 50점을 넘은 적이 없었는데, 걔는 100점 맞을 때가 많았죠. 걔는 우리 학교에서 공부를 최고로 잘했어요. 6년 내내 1등을 했죠. 걔의 새엄마인 언니는 자랑스러워했죠. 자기 배로 낳은 아들이라도 된다는 듯이. 언니가 걔한테 잘해준 것도 없지만 못해준 것도 없어요. 친자식처럼 아껴주지도 않았지만, 의붓자식이라고 박대하지도 않았다는 얘기지요.

걔는 처음엔 우리 동네 애들과 잘 어울리지 못했어요. 우리 동네 애들을 무서워하더군요. 하지만 처음 얼마간이었을 뿐예요. 걔는 곧 우리 동네 아이들과 노는 데 익숙해졌지요. 대개 제일 못했어요. 딱지치기건 구슬치기건 잃기만 했죠. 축구에서는 만날 헛발질을 했고, 칼싸움이나 총싸움에서는 가장 먼저 죽었고, 나이먹기 놀이에서는 가장 나이를 못 먹었죠. 공부 빼고는 다 못했어요. 나는 여자였지만 시시해서 계집애들하고는 안 놀았어요. 늘 사내아이들하고만 놀았죠. 그래서 사풀이가 놀이에 영 젬병이라는 걸 잘 알았죠.

평범한 기억뿐이라고요? 뭐, 유별난 게 없었느냐고요? 여태 말했잖아요, 공부를 가장 잘하고 놀이를 제일 못했다고. 공부를 잘한 건 유별난 게 되지 못한다고요? 왜요? 나중에 글쟁이로 이름을 날리는 자들은 어렸을 때 다들 공부를 잘했다고요? 초등학교 때는 가장 잘하고, 중학교에 가서는 매우 잘하고, 고등학교에 가서는 조금 잘하고 대학에 들어가서는 평범해진다고요? 그리고 그런 사람들은 대개 놀이에 서투르다고요? 공부에 대해서만 말하자면, 나처럼 초등학교 때부터 고등학교 때까지 계속 매우 못하고, 대학 구경도 못한 경우보다는 낫군요. 어쨌든 사풀이는 공부 잘하고 놀이에 뒤졌다는 것 빼고는, 유별난 데가 없었어요.

아, 이름 하나는 참 유별났지요. 사풀이가 뭐예요. 형부한테 왜 이름을 그렇게 지었느냐고 물은 적이 있어요. 사풀이가 막 태어났을 때인데, 형부는 말라 죽어가는 풀을 보고 있자니 자기 신세가 마치 죽어가는 풀 같았대요. 생각나는 한자가 '죽을 사(死)' 자밖에 더 있었겠어요. 그 죽을 사 자를 붙여 '사풀' 같았다나요. 그 '사풀'을 아이 이름으로 지어버렸다는 거예요. 하지만 면사무소에 신고할 때는 서기가 누가 아이 이름에 죽을 사 자를 붙이냐고 뭐라고 해서 사 자도 그냥 한글로 했대요. 그러고 보니 형부는 한글로 애기 이름을 지은 첫 세대라고 할 수 있겠네요.

청라초등학교에서 도서관 사서를 도맡았던 조관순이 가로되

난 그 '전교1'이 나중에 글 쓰는 사람이 될지도 모른다고 생각했어요. 글쟁이들은 대개 어렸을 때부터 독서라는 수렁에 빠져들잖아요? 당신 말대로 유사풀씨가 그토록 훌륭한 글쟁이였다면, 45년 전쯤의 내 예상이 적중된 것이죠.

내가 신출내기 선생으로 첫 부임한 그 학교에는 개교 60주년 기념으로 건립된 도서관이 있었죠. 나는 자청해서 그 도서관의 사서 노릇을 했죠. 그 도서관은 마치 한 꼬마를 위해 지어진 것 같았어요. 그 꼬마가 바로 전교1이에요. 나는 처음부터 전교1이라고 불렀어요. 그 꼬마 이름은 풀 이름 같아서 부르기가 거북했어요. 전교1은 방학 중에도 도서관에 나왔죠. 비가 오나 눈이 오나. 그러고 보면 그 도서관과 나도 참 대단했어요. 비가 오나 눈이 오나 꼬마 하나를 바라보고 방학 중에도 도서관을 열었으니까요.

전교1이 하루는 이젠 도서관에 나오지 않겠다고 하더군요. 개학하면 졸업식을 치를 애였지만, 아직 방학이 많이 남아 있었는데도 말이죠. 이유를 물었더니, 더 이상 읽을 책이 없다더군요. 사람들은 시골학교 도서관을 너무 깔보는 경향이 있어서, 그 도서관에 만여 권의 책이 있었다고 하면 잘 안 믿더라고요. 그런데 그 만여 권의 책을 다 읽었다니, 정말 믿을 수가 없더군요. 불과 3년 새에, 그게 가능한 일인가요?

나중에 전교1이 증거라면서 보여준 게 있죠. 라면 박스를 가득 채운 노트들이었어요. 일련번호가 9679번까지 매겨져 있는 독서록이었어요. 그 독서록에 기록되어 있는 바가 맞다면 전교1은 3년 동안 9,679권의 책을 읽은 셈이 됐지요.

그 놀라운 독서가는 중학교에 들어가서는 책을 거의 못 읽었죠. 나를 찾아와서는 "초등학교에도 있는 도서관이 중학교에는 왜 없는지 이해할 수가 없슈!"라고 하면서 징징거리더군요. 전교1이 들어간 중학교에는 도서관은 고사하고 도서실이나 학급문고도 없었죠. 버스를 타고 20분만 가면 시내가 있고, 그곳에는 시립도서관, 서점, 헌책방, 만화방 같은 책을 쌓아놓은 데가 있었지만 전교1한테는 서울이란 데만큼이나 먼 곳이었을 거예요. 지금 아이들에게는 도저히 이해 못할 얘기가 되겠죠. 그런데 요즘 아이들은 정말 책을 안 읽어요. 어떤 책이든 발가락질만으로도 10초 안에 눈앞에 대령시킬 수 있는데도, 절대 그러지를 않지요. 읽을 생각이 아예 없으니까 그렇겠죠.

중학교 동창 박호현이 가로되

녀석은 내 누나를 좋아했어요. 우리 누나를 보겠다고 자주 놀러 왔죠. 하루는 녀석이 뒷간엘 가더니 안 오는 거예요. 나는 인사도 안 하고 집에 갔나 보다 하고 낮잠에 빠져들었죠. 뒷간에서 비명 소리가 나더군요. 하교한 누나가 뒷간에 들어갔다가, 녀석을 발견한 거였어요. 뒷간에 뒤지로 쓰려고 놔둔 책이 하나 있었어요. 『이상 시 전집』이라는 책이었죠. 녀석은 똥을 누러 들어갔다가, 그 책을 앉은자리에서 끝 장까지 다 읽었다는 거예요. 『이상 시 전집』을 읽는 동안 어떤 광휘에 취해서 기절하지 않을 수 없었다는 겁니다. 나는 녀석에게 여러 번 속았기 때문에 안 믿었습니다. 녀석은 중학생 치고는 거짓말을 너무 잘했어요. 나는 녀석이 똥 냄새를 너무 들이켜 기절한 것이라고 생각했죠.

녀석은 『이상 시 전집』을 읽은 뒤부터 '낙서'라는 걸 쓰기 시작했어요. 아시겠지만, 녀석은 그때부터 10년간 그 낙서라는 것에 푹 빠져 살게 되죠. 그땐 낙서가 문학이 아니었어요. 낙서가 문학이라고 하면 미친놈 소리를 들었죠. 나 역시 녀석을 미친놈 취급했죠. 그런데 세상 참 웃겨요. 지난번 딸애 교과서를 봤더니 '유사풀은 낙서문학의 창시자이다'라고 적혀 있더군요. 얼마나 어이가 없던지.

녀석은 첫 작품부터 자신이 낙서를 쓴다는 것을 분명히 했어요. 지금은 그런 오해를 하는 사람들이 없지만, 녀석의 살아생전에는, 녀석의 낙서를, 시나 수필이나 소설로 오해하는 사람들이 대부분이었죠. 심지어는 희곡이나 시나리오로 오해하는 사람들도 있었어요. 그쪽에 전문가시라니 잘 아시겠지만 말이에요. 녀석은 최초의 창작품부터 그런 오해를 받았죠.

다시 말하자면 나는 위대한 낙서가 유사풀의 낙서를 지상에서 처음으로 읽어본 영광을 얻었죠. 제목은 「작부년 새끼」였죠. 읽어봤더니 가슴이 싸합디다. 작부가 광부를 만나 아이를 낳게 되었다, 뭐, 그런 내용이었는데, 내가 마치 작부의 아들이라도 된 것처럼 시큰했던 거죠.

내가 말했습니다. "좋은 시다. 감동적이야." 그랬더니 녀석은 고개를 가로젓고는 단호히 말하더군요. "이건 시가 아니라 낙선디." 녀석이 쓴 것 중에 어떤 것은 진짜 낙서 같았지만, 어떤 것은 시 같고 수필 같고 소설 같았어요. 그런데 녀석은 뭐든지 한사코 낙서라고 우겼어요.

40여 년 전의 일을 어떻게 그토록 잘 기억하냐고요? 말짱 사기죠. 엊그제 일도 긴가민가하는 기억력에 40여 년 전 일을 무슨 수로 기억합니까? 하도 여러 것들이 찾아와서 물어대니까, 하도 여러 번 대답하다 보니까, 나도 모르게 만들어내게 된 얘기죠. 나도 이젠 진짜로 그런 일이 있었던 것만 같다니까요. 참말이지 여러 것들이 찾아왔었습니다. 신문, 방송, 인터넷……. 심지어는 당신 같은 사람까지 찾아오잖아요? 뭐, 평전을 쓰신다고 했었나?

근데 난 정말 의문이오. 녀석이 정말 그렇게 이름이 날 대단한 일을 했단 말입니까? 생전에 개잡놈이 죽어서 이름을 남긴다는 속담도 있지만, 이건 너무 심하지 않느냐, 이겁니다. 그래요, 솔직히 난 그 자식을 개잡놈이라고 생각하고 있습니다. 누나는 짧은 사랑을 했었다지만, 내가 보기엔 그 개잡놈이 우리 누나를 망쳐놓은 거였어요.

고등학교 동창 김배인이 가로되

나는 놈이 싫었어요. 질투심 때문이었다고 해둡시다. 놈은 나보다 다 못했는데 딱 두 가지가 나았어요. 나보다 책을 더 많이 읽었고, 글을 더 잘 썼지요. 읽기와 쓰기를 놈보다 못한다는 것이 나는 정말 견디기 어려웠소이다. 이해하실는지 모르겠지만. 더욱 견디기 어려운 것은 놈과 굉장히 친한 사이로 오해 받았다는 거예요. 우리가 늘 붙어 다닌 것은 사실이었지만, 그건 싸우기 위해서였소이다. 우리는 사사건건 논쟁했단 말입니다.

놈과 어떻게 친해졌냐고요? 친해진 게 아니었다니까! 하여튼 그날을 이야기할 수는 있겠군. 전교협에 가담한 국어 선생이 글 써오라는 숙제를 내줬소이다. 국어 선생은 제일 잘된 것이라며 놈이 쓴 글을 읽어줍디다. 제목이 「학교는 뒈졌다」였을 거예요. 나는 감동했지만, 그것을 인정하기가 싫어서 중얼거렸습니다. "시이발, 저게 뭐 시야, 낙서지." 국어 선생한테는 안 들리고 놈한테는 들리도록 말입니다.

쉬는 시간에 놈이 대화를 요청해 오더군요. 싸우자고 덤빌 줄 알았죠. 놈이 싸움 같은 것은 못하게 생겼고, 나는 싸움이라면 좀 하는 놈이어서 환영하는 심정이었죠. 근데 놈이 헛소리를 하더군요. "나는 드디어 지음을 만난 것 같다. 나의 낙서를 진정 낙서로 알아주는 사람은 네가 처음이다. 고맙다." 그 일이 있은 뒤부터 붙어 다녔죠. 친한 사이라는 오해를 받아가면서.

놈은 진짜로 책을 지나치게 읽어댔어요. 2학년이 되기 전에 시립도서관의 '문학'으로 분류되어 있는 책들을 죄 읽어버린 겁니다. 믿어지지가 않아서 검증을 여러 번 시도해보았는데, 겉으로는 안 믿는 척해도 속으로는 인정하지 않을 수 없었습니다. 진짜로 읽었다는 것을.

그런데 놈의 헛소리는 정도가 지나친 데가 있었어요. 특히 이상 문학에 대해서 말하는 것을 듣고 있노라면, 놈의 머릿속을 해부해보고 싶은 생각이 들었습니다. 이런 말을 한 적이 있지요. "충격이다. 낙서가 문학은커녕 문짝 대접도 받지 못한다는 사실을 알게 되었다. 낙서의 전범으로 삼았던 이상에 대해서, 이상한 사람이었다고 쓴 사람은 있어도, 낙서가였다고 언급한 사람은 하나도 없어. 충격이야! 우리나라의 문학한다는 작자들은 옛날 놈이나 당대 놈이나 한결같이 이상의 낙서를 모독하고 있어. 이상의 지고한 낙서를 두고 시라고, 소설이라고, 수필이라고 우기고 있었어. 사악한 시로, 추잡한 소설로, 역겨운 수필로 이상의 낙서를 못 박으려 하다니." 놈은 분노하고 또 분노했죠.

"그나마 다행인 것은 이상이 문학사적으로 크게 대접받고 있다는 사실이야. 이상문학상이라는 게 있고, 상은 권위를 인정받고 있으며, 『이상문학상 수상작품집』은 잘 팔리는 모양이야. 그리고 문학한다는 인간치고 이상을 높이 평가하지 않는 작자가 없어. 그런데 그 누구도 이상의 낙서를 진정으로 이해하거나 느끼고 있지 못해. 그러니까 시라고, 소설이라고, 수필이라고 엉뚱한 소리를 해대는 거야. 그런데 참 헛갈린다. 그렇게 이상의 낙서를 몰이해하고 느끼지 못하는 사람들이, 어떻게 그토록 이상을 추앙할 수 있는 건지……."

요새 사람들은 낙서를 문학으로 인정하지만, 나는 여전히 아니오. 낙서는 낙서일 뿐이오. 그런 낙서 나부랭이를 문학의 경지로까지 끌어올리고, 찬양하고, '유사풀 낙서문학상' 같은 것을 만들어놓고, 사기극을 벌이는 자들! 그런 놈들 안 잡아가고 저승사자는 뭐 하는지 모르겠소. 나도 놈의 글 중에 훌륭한 게 많았다는 것을 부정하지는 않소. 하지만 놈이 쓴 글은 절대로 낙서가 아니었소.

길러준 어머니 최입분이 가로되

남동생이 결혼을 하게 되었죠. 그 애는 우리의 재산 중 절반을 떼어달라고 했죠. 열 마지기로 늘어난 논과 다섯 마리로 불어난 소의 절반을 말이에요. 신랑은 이를 득득 갈더군요. 하루 한 끼니도 못 먹고 사는 것들을 사람 꼴 나게 만들어놨더니, 배은망덕하다는 거였죠. 신랑이 우리 재산에 내 친정의 피와 땀이 깃들어 있는 것을 부정하는 것은 아니었죠. 신랑은 논 두 마지기와 소 한 마리를 부조로 내놓을 염까지 하고 있었거든요. 그런데 내 동생은 너무 많이 원했죠. 물론 우리 아버지하고 어머니가 부추겼겠죠.

신랑은 열 받아서 내 동생 결혼식에도 참석하지 않았죠. 나한테도 가지 말라고 했죠. 하지만 나는 애들을 다 끌고 갔죠. 나는 일주일 동안이나 쫓겨났었죠. 사풀이는 작대기로 얻어맞았어요. 신랑은 나보다 사풀이한테 더 화가 났었던 거였어요. 피 한 방울 섞이지 않은 집안에 네가 뭔데 아버지 말까지 어기면서 갔다 왔냐는 거였죠. 친정 식구들과 신랑은 하루가 멀다 하고 재산 때문에 싸웠죠. 30여 호밖에 되지 않는 조그만 동네에서 장인 사위 간에 참 가관이었죠.

나는 친정과 신랑 사이에 끼어서 참 고달팠죠. 하루는 참다못해서 농약을 마셨어요. 내가 살아난 다음에 신랑이 역정을 내더군요. "제초제 놔두고 왜 살충제를 먹어?" 살충제를 마셨다가 살아난 사람은 여럿 있었지만, 제초제를 마셨다가 살아난 사람은 한 사람도 없었거든요. 신랑은 내가 또 농약을 마실까 봐 겁이 났던지 논 다섯 마지기와 소 두 마리를 친정에 떼어주었죠.

그때 농약을 마신 건, 그리고 죽지 않고 살아난 건, 신랑에게 참 미안한 일이었어요. 나는 살아나기는 했지만 평생을 후유증에 시달려야 했거든요. 지금까지 살아 있다는 게 기적 같죠. 21세기 들어서 의학이 획기적으로 발전하지 않았다면 난 벌써 죽었을 거예요. 신랑은 불행히도 21세기를 보지 못했죠. 신랑은 나를 살리기 위해서 환자가 됐어요. 그 얘기는 좀 있다가 하지요.

그때 사풀이는 고등학생이었고, 내 배로 낳은 애들은 아직 초등학생이었죠. 나와 사풀이 사이는 점차 멀어졌어요. 그럴 수밖에 없는 거 아니겠어요? 의붓어미와 의붓자식 사이가 다 그렇죠, 뭐. 사풀이는 집에 들어오지 않는 횟수가 많아졌죠. 독서실에 다닌다고 했는데, 진짜로 다녔는지 어쨌는지는 모르겠어요. 나는 사풀이한테 신경 쓸 필요도 느끼지 못했죠. 개는 공부를 잘했거든요. 공부를 잘하면 모든 걸 잘하는 것 아닌가요? 그때나 지금이나. 신랑도 장남한테는 전혀 신경을 안 썼죠. 그게 다 공부를 잘했기 때문 아니겠어요?

고등학교 동창 이복재가 가로되

나는 화가가 되는 게 꿈이었어. 미대에 가고 싶었지. 그래서 회화반에 들었는데, 지금은 어떻게들 공부하나 몰라도, 그땐 그림 공부하려면 돈이 많이 들어갔어. 나는 부잣집 아들이 아니었어. 조간도 돌리고 석간도 돌렸지. 사풀이는 같은 반이 아니었는데 석간신문 보급소에서 알게 되었지. 나는 자취를 하고 있었는데, 어느 때부터인가 사풀이랑 같이 쓰다시피 하게 되었어. 아니, 사풀이 자취방처럼 되었지. 나는 학교 미술실에서 늦게까지 그림을 그렸거든. 잠은 수업 시간에 잤으니까 밤에 얼마든지 시간이 있었지.

사풀이는 선생들이 하지 말라는 짓은 다 하더군. 술 마시고, 담배 피우고, 빨갱이 책을 읽고……. 빨간책 말고 빨갱이 책. 포르노 잡지 같은 거 말고 불온서적 말이야. 요새는 금지된 사이트가 있잖아? 금지된 사이트에 들어가기만 해도 처벌받잖아? 그때는 금지된 책이 있었다고. 국가법적으로는 몰라도 학교 선생들한테 걸리면 많이 맞았어. 심하면 정학까지도 받았어. 전교협인가 전교조 때문에 시끄러울 때였거든. 1989년부터 전교조고 그전까지는 전교협이었다고? 뭐, 어쨌거나 거기 든 선생들은 빨갱이 선생으로 불렸는데, 그 빨갱이 선생들이 좋다고 꼭 읽어 보라는 책들은 다른 선생들한테 항상 빨갱이 책 취급을 받았지. 아냐, 교과서, 참고서 이외의 책은 모조리 빨갱이 책 취급을 받았던 거 같다. 아무튼 그랬을 거야. 이해해줘. 35, 6년 전 일을 세세히 기억한다는 게 쉬운 일은 아니지 않겠어?

하루는 사풀이가 한탄을 하더군. 시립도서관과 그 고을에 딱 네 개 있는 서점을 샅샅이 훑어보았지만, 낙서문학 관련 서적을 찾을 수가 없었다는 거야. 딱 한 권 찾았는데 『대학생들의 화장실 낙서 모음』이라는 책이었대. 하지만 그 책은 도저히 위대한 낙서문학의 범주에 집어넣을 수가 없다더군. 유치하고 추잡하다는 거야. 대학생들이 그토록 한심한 존재인 줄 몰랐다나. "화장실 가서 똥은 안 싸고 낙서를 모독하다니. 그러니까 '놀고 먹고 대학생'이란 소리를 듣지. 우리가 그런 대학생이 되려 하다니 너무 슬프다." 이러더군.

난 김배인이라는 애와도 알게 되었지. 하루는 사풀이와 배인이가 우리도 한번 문집을 만들어보자더군. 그때 문학 동아리와 문집이 한참 유행했거든. 우리 학교 학생부 선생들의 표현에 따르면 '빨갱이적 작태'였지. 하여튼 그때 빨갱이란 말은 아무 데나 걸면 걸리는 만사형통 걸이였다니까. 나는 글을 못 쓴다고 했지. 사풀이가 그림이 충만하고 만화도 있는 문집을 주장하더군. 난 그림과 만화라면 자신이 있었지.

배인이가 불알 달린 것 셋이서만 하면 재미가 적다고, 여고생들을 꼬여보겠다고 하더군. 배인이는 예수님도 안 믿으면서 어느 교회의 고등부 학생회장으로 있었는데, 그 교회 다니는 여고생을 통해 여고의 문학소녀 세 명을 엮는 데 성공했지. 사풀이가 처음으로 배인이를 존경의 눈빛으로 바라보더군.

우리 여섯 명의 고등학생은 일주일에 한 번씩 중국음식점이나 제과점에서 만났지. 자장면과 짬뽕을 후루룩거리면서, 빵을 씹어대면서, 학교 교육의 문제점을 비판하고, 문학을 이야기하고, 사랑에 대하여 성찰했지. 한 달에 한 번은 각자 집에 거짓말을 하고 내 자취방에 모여서 밤을 새웠어. 대마초나 본드 같은 것은 하지 않았어.

『서투른 비상』을 같이했던 서옥순이 가로되

두 달에 한 번 문집을 냈어요. 문집의 제목은 『서투른 비상』이었죠. 다들 이름 하나씩을 내놓고 의견을 조율할 때 목소리 큰 놈이 이긴다고, 유사풀의 목소리가 제일 커서 그 제목으로 결정된 것이었어요. 만족했어요. 사풀이를 제외하고 우리가 내놓은 이름들은 한결같이 평범했거든요.

우리들의 6인 문집 『서투른 비상』은 그 고을의 고등학생들에게 굉장한 인기를 얻었죠. 당시 한국 사회는 87년 유월항쟁을 통해 민주화를 이룬 뒤였어요. 그때, 민주화를 이루려면 아직도 멀었다, 군사독재도 아직 다 청산하지 못했다, 이런 식으로 말한 국민들이 더 많았어요. 그런데 요즘 모든 역사서는 한결같이 기록하고 있더군요. '1987년 유월항쟁으로 민주화가 이루어졌다'고요. 역사가들의 합의에 따를 수밖에요.

민주화로 인하여 도시와 시골을 구분하지 않고, 대학 사회뿐만 아니라 고등학교 사회에도, 민주의 열기가 뜨거웠죠. 민주화가 되기 전에는 '동아리 활동은 청소년 범죄'가 공식이었던 그 고을도 민주화가 있은 뒤로는, 고등학생들의 동아리가 이합집산을 거듭했고, 동아리마다 문집을 내놓았죠. 30여 개의 동아리가 35권의 문집을 내놓은 계절이 있을 정도였죠. 그 숱한 문집 중에, 우리들의 『서투른 비상』이 으뜸 스타였어요.

1집은 백 부를 만들었어요. 에이포지 30장을 호치키스로 박은 거였어요. 호치키스라는 말을 모른다고요? 그런 말도 모르면서 무슨 평전을 쓴다는 거예요? 요새는 뭐라고 하나. 호치키스, 이거 『21세기 한국어 대사전』에도 나와 있던데. 미원이나 봉고처럼 상표명이 굳어서 된 말이라고. 찾아보세요.

하여튼 백 부를 만들어서, 각자 친한 애들과 가족과 몇몇 선생님들에게 나누어주었죠. 우리 아빠는 하라는 공부는 않고 헛짓한다고 화를 내더군요. 나는 아버지가 하도 반대해서 문학의 길로 가지 못했어요. 아버지가 반대하지 않았다면 나도 유사풀처럼 성공했을라나? 전교협 소속 선생님들, 향후 전교조 결성과 전교조 합법화를 위해 지난한 길을 걸어갈 분들이 특히 열광적인 반응을 보이더군요. 선생님들은 당시 고등학생들의 글을 질리게 보았지만, 『서투른 비상』에 실린 글들만큼 감동을 주는 동시에 재미있는 걸 본 적이 없다는 거였어요.

2집 때는 50장으로 분량이 늘어났어요. 하도 달라는 친구들이 많아서 5백 부를 만들었어요. 에이포지 한 장 복사하는 값이 10원. 50장 곱하기 5백 하면 2만 5천. 25만 원의 경비가 소요되더라고요. 여섯 명이니까 한 사람 당 4만 원 이상. 난 4, 5만 원 지출이 부담되더라고요. 다들 분량을 줄이고 최대 백 부까지만 만들자고 했는데 유사풀만 외고집이었어요. 유사풀은 백 장 분량으로 더 늘리고 최소 천 부까지 만들자고 했어요. 나는 유사풀이 돌았다고 생각했어요.

『서투른 비상』을 같이했던 이주영이 가로되

사풀이는 3집에 싣기 위하여 에이포지 50장 분량의 대하 낙서를 써놓았던 거예요. 사풀이는 자기 글을 항상 낙서문학이라고 우겼죠. 무조건 낙서라는 거였어요. 그런 억지춘향이가 없었다고요. 물론 나도 알아요. 지금은 낙서문학이 시와 소설과 희곡 등과 분명히 다른 형태의 문학으로 정립되었다는 걸요. 내가 국문학 교수 아닙니까. 하지만 당시엔 낙서를 문학이라고 생각한다는 것은 '나는 사이코다'라고 말하는 것과 똑같았다니까요.

그러고 보면 나중에 뭐가 되려면 사풀이처럼 죽을 때까지 우겨야 해요. 초지일관 우긴다고 해서 다 뭐가 되는 것은 아니겠지만, 사풀이처럼 우겨서 되는 경우도 가끔은 있지요. 한국 문학사를 살펴보면 그런 일이 종종 있어요. 1960년 초반에 한 젊은 평론가가 어떤 소설가의 소설이 한국 문학을 혁신했다고 주장했을 때 문단의 반응이 어땠는 줄 알아요? 돌았다, 였어요. 그런데 어떻게 됐나요? 10년도 못 되어, 그 젊은 평론가의 말은 문단적 합의가 됐잖아요. 그 젊은 소설가는 한국 문학을 혁신한 최고의 소설가가 됐고요. 서른 갓 넘은 나이에 말이에요.

그런 경우는 얼마든지 있어요. 다른 나라에도 얼마든지 있어요. 한 사람만 예로 들어볼까요. 카프카가 있잖아요. 카프카는 죽을 때까지 아무것도 아니었어요. 그런데 언제부터인가 죽자 살자 카프카의 문학이 위대했다고 우기는 사람들이 있었죠. 20세기 말엽에 이르러 그들의 우김은 정론이 돼버렸어요. 문학판이 그런 데예요. 우기려면 끝까지 우겨야 한다고요. 무슨 얘기를 하다가 이런 말을 하고 있나요?

아, 『서투른 비상』 얘기를 하고 있었죠. 사풀이는 선주문을 받아서 제작하자고 하더군요. 옥순이가 사풀이가 미친 것 같다고 했을 때 나는 도리질을 했었는데, 이젠 나도 사풀이가 단단히 돌아버렸다고 생각하게 되었죠. 어떤 미친 학생이 천 원씩이나 주고 책도 아니고 문집 같은 걸 사겠느냐 말이에요. 그런데 맙소사! 백 장 분량 한 권 만드는 데 들어가는 돈, 천 원을 미리

낸 애들이 보름 만에 천 명을 돌파해버렸어요. 어떻게 소문이 났는지 중학생들도 단체로 선주문을 했어요. 4집, 5집, 6집, 7집이 계속적인 성공을 거두었죠. 마지막이 된 8집에 이르러서는 2백 장 분량이라 2천 원이었는데도 무려 만 권을 만들어야 했어요. 서울이나 부산 같은 대도시의 고등학생들까지 주문을 해 온 거였죠. 호치키스 박다가 팔 부러지는 줄 알았어요.

내가 제일 먼저 탈퇴를 선언했지요. 나는 더 이상 다른 애들의 들러리가 되고 싶지 않다고 말했어요. 내 글이 여섯 명 중에 가장 못했거든요. 그런데 기다렸다는 듯이 옥순이와 영지도 더 이상 문집에 참여하지 않겠다는 것이었어요. 나하고 똑같은 말을 하더군요. 못하는 우리들이 빠져줄 테니, 잘하는 남자 애들끼리 좀더 수준 높은 문집을 만들어보라는 거였죠. 그런데 남자 애들은 남자 애들끼리 갈등이 있었던 모양예요. 끝내 『서투른 비상』 9집은 만들어지지 않았던 거죠.

『유사품 낙서집』을 편집했던 강수철이 가로되

그때도 책을 만들어달라고 원고 꾸러미를 보내오는 사람들이 숱했습니다. 고삐리들도 많이 보내왔습니다. 당시 고등학생들은 참교육 세대로 불리는 애들이었는데, 다른 시기 고등학생들보다 글을 참 많이 써 갈겼습니다. 그런데 고삐리들의 글은 한 문장만 보면 끝을 짐작할 수 있었습니다.

나는 유사풀이라는 시골 고삐리가 보내온 문집 『서투른 비상』 여덟 권도 아무런 기대를 하지 않고 들춰보았습니다. 6인 문집이었는데, 세 명의 여고생 글은 한 편 이상 볼 필요가 없었고, 김배인이라는 학생의 글은 열 편 정도 읽고 말았습니다. 이복재라는 학생의 만화가 괜찮았지만 책을 생각하기에는 어림도 없었습니다. 그런데 유사풀 학생의 글은 죄다 읽었습니다. 소설, 희곡, 수필 등은 안 되겠다 싶었습니다. 내용은 있는데, 문장이 어떻게 해볼 수 없을 정도로 엉망이었습니다. 남은 것은 시인데, 굉장히 독특했습니다.

당시 고삐리들의 시는 '나는 지금 감상에 빠졌어요' 아니면 '학교 제도는 썩었다'로 요약할 수 있었는데, 유사풀 학생의 글은 그런 말로 요약이 안 되었습니다. 언어의 나열이 아니라, 문학적인 형상화가 돼 있었던 겁니다. 솔직히 장사가 될 수도 있겠다는 판단을 했습니다. 당시 고삐리들은 문학에 도취되어 있었습니다. 우리 출판사도 『홀로서기』나 『접시꽃 당신』 같은 책을 내고 싶었던 겁니다. 문학적인 평가는 모르겠고, 고삐리한테 폭발적으로 팔릴 만한 그런 끝내주는 상품을 내놓으려고 했던 겁니다.

우리는 유사풀 학생의 시집을 내기로 결정을 보았습니다. 지금도 그렇지만 그때도 어떤 책이 느닷없이 잘 팔리는 수가 있었는데, 그런 책들은 대개 작자가 평범하지 않은 상황에 처해 있었습니다. 유사풀씨의 표현을 빌려서 말하자면, '광부의 아들'

이며, '작부의 새끼'이며, '의붓어미와 배다른 형제를 둔 고등학생'이라는 조건을 잘만 활용하면 센세이션을 불러일으킬 수도 있다는 기대를 했습니다.

그런데 한 가지 문제가 있었습니다. 유사풀 학생이 자기의 글은 시가 아니라 낙서라고 우기는 거였습니다. 이해할 수가 없었습니다. 내 아들이었다면 뺨따귀를 백 번은 갈겼을 정도로, 우겨댔습니다. 내가 농담으로 이렇게 말했습니다. "그럼, 아예 책 제목을 『유사풀 낙서집』이라고 할까?" 그랬더니 유사풀 학생은 그게 좋겠다고 쌍수를 들었습니다. 나는 내가 아무렇게나 한 말을 곱씹어보았습니다. 고삐리들의 호기심을 자극할 만한 제목인 것도 같았습니다.

그렇게 해서 1989년 가을에 『유사풀 낙서집』이라는 책이 나오게 된 것입니다. 초판으로 천 5백 부를 찍었는데, 우리 출판사가 낸 대부분의 책과 마찬가지로 재판을 찍지 못했습니다. 우리 출판사는 그 책을 낸 지 3년 뒤에 간판을 내렸습니다.

중학교 동창 박호현의 친누나 박진희가 가로되

나는 60여 년을 살면서 딱 두 남자랑 살을 섞어보았어요. 물론 한 남자는 지금도 함께 살고 있는 남편이고, 다른 한 남자는 바로 유사풀씨였어요. 죽어서 유명해진 그 사람 말이에요.

오토바이랑 박치기를 해서 다리가 부러진 적이 있었어요. 고등학교 3학년 때였던 것 같은데, 한 달인가, 두 달인가를 병실에서 보내야 했죠. 2인 병실이었지만 나 혼자 있을 때가 많았어요. 사풀이는 내 동생보다 더 자주 문병을 왔죠. 나는 흔히 말하는 문학소녀였어요. 내 동생은 내가 문학 얘기를 하면 얼마 못 견디고 자리를 피해버렸죠.

하지만 사풀이는 문학 얘기라면 열광을 했어요. 우리는 몇 시간이고 문학 얘기를 했죠. 사풀이는 자기가 쓴 글을 내게 죄다 보여주었어요. 나보다는 잘 썼지요. 재미있는 글이 많았어요. 지나치게 과격한 글도 많았고요. 그런데 나는 사풀이가 왜 자기 글을 한사코 낙서라고 우기는지 이해가 잘 안 됐어요.

하루는 사풀이가 나를 겁탈하려고 들었어요. 나는 원하지 않았는데, 사풀이가 덤벼들었으니까 겁탈이 맞죠. 나는 사풀이를 남자로 생각해본 적이 없었는데, 사풀이는 내가 여자로 보일 때가 많았나 봐요. 겁도 났지만 우습기도 하더라고요. 생각해보세요. 깁스한 다리 한 짝을 쳐들고 있는 소녀, 그 소녀를 올라타고 짐승처럼 욱대기는 소년.

나는 결사적으로 몸부림치며 막았지만, 병원 사람들이 듣도록 소리를 지르지는 못했어요. 창피했기 때문이죠. 더는 못 버티겠더라고요. 나는 눈물을 찍 흘리면서 말했어요. "좋아, 나를 가져! 하지만 다시는 문학을 입에 올리지 마."

나는 문학은 순결한 것이라고 생각했죠. 그리고 순결한 사람만이 문학을 할 수 있는 것이라고 믿었어요. 그러니까 네가 순결하지 못한 짓을 저지르면 네 문학도 끝장이라는 협박을 한 거죠. 모르겠어요. 사풀이가 내 말을 어떻게 받아들였는지. 결론을 말하자면, 사풀이는 씩씩대기를 멈추고 나를 멍하니 바라보더니 내 배 위에서 내려가더군요. 이후로 다시는 문병을 오지 않았어요.

나는 대학에 가지 못했어요. 공부도 못했지만 집안 형편도 어려웠지요. 상고를 나오진 않았지만, 아버지 연줄로 어느 조그만 회사에 경리로 취직이 되었지요. 그 사무실에서 사풀이를 다시 만났어요. 사풀이는 고등학교 3학년이 되어 있었는데 석간신문을 돌리더라고요. 어느 날 내 앞에 신문을 내밀고는 잠시 얼빠져 서 있더라고요. 사풀이는 나랑 안 마주치려고 무척 애쓰더군요. 수금도 안 오데요. 수금 때는 친구를 대신 보냈던 거죠. 그런데 가을인가, 사풀이가 오늘이 마지막으로 신문을 돌리는 거라면서 책을 한 권 내밀더라고요. 『유사풀 낙서집』이더군요.

1990년 1월 1일을 나는 기억해요. 사풀이의 사진과 시가 신문에 나와 있더라고요. 사풀이가 신춘문예에 당선된 것이었지요. 신춘문예가 없어진 지 꽤 돼서 요새 사람들은 잘 모르겠지만, 그땐 신춘문예가 대단한 것이었지요. 고시와 동급으로 보는 사람들까지 있었다니까요. 『유사풀 낙서집』을 읽었을 때는 대수롭지 않게 생각했었는데, 신춘문예 당선에는 깜빡 죽겠더라고요. 내가 축하주를 사겠다고 전화를 했더니 사풀이는 벌벌 떨더군요.

술을 마셨어요. 단둘이서. 사풀이가 장난인지 어쨌는지 여행을 떠나고 싶다고 하더군요. 그때 비둘기호라고 가장 느리게 달리는 기차가 있었어요. 그 비둘기만 타고 전국을 일주해볼 생각이라는 거였어요. 나는 함께 가자고 했지요. 사풀이는 무서워하더군요. 하지만 어쨌든 우리는 4박 5일 동안 함께 기차 여행을 했지요. 여행을 다녀와서도 몇 번 함께 잤고…….

내가 임신 사실을 알았을 때 사풀이는 서울에 있는 대학교에 다니고 있었지요. 사풀이는 나한테 연락을 끊고 있었어요. 내가 찾아가서 임신했다고 말했더니, 사풀이는 돈을 갖고 오더군요. 신춘문예 상금이라며. 내 동생 호현이가 그런 사정을 눈치 챘어요. 호현이는 사풀이를 죽이려고 작정했었나 봐요. 하지만 죽이지는 못했죠. 죽지 않을 만큼만 패줬대요.

애를 지웠지요. 이후 지금의 남편을 만나기 전까지, 남들이 보기에 참 신산한 세월을 보냈죠. 내가 생각해도 참 어지럽게 살았더랬어요. 동생 호현이는 내가 그렇게 살아간 것에 대한 책임을 사풀이에게 전가하려고 했지요. 글쎄요, 나는 별로 사풀이한테 악감정을 갖지 않았던 것 같아요. 내 인생은 내가 살아가는 것인데, 사풀이가 무슨 책임이 있겠어요. 사풀이가 죽었다는 소식을 들었을 때 한없이 울었던 게 기억나요. 그냥, 불쌍해서 울었겠지요. 생각해보세요, 스물다섯 살밖에 안 먹은 젊은이가 죽었어요. 그 자체로 불쌍하지 않은가요? 울음이 나올 만했지요.

학과 10년 선배 양우석이 가로되

10대 이창호가 바둑계를 천하통일하고, 10대 댄스 가수들이 가요시장을 석권하고, 동계올림픽 나가서 금메달 따 오는 것은 죄다 10대들이고, 컴퓨터와 인터넷은 10대들의 전유물이고, 10대들이 판치는 시대였거든. 오죽하면 '10대에 이루지 못했다면 더 이상 볼 것 없는 인생이다'라는 속담이 유행했었겠나. 그런데 10대들한테 절대로 문호를 개방하지 않는 분야가 있었거든. 문학이라고. 문학판에서는 10대들이 제아무리 날고 뛰어봐야 어린애들 장난 취급을 했거든. 지금도 그런 전통이 살아 있나? 내가 책을 안 읽은 지가 하도 오래돼서 동향을 모르겠거든.

10대에 날고 뛰던 것들이 있었거든. 각종 고교생 대상 문예공모나 백일장을 휩쓸고 다녔던 애들. 사풀이도 그런 애 중의 하나였거든. 세 개의 백일장에서 장원을 했고, 다섯 개의 문예공모에서 입상을 했었거든. 그것보다 더 놀라운 것은 약관 스물에 신춘문예에 당선했다는 것이었겠지. 어쨌든 녀석은 4년 장학금을 약속받고 우리 '문학과'에 들어왔거든.

녀석이 사인해서 준 『유사풀 낙서집』과 신춘문예 당선 시를 읽어보았는데, 과연 나이에 비해서 지나치게 탁월한 바가 있더군. 하지만 그래 보았자 어린애가 쓴 글이었거든. 우리 문학과 30년 역사상 가장 뛰어난 입학생이라는 생각이 들었지만, 우리 문학과 출신으로 이름을 남긴 문학인 중의 한 명이 되려면, 한없는 노력과 더불어 행운이 따라야 한다는 생각도 들었지.

모든 것이 그렇지만 문학도 그게 필요하거든. 한없는 노력과 행운. 특히 행운이 필요하지. 아무리 노력해도 행운이 따르지 않는 경우가 있는가 하면, 별로 노력하지 않았는데 행운이 따르는 경우가 있지. 무슨 얘기를 하다가, 아, 사풀이 얘기를 하고 있었지. 그러니까 결론적으로 말하자면 사풀이가 10대 때 날렸든 날았든 간에, 우리 문학과에서는 신입생 중 한 명에 불과했다는 것이거든.

하지만 녀석처럼 고등학생 때 잘나가던 애들은 대개 시건방지기 마련이고, 선배들은 그 꼴을 못 보지. 아니나 다를까 녀석은 무척 건방지더군. 자기 동기들을 무시하고, 등단한 자가 하나도 없는 재학생 선배들을 경멸하더군. 10년 선배인 나한테도 맞먹으려 들더군. 문학적으로 말이야. 내가 등단 3년차가 아니었다면 나도 녀석에게 경멸당했을 거야. 내 후배들은 그런 녀석을 다루는 법을 알고 있었지. 술과 주먹으로 가르쳐주어야겠지. 그런 애들은 말을 듣지도 않지만, 알아듣지도 못하거든. 말이 필요없어. 무조건 마시게 하고, 주정 부리면 패버리는 거야. 그런 녀석들은 반드시 주정을 부리게 되어 있거든.

우선 녀석의 우상을 파괴해야겠지. 고등학교 때 우상으로 섬겼던 문학인이나 작품들 같은 거 말야. 녀석은 특히 이상 문학에 미쳐 있더군. 낙서문학의 선구자라나. 다음엔 녀석의 고등학생적, 10대적 시야를 타파시켜주어야겠지. 대학생이면 대학생답게 세상을 바라보아야 될 것 아니야. 20대면 20대의 눈으로 세계를 바라보아야 될 것 아니겠어? 그런데 그다음이 문제야.

사풀이 녀석이 기말고사 끝나고 나서 말했거든. "가 선배는 원고지 한 장 끼적거릴 시간이 있으면, 짱돌 한 개를 더 던지라고 했어요. 나 선배는 하나님의 성령으로 충만해지자고 했어요. 다 선배는 민족이 해방되려면 노동계급의 해방이 우선되어야 한다고 했어요. 라 선배는 민주화가 이루어졌으니 열심히 공부해야 한다고 했어요. 마 선배는 여자를 하나라도 더 따먹는 게 진정한 문학 공부다, 라고 말했어요. 바 선배는 문학에서 이데올로기를 제거해야 한다고 말했어요. 사 선배는 문학하는 자가 되고 싶거든 문학과를 당장 떠나라고 했어요. 아 선배는……."

"그만, 마치 네 낙서문학 같구나!" 녀석이 자기 글을 한사코 낙서라고 우기는 것에 빗대어 비꼬았더니, 반색을 하더군. "역시 조교님이 유일해요. 제 문학을 낙서로 알아주는 사람은." "인마, 그러니까 네가 하고 싶은 말이 한마디로 뭐야?" "헛갈린다는 거쥬." "원래 그런 거야, 인마. 문학이 그렇게 쉬운 건 줄 알았니?" 그게 녀석을 마지막으로 본 거였거든.

나중에 그 녀석이 아주 유명해지더군. 죽어서 말이야. 행운이 따른 것이지. 요절한 것은 안됐지만. 그런데 나는 가끔 이런 의문이 들었거든. 녀석이 요절하지 않았더라도, 녀석은 유명해졌을까?

대학 동기 조미연이 가로되

걔는 어떤 여자든 두 번만 만나면 사랑에 빠졌어요. 세번째나 네번째 만남에서는 어김없이 사귀자고 말했지요. 여자들이 어떤 반응을 보였을까요? 십중팔구가 아니라 십 중 십이 싫다고 했어요. 걔는 여자들이 최소한 세 번은 튕긴다는 걸 몰랐어요. 여자가 싫다고 하면 두 번 다시 말을 걸지 않았지요. 싫으면 말고, 라는 식이었어요. 걔한테 먼저 사귀자고 말한 여자는 한 명도 없었지요. 당연하죠. 걔는 촌티가 잘잘 흘렀고, 키가 작았고, 하는 짓마다 이상했어요. 그런 남자를 누가 좋아했겠어요.

걔 때문에 나는 기분이 나빴답니다. 나한테만 사귀자는 말을 안 했거든요. 걔한테는 내가 여자로 안 보였나 봐요. 걔 같은 껄떡쇠한테 여자로 안 보이다니, 내가 얼마나 어이가 없었겠어요. 정말이지 이해가 안 갔어요. 나는 쭉쭉빵빵이었거든요. 지금은 이렇게 볼품없이 되었지만, 스무 살 때 아닙니까. 그때 나는 팔등신 미인이었죠. 우리 학교에서 미스코리아대회 본선에 진출할 수 있는 애는 내가 유일했을걸요. 그런 나한테는 사귀자는 말을 안 했단 말입니다.

걔가 특별했으면 얼마나 특별했겠습니까. 고등학교 때 잘나갔다? 고등학교 때 못 나간 애도 있습니까? 나는 고등학교 때, 잘나가는 여성잡지 표지 모델로 뽑힌 적이 있었어요. 표지 모델이 훌륭한가요, 무슨 백일장 가서 금상인지 은상인지 받았다는 게 훌륭한가요? 책도 냈다? 아무도 읽지 않는 쓰레기 같은 책, 그런 걸 내고 으스대더군요. 걔는 부끄러움을 몰랐어요.

등단했다? 그것만큼은 인정해요. 하지만 문학과나 문창과 한 달만 다닌 학생이라면 다 알았죠. 등단이 아무것도 아니라는 걸요. 1년에 등단하는 사람들이 얼마나 많습니까? 신춘문예만 놓고 봐도, 많지요. 그중에 몇 명이나 이름이 남습니까. 그런데 걔는 등단한 걸 가지고 문학을 집대성이라도 했다는 듯이 굴었어요.

걔는 데모에 빠지지 않고, 술판에 빠지지 않았지만, 강의에는 늘 빠졌지요. 그건 당시 대학생들의 일반적인 현상이었어요. 셋 중에 둘은 강의와 도서관을 멀리하고, 데모와 술판을 가까이 했죠. 나야말로 아주 특별한 학생에 해당했죠. 나는 강의도 도서관도 데모도 술판도 멀리했어요. 나는 강남 출신입니다. 강남 출신답게 놀았죠. 학과 애들하고는, 선배건 동기건 1분도 어울리지 못하겠더군요. 그래서 1학년 1학기를 마치고 거기 문학과를 때려쳤어요. 강남 출신답게 유학을 갔지요.

걔와 섹스한 거요? 그거 그냥 순간적인 충동으로 한 거예요. 내가 젊었을 때 했던 섹스가 대개 그러했듯이. 내가 문학과 잠깐 다니면서 그나마 말을 하고 지낸 애가 걔예요. 걔의 낙서문학을 무시하기는 했지만, 걔의 글을 재미있게 읽기는 했지요.

"낙서부문이 없다고 시부문에 투고한 것은, 네 말대로 하자면 낙서문학에 대한 훼절 아냐?"라고 물었더니, "어쩔 수가 없었어. 낙서문학을 드높이기 위해서는 제도문학권으로 들어가야 하는데, 그 방법은 등단이 유일하고, 일단 아무것으로나 등단을 하고 보자는 거였지. 내 판단이 옳았다고 봐"라고 대답했던 게 기억나네요.

휴학계를 내러 갔다가, 역시 휴학계를 내러 온 걔와 마주쳤지요. 우리는 생맥주 한잔 하기로 했어요. 나는 미국으로 간다고 했더니, 걔는 세상 속으로 간다고 하더군요. 그리고 걔는 나를 볼 때마다 먹어보고 싶다는 생각을 했다는 거예요. 내가 몇 명이나 먹어보았냐고 했더니, 다섯 명이라고 하더군요. "그중에 너처럼 잘빠진 애는 없었어"라는 말을 덧붙이더군요. 나는 열댓 명의 남자를 먹어보았지만, 시인을 먹어본 적은 없었지요. 걔는 낙서가라고 우기건 말건 나는 걔를 시인이라고 생각했었어요. 우리는 서로를 먹어보기로 했어요. 그래서 한 거예요.

다시는 못 만났죠. 걔가 너무 빨리 죽어버렸기 때문이죠. 걔가 좀더 오래 살았다면 다시 만났을 거예요. 나도 서른 무렵에 등단이란 걸 해서 문단 생활을 하게 됐거든요. 만났으면, 다시 한 번 섹스를 할 수도 있었겠죠.

나는 문학판에서 인정받으려고 참 많이 발버둥쳤는데, 걔는 그렇게 일찍 죽었는데도 불구하고 나보다 백배는 더 인정을 받더군요. 가끔 이런 생각을 했어요. 나는 젊었을 때 죽지 못해서, 이렇게 이름 없는 작가로 늙어가고 있는 것이라는.

공사판에서 유사풀을 만났던 사진작가 서진보가 가로되

도서관에서 책을 붙잡고 있는 것은 누가 보아도 당연한 바이겠지만, 노가다판에서 책을 붙잡고 있다면 그건 누가 보아도 괴이쩍은 일이 아니겠어. 그놈이 그랬어. 노가다판에서 책을 보더라고. 새참 때, 점심 먹을 때, 남들은 잠깐이라도 눈 붙이기 바쁜데 놈은 책을 보더군. 저녁때 숙소에서도 마찬가지였어. 남들은 노름을 하거나 술추렴을 하거나 했는데 놈은 책만 보더군. 아, 책을 보지 않을 때도 있기는 했어. 뭘 끼적거릴 때. 문학하는 놈이었던 거지.

나는 사진학과였는데, 문예창작학과 놈들하고 같은 건물을 썼기 때문에 문학한다는 놈들을 좀 알았어. 문학한다는 놈들도 다 제각각이야. 이런 놈이 있는가 하면, 저런 놈이 있었지. 내가 가장 재수 없어 한 경우가 바로 그놈 같은 경우였어. 때와 장소를 가리지 않고 티 내면서 문학하는 놈들 말이야. 사진예술도 마찬가지야. 꼭 티 내면서 하는 놈들이 있어.

내가 35년 동안 사진예술을 해오면서 지켜온 신조가 있어. 예술 하는 티를 내지 말자. 언젠가 내 평전도 써볼 생각이 없는가? 나도 사진 바닥에서는 꽤 중요한 인물이야. 그놈처럼 요절해서 신화가 되지 못했다 뿐이지. 생각해보겠다고? 진지하게 생각해보라고.

하여튼 그래서 난 그놈을 되게 역겨워했어. 그때 노가다판이 다 그러했듯이, 우리 공사판에서도 먹물티를 풍기는 신참한테는 한 보름간은 말도 안 붙였어. 거의 백 퍼센트, 보름 안에 두 손 두 발 다 들거든. 보름을 버티는 놈들은 최소한 석 달 이상은 버텼지. 내가 그랬거든. 나도 먹물티가 좔좔 흘렀어. 군대에서 푹 썩다 나왔는데도 그놈의 먹물티는 조금도 가시지 않았던 거야. 나는 보름을 버텼고, 그놈이 왔을 때는 석 달째 버티고 있었지. 그놈도 보기와는 달리 보름을 버텨내더군.

아무리 미워하려고 해도 자꾸만 정이 가는 놈들이 있잖아. 그놈이 또 그런 면이 있었어. 나는 그놈이 역겨워서 상종도 하지 않으려고 했는데, 어떻게 하다 보니 정이 들어버렸어. 먹물끼리만 통하는 게 작용하기도 했을 거야.

놈은 나를 형이라고 불렀지. 내가 사진예술에 원대한 포부를 갖고 있다는 것을 밝히니까 더욱 따르더군. 나는 놈에게 티 내면서 예술 하지 말라고 틈만 나면 가르쳐주었지. 놈이 한 달째 되니까 책을 안 읽고 뭘 끼적거리지 않더군. 내 지도 편달이 먹혀들은 건지, 놈의 문학적 의지가 육체노동의 피로 앞에 무릎을 꿇은 건지, 아니면 어떤 걸 깨달았는지 그건 모르겠지만, 그 재수 없는 짓거리를 관두더라고. 한데 하루는 놈이 노름판에 끼었다가 그동안 번 노임을 몽땅 잃었어. 개평 달라는 말도 못하고 있기에, 내가 나서서 조금 받아냈지만 자존심은 있어서 안 받으려고 하더군.

며칠 뒤 새벽에 사라져버렸어. 어이가 없더군. 나는 그놈의 이름을 기억해두었지. 다음 해인가 우연히 헌책방에서 놈의 이름과 사진이 박힌 책 한 권을 샀어. 내가 마흔쯤 되었을 때, 어디서인가 들어본 이름이 산지사방에서 회자되더군. 바로 놈의 이름이었어. 만약 헌책방에서 그 책을 사지 않았다면, 그 죽어서 유명해진 놈이 내가 노가다판에서 만났던 그놈이었다고 확신하지는 못했을 거야.

유사풀의 유일한 혈육 유하늘을 낳은 홍예지가 가로되

혹시 글을 쓴다니까 아실는지. 20세기에 '사람 팔자 뒤웅박 속'이라는 속담이 있었는데. 쪼개지 않고 구멍만 뚫어 속을 파낸 박을 뒤웅박이라고 했어요. 사람 팔자라는 것은 뒤웅박 속처럼 알 수가 없다는 거였죠. 내 팔자는 그 속담 그대로였어요.

스물한 살에 그를 만났죠. 그와 나는 동갑이었어요. 술집에서 처음 만났죠. 단란주점이나 룸살롱 같은 술집 말고요, 이러저러한 안주를 놓고 소주나 막걸리를 파는 술집요. '할매주막'이라고, 돼지껍데기와 수제비를 잘했죠. 난 그 집 단골이었어요.

노조에 푹 빠져 있을 때였지요. 나는 열여섯 살 때부터 공장일을 했는데, 노조를 하기 전에는 내가 사람이다, 라는 생각을 한 적이 없었어요. 노조를 한 뒤부터, 나도 인간이구나 했죠.

노조가 재미있었다는 얘기예요. 노동운동요? 그렇게 거창하게 말할 것까지야…… 아무튼 우리는 웬만하면 할매주막에서 뒤풀이를 했어요. 맛도 맛이지만, 싸고 푸짐했거든요.

어느 날 서빙이 바뀌었더라고요. 바로 유사풀씨였어요. 내 팔자를 이상하게 만든 그 사람 말이에요. 그 술집 주인 남자가 주방장을 겸하고 있었는데 우리 패거리와 친했어요. 손님이 없으면 우리 술자리에 죽치고 앉아 같이 마셔놓고는 술값을 안 받을 때도 있는 분이었죠.

한번은 그 술집 주인이 말했어요. "공순이 아가씨들, 우리 집 서빙 보는 애 한번 꾀어봐. 애가 대학 다니던 놈이야. 알지? 대학. 휴학을 했대. 근데 내가 보기에 나중에 크게 될 놈야. 아주 크게. 틈만 나면 공부를 하더라고. 새벽 다섯 시까지 책을 봐. 이런 놈은 나중에 무조건 크게 된다고 봐."

내가 물었죠. "노동자 잡는 검사 나리가 될 모양이지요?" "아냐, 문학을 한대." 내가 그를 특별한 눈으로 바라보기 시작한 건 그 말을 들었을 때부터였을 거예요. 나도 문학을 하고 싶었거든요. 기약 없는 꿈이었지만.

그도 나한테 관심이 없지는 않았나 봐요. 가까워졌지요. 내가 술집에서 나오라고 했어요. 그는 빌붙을 데도 없고 방을 얻을 돈도 없다고 했지요. 난 내 방에 와 있으라고 했어요. 그렇게 해서 그와의 동거가 시작된 거예요. 그와 처음으로 관계를 가졌을 때, 그가 이부자리를 보더니 놀라서 소리치더군요.

"피다!" 나는 화가 나서 이기죽거렸죠. "공순이들 중에는 숫처녀가 없는 줄 알았나 보네." 그도 화를 내더군요. "피를 보고 피라고 했는데 왜 성질을 내. 내가 잔 여자 중에는 피가 나온 여자가 한 명도 없었단 말야. 그리고 내가 잔 여자들 중의 절반 이상은 숫처녀였어. 즉 현대는 피가 나오지 않는 숫처녀가 더 많단 말야. 처음 보는 거라 신기한 것뿐야."

술집 주인 말처럼, 틈만 나면 공부하더군요. 쓸 때도 많았어요. 낙서를 썼죠. 물론 그때는 나도 시와 소설이라고 생각했어요. 그런데 그는 죽어라고 우기는 거였어요. 시와 소설이 아니라 낙서라는 거지요. 난 그 사람이 남긴 낙서 덕에 팔자가 바뀌었을 때도 당최 이해가 안 가더라고요. 그게 어떻게 낙서라는 건지. 그런데 세상 사람 모두가 낙서라고 우기니, 낙서인가 보다 해야겠죠.

동거한 지 석 달이나 됐을까 했는데, 그에게 영장이 나오더라고요. 방위였어요. 그는 함께 고향으로 내려가자고 했지요. 방위 근무를 하면 밤에는 일할 수 있으니까 나를 먹여 살릴 수 있다고 하더군요. 내가 일할 만한 자리도 있을 거라고 했고요. 하지만 나는 공장과 노조를 버릴 수는 없었어요. 아니, 난 절대로 시골서는 살 수가 없었어요.

그렇지만 내가 그를 버렸다고 할 수는 없어요. 훈련소에도 같이 갔고, 퇴소식에도 갔었어요. 그의 방위 근무지인 충청도 서해안의 어느 시골 면사무소에 한 달에 한 번은 갔었고, 그도 한 달에 한 번은 올라왔어요. 그러다가 차차로 안 만나게 되었죠. 그래서 그와 끝난 거라고 생각했어요.

길러준 어머니 최입분이 가로되

사람들은 광산이라고 하면 강원도 태백 쪽만 생각하죠. 충청도 서해안 쪽에 탄광이 있었다고 하면 믿지를 않아요. 하지만 분명히 있었죠. 그 탄광 덕분에 우리 식구가 먹고살았죠. 탄광이 없어진 뒤에도 말이에요.

사풀이가 대학에 들어갔을 무렵일 거예요. 나라가 더 이상 탄을 캐지 않기로 했기 때문에, 탄광들이 다 문을 닫아야 했어요. 광부들은 떠났죠. 광부들을 뜯어먹고 살던 이들도 떠났죠. 하지만 남편은 떠나지 않는 쪽을 택했어요. 30여 년을 탄만 캐온 사람이에요. 도시로 나가서 다른 무엇을 한다는 것이 엄두가 나질 않았던 거죠. 그리고 남편에게는 마련해둔 농토와 소가 있었거든요. 남편은 다른 광부들과는 달리 앞날을 대비했던 거죠.

그리고 남편은 진폐증 판정에서 높은 등급을 받았어요. 탄광은 문을 닫아도, 그 회사는 남편에게 꽤 많은 돈을 다달이 지급해준다는 거였어요. 단 병원 생활을 해야만 했지요. 생각해보면 남편은 인생의 기로에 서 있었던 거예요. 농사를 짓고 소를 키우면서 사느냐, 환자로서 사느냐. 남편처럼 기댈 농토와 소가 없는 광부들은 기꺼이 환자로서의 삶을 택했지만 남편은 심각히 고민했어요. 남편에게는 어떤 예감이 있었나 봐요. 환자로서 산다는 게 어떠할 것이다, 라는.

소값 파동이 남편의 고민을 해결해주었죠. 소를 헐값에 팔아치우고 남편은 실의에 빠지더니 병원에 가 드러눕더군요. 남편은 낫고 싶어도 날 수가 없었어요. 나아서 퇴원하면 탄광회사에서 돈을 주지 않았으니까요. 좀 나았다 싶으면 술을 왕창 마신다거나 무리한 일을 한다거나 해서 도로 증세를 악화시키는 광부 출신 환자들이 많았어요. 남편도 자주 그래야만 했지요.

사풀이가 방위 복무를 하게 되었지요. 의붓어미인 나와 의붓아들인 걔는 한바탕 하지 않을 수 없었지요. "아버지를 당장 퇴원시키세요. 아버지는 마루타가 아니에요." "그럼 우리는 어떻게 먹고살아야 되니? 네가 우리를 먹여 살릴래?" "왜 아버지가 당신들을 먹여 살려야 되는 건데요?" "내 남편은 너만의 아버지가 아냐. 내가 낳은 2남 2녀의 아버지이기도 하단 말이다. 낳았으면 책임져야 되는 게 부모야. 네 아버지는 그래서 병원에 누워 있는 거야. 우리는 달리 자식들을 키울 방법이 없어. 너는 어차피 우리하고 남이니까 신경 쓰지 마."

"당신이 먹여 살리면 되잖아. 당신 배에서 나온 애들이니까. 요새 아줌마들도 얼마든지 돈을 벌 수 있어." "나도 벌어. 이 만신창이 몸뚱이로 식당 설거지한 지 6개월 됐어. 하지만 어림도 없어. 애들도 너처럼 대학은 가야 될 것 아니냐?" "논과 소가 있잖아요. 아버지도 농사를 지을 수 있어요." "네 아버지는 농사 못 지어." "지었잖아요?" "광부 일하면서 틈틈이 짓는 것과, 직업적인 것과는 달라." "뭐가, 달라요?"

"넌 네 아버지와 농사에 대해서 잘 아는 것처럼 말하는데, 넌 아무것도 몰라." "내가 왜 몰라요?" "너 고등학교 때 집에 몇 번이나 들어왔니? 너 대학 가서 몇 번이나 집에 내려왔니? 그러고도 네 아버지를 감싸는 척해? 내 남편이고 내 자식들의 아버지야. 네 아버지가 아냐. 너는 남이야, 남." "썅년! 아버지 인생을 돌려놔!" 그래요, 사풀이는 얼마나 화가 났는지 나한테 '썅년'이라고 했었지요.

사풀이가 방위를 받는 동안, 우리 식구들은 벌벌 떨었어요. 사풀이한테 방을 내주기는 했지만, 고등학교 때처럼 집에 잘 안 들어왔어요. 근무지인 면사무소 숙직실과 친구들 집을 전전하는 모양이었어요. 그런데 어쩌다 집에 들어오는 날이 문제였어요. 고주망태가 돼서 들이닥쳐서는 우리 식구한테 갖은 행패를 부렸어요. 나한테 패악을 부리는 걸로 그치지 않고, 어린애들한테도 갖은 지랄을 다 떨었어요. 병원에 있는 남편에게 하소연하기도 했죠. 남편이 사풀이를 오게 해서 야단을 쳤지만 공염불이었어요. 사풀이는 면사무소에서도 사고를 자주 쳤나 봐요. 영창을 자주 갔다 오더군요.

사풀이가 제대했을 때 나는 부처님에게 감사드렸어요. 사풀이가 떠난 거예요. 사풀이가 떠나면서, 나한테 마지막으로 한 말이 있죠. "아버지, 잘 부탁드립니다." 그게 사풀이를 마지막으로 본 거였어요. 몇 년 뒤에 어떤 여자가 아이 하나를 안고 찾아왔었는데, 사풀이의 유골을 지니고 있었지요. 남편은 끝내 병원에서 나오지를 못했어요. 내 첫아들, 그러니까 사풀이의 의붓동생이 대학에 입학하던 해에 죽었죠. 어쨌든 남편은 아버지로서 최선을 다한 거였어요.

유사풀의 유일한 혈육 유하늘을 낳은 홍예지가 가로되

몇 년 뒤에, 그가 불쑥 찾아왔죠. 그 사람과 영원히 끝난 것으로 생각하고 있었기 때문에 좀 놀랐죠. 방위를 마치고 한 1년 배를 탔었다고 하더군요. 나는 노조 일로 해고되고 나서 복직 투쟁을 하던 때였어요. 힘들 때였죠.

세상 밖에서는 민주화가 됐다고 떠들고 있었지만, 노동자 입장에서는 그렇지가 않았어요. 만약 진정으로 민주화가 이루어졌다 할지라도 그 민주화는, 노동계급을 제외한 자들의 것이었어요. 프랑스혁명이 노동계급의 승리가 아니라 부르주아계급의 승리였던 것처럼 말예요. 한국의 90년대 민주화라는 것은 한국 부르주아계급의 민주화이지, 한국 민중들, 즉 노동자나 농민의 민주화는 아니었어요. 내가 역사를 잘못 알고 있는 건가요? 어쨌든 그게, 30년이 흐른 지금에도 변하지 않는 저의 생각이에요. 얘기가 옆길로 샜군요.

그는 여전히 근면 성실했어요. 그는 짧은 대학 경력에도 불구하고 학원 강사로 취직이 되었지요. 학원 강의를 했고, 새벽 늦게까지 낙서를 썼죠. 아, 우린 다시 동거를 시작했어요. 정확히 말하면 이젠 동거가 아니었지요. 스물서너 살씩이나 먹고 동거라는 건 우습잖아요? 그땐 그랬어요. 동거는 스무 살 무렵에나 하는 철없는 짓거리로 인식되었지요. 그래요, 우린 결혼 생활을 한 거였지요. 그는 전셋집을 마련하면 무료 예식장이라도 빌려 결혼식을 올리자고 했었지요. 나는 아이를 낳았지요. 맞아요, 유사풀씨의 유일한 혈육, 하늘이였어요.

사람들은 그가 병으로 죽었다고 말하지만, 나는 자살이었다고 생각해요. 그는 점차로 이상해졌어요. 그의 낙서가 출판사들한테 인정을 받지 못하면서부터였지요. 그는 평생 쓴 작품들을 갈무리해서 여러 출판사에 보냈죠. 굉장히 많은 분량이었어요. 에이포지 백 장씩 한 권이었는데, 그게 열 권 가까이 되었죠. 내가 보기엔 시, 소설, 평론, 희곡, 수필 등처럼 보였는데, 그는 일괄해서 낙서라고 했죠. 그 어느 것이나. 어느 출판사에서도 연락이 오지 않았죠. 그는 좀 의외였나 봐요. 그는 신춘문예라는 문단 최고의 등단 코스를 통과한 경력이 있었고, 고3 때 책을 내기도 했었죠. 그런 경력에 그 정도의 글이라면 출판사들이 다투어 책을 내줄 것이라고 생각했던 거죠.

그는 자기의 문학 자체에 회의하기 시작했어요. 그건 굉장히 위험한 것이었죠. 왜냐하면 문학은, 아니, 낙서문학은 그 사람 자체였거든요. 그가 자신의 낙서문학에 대해서 회의하기 시작했다는 것은, 그 자신의 삶에 대해서 회의하기 시작했다는 거였죠.

그는 완전히 딴사람이 돼버렸어요. 학원을 그만두었고, 더 이상 돈을 벌려고 하지 않았어요. 아이가 분유 없다고 빽빽 울어대도 쳐다보지도 않더군요. 그가 나와 아이를 사랑하지 않았다고는 생각하지 않아요. 하지만 낙서문학 다음이었을 거예요. 그에게 있어 낙서문학은, 나와 아이보다 백 곱절 중요한 것이었죠. 허구한 날 읽고 쓰던 사람이었는데, 다 그만두고, 주야장천 술만 마셨어요. 담배도 끝없이 피웠죠. 나는 바가지를 긁었지요. 나는 성녀가 아녔어요. 먹고살아야 하는, 그것도 내 한 몸만 아니라 아이까지 먹여 살려야 했던 평범한 여자에 불과했죠.

그는 마시고 또 마시면서 주절대고는 했지요. "죽어야 한다. 그래야 내 문학이 살아나고, 낙서문학이 위대해진다. 나는 죽어야만 한다." 소원대로, 그는 죽어버렸지요. 그래서 나는 자살이었다고 말하는 거예요. 그는, 죽기로 작정을 했었던 거지요. 자기가 죽은 뒤에 벌어진, 우상화 작업을 예견이라도 했던 것처럼 말이에요.

평론가 김성연이 가로되

사람들은 당대의 현상을 전 역사의 현상으로 해석하는 경향이 있지요. 문학도 그래요. 20세기의 문학에 불과한 것을 가지고 전 역사의 문학으로 생각한다는 거죠. 20세기 한국 문학의 대명사였던 다섯 개 장르를 봅시다. 시, 소설, 평론, 수필, 희곡 말입니다. 이 다섯 장르는 20세기의 것이었지 19세기 것이 아니었어요. 18세기의 것은 더더욱 아니었죠.

국문학사가 김시습의 「금오신화」를 소설의 출발로 보고, 박지원, 김만중의 한문소설, 춘향전이나 심청전 같은 판소리계 소설 등을 소설의 발전으로 보고, 일제시대 이광수의 소설을 한국 현대소설의 첫걸음으로 규정하고, 이런 행위들은 다 웃기는 겁니다. 당대의 문학적 현실은 당대의 시각 속에서만 복원되어야 합니다. 국문학사는 20세기를 소설의 절정기로 보았습니다. 그런 시각에 따르면 21세기는 소설의 퇴조기가 되는 거겠죠. 하지만 다시 한 번 말하지만 이런 행위들은 다 웃기는 겁니다. 21세기는 21세기의 문학이 있는 거죠. 나는 평론가로 데뷔했을 때부터 위와 같은 말을 했죠. 물론 개소리 취급을 받았어요. 하지만 이젠 내가 맞았다는 게 증명됐잖아요?

유사풀 선생에 대해서만 집중적으로 얘기해달라고요? 이게 다 유사풀 선생 얘기를 하기 위한 사전 포석인데, 당신은 그걸 모르는구만. 좋시다. 나는 2005년에 평론가로 데뷔했는데, 한국 문학에 뭔가 획기적인 변화가 필요하다고 확신했어요.

'시는 시화호처럼 썩었고, 소설은 폭격 맞은 산처럼 황폐해졌고, 수필은 문학이기를 포기했고, 희곡은 연극의 노예가 되었고, 평론은 출판사의 애인이 되었습니다.' 그래요, 이건 유사풀 선생의 표현이었지요. 잘 아시는구만.

20세기를 주름잡았던 그것들은 21세기에는 없어져야 할 것들이었죠. 21세기에는 21세기에 맞는 문학이 필요했던 겁니다. 나는 21세기 문학의 출발점을 유사풀 선생의 글에서 본 거예요. 20세기 말엽의 서적고에서 『유사풀 낙서집』을 천운으로 구했습니다. 정말이지, 그건 천운이었습니다. 나는 천 번을 읽고 천 번을 펑펑 울었지요. 유사풀 선생은 책만 남긴 게 아니라, '낙서'라는 개념까지 남겨주었습니다. 20세기 5대 장르의 성과와 한계를 이어받고 극복하여, 21세기 문학은 낙서문학이 되어야 한다는 것을 말이에요.

나는 다행히도 유사풀 선생의 가족을 만날 수 있었습니다. 그리고 부인은 선생이 남긴 열 권 분량의 낙서를 가지고 있었지요. 나는 그 원고들을 가지고 외로운 투쟁을 감행했습니다. 제도권 문학인들은 처음엔 내 말을 개소리로 알아들었지만, 차차로 내 말에 감읍했습니다. 나의 주장이 설득력을 얻어갔죠. 드디어 유사풀 선생의 모든 낙서를 출간하겠다는 출판업자도 나타났지요. 그 출판업자가 떼돈을 번 것은, 행운이 따라서기도 했지만, 나처럼 안목이 있었기 때문입니다. 다른 출판업자들은 쳐다보지도 않은 것을, 그 출판업자는 성대히 포장해서 내놓았고, 성공을 거두었지요. 물론 나도 성공했지요. 나는 유사풀 선생을 낙서문학의 창시자로 자리매김함으로써 21세기 한국 문학의 대명사가 된 낙서문학의 최고봉 평론가가 되었죠.

2015년에 2009년의 한반도 통일보다 더 획기적인 일이 있었죠. 문서번역시스템이 완벽해진 거였죠. 언어권역 문학이, 국가 개별적 문학이, 문서번역시스템 아래 하나의 문학으로 통합된, 유사 이래 최대의 사건이 발생한 거죠. 유사풀 선생의 낙서문학은 전 세계적으로 알려지게 되었고, 전 세계적인 것이 되었고, 나는 한반도를 넘어 세계적인 평론가가 되었지요.

'유사풀 낙서문학상' 제정자 강수철이 가로되

한국에서 누구나 마음만 먹으면 곧바로 책을 만들 수 있는 환경이 조성된 것은 2000년경부터입니다. 부자들은 예외로 하겠습니다. 부자들은 예나 지금이나 무슨 일이든지 할 수 있으니까 말입니다. 내 말은 부자가 아니더라도, 2000년경부터는 폼나는 책을 쉽게 낼 수 있게 되었다는 겁니다. 예, 그렇습니다. 인터넷의 힘이었던 것입니다.

그러나 환경이 조성되었다고 해서 한국이 곧바로 '누구나 마음만 먹으면 책을 만들 수 있는 시대'로 접어든 것은 아닙니다.

한국 사람들의 책에 대한 인식 때문이었습니다. 유사풀 선생에 관한 이야기를 해야 하니까, 이런 배경적인 얘기는 간단히 하고 지나가야겠는데, 객관적 사실을 정리해주지 않으면 청자는 섣불리 오해하는 경향이 있어서…….

간단히 말해서 한국인은 책을 함부로 만들지 않았다는 것입니다. 많은 사람들이 이건 책이 맞다, 라고 인정할 만큼의 문장과 내용은 되어야 책을 내려고 했습니다. 책 만드는 것이 아주 쉬워졌어도 한국인들은 남들이 책으로 인정하지 않을까 봐 겁나서 함부로 책을 만들지 못했던 것입니다. 책을 내고 싶은 사람들은 스스로 제작하기보다는 출판사의 검증을 거쳐 내려고 했습니다. 한국이란 나라로 국한하여 말하자면 출판사는 좀더 오래 문학권력을 영위할 수 있었던 겁니다.

나는 마지막으로 한 번만 더 사업을 해보기로 결심했는데, 제가 마지막으로 해보기로 작정한 사업은 바로 그 출판이었습니다. 2010년대에 들어서도 수그러들지 않는 출판사의 위력에 모든 것을 걸고 도전해볼 생각이었습니다.

2000년대 후반 나는 이상한 징후를 감지했습니다. 낙서가 문학으로 평가되고 있었습니다. 유사풀씨를 낙서문학의 창시자로 받드는 분위기가 형성되고 있었습니다. 나는 유사풀의 가족을 수소문하여, 판권을 차지했습니다. 그리고 전에 근무했던 출판사의 흔적을 추적하여, 『유사풀 낙서집』 재고본을 모두 차지했습니다.

내가 2011년에 새로이 출간한 『유사풀 낙서집』은 핵박을 터트렸습니다. 핵박이 뭐냐고 물으셨습니까? 글을 쓰신다면서 그런 말도 모르십니까? 핵폭발적인 성공, 대박의 백 제곱에 해당한다고, 『21세기 한국어 대사전』에 적혀 있습니다. 그리고 1989년에 출간되었던 『유사풀 낙서집』은 진품 명품 수집가들의 최고의 표적이 되었습니다. 나는 그 최고의 진품 명품을 933권이나 가지고 있었습니다.

오래전에 죽은 유사풀씨는 순전히 나를 위해 존재했던 사람 같았습니다. 나는 유사풀씨를 기리는 마음 반, 유사풀씨를 좀더 알겨먹자는 의도 반으로 2015년 제1회 '유사풀 낙서문학상'을 제정했습니다. 조그만 땅덩어리 한국을 벗어나 전 지구를 대상으로 했습니다. 세계에서 가장 비싼 상금을 내걸었습니다. 노벨문학상 상금보다 두 배 정도 많은 금액이었습니다. 그리고 『제1회 유사풀 낙서문학상 수상작품집』이란 책도 냈습니다. 대성공이었습니다.

올해도 어김없이 성공했습니다. 『제10회 유사풀 낙서문학상 수상작품집』도 어김없이 핵박을 터트렸습니다. 더욱이 이번에는 단 넉 달 만에 1억 부를 돌파해버렸습니다. 참고로 말해두자면 1회에서 9회까지의 『유사풀 낙서문학상 수상작품집』은 1억 부 이상의 판매고를 기록하는 데에 최소한 1년이라는 시간이 필요했었습니다. 최근 넉 달 동안에, 백 명 중 한 명의 지구인은 홀로그램북 『제10회 유사풀 낙서문학상 수상작품집』을 구매한 것입니다.

유사풀의 유일한 혈육 유하늘을 낳은 홍예지가 가로되

그의 글을 읽고 어느 정도는 짐작했었지만, 그의 가족들과 그와의 관계는 아주 안 좋았었나 봐요. 그의 뼛가루를 그의 고향 땅에 뿌려주려고 갔었는데, 아무도 불쌍해하지 않더군요. 스물다섯 살밖에 안 먹은 젊은이가 죽었는데도. 그의 아버지도 만났지요. 시아버님 말이에요. 그는 아이 이름을 유하늘이라고 지었는데, 시아버님은 하늘이를 보고 말하더군요. "지 애비를 쏙 빼닮았구나." 누구나 쉽게 할 수 있는 말이었죠.

그가 죽고 10여 년간 참 어렵게 살았어요. 먹고살기엔 참 좋은 시대가 되었다지만, 못 먹고 못 사는 사람은 어느 시대에건 있는 거지요. 더구나 그때는 아이엠에프 때문에, 그런 게 있었어요, 그 아이엠에프 때문에 어렵게 산 사람들이 쌔고쌨었어요. 나만큼 어렵게 산 사람들이 한둘이었겠어요? 그런 사람들도 있었으니, 어렵게 살았던 얘기는 하지 않을게요. 팔자가 뒤집어진 얘기를 하지요.

하늘이가 열 살쯤 되었을 때였어요. 평론가라는 사람이 찾아왔어요. 나는 그가 망가지는 꼴을 보았기 때문에 글 쓰는 것들이라면 미치도록 싫을 때였죠. 하지만 그 평론가의 집요한 설득에 손을 들고 말았어요. 그가 남긴 낙서를 넘겨주었지요. 물론 법적인 문제에 대해서는 칼같이 해두었지요. 이래 봬도 내가, 세상일은 알 수 없다는 걸 모를 정도로 바보는 아니었거든요. 그 평론가의 노력으로 여기저기에서 그의 낙서를 읽게 되었죠. 기쁘더라고요. 사랑했던 사람의 낙서니까요. 물론 그의 낙서가 실린 대가로 내가 원고료를 받게 돼서이기도 했죠. 하지만 그게 몇 푼이나 된다고.

하지만 하늘이가 고등학교에 다닐 무렵에는 '몇 푼이나'가 아니었지요. 그 평론가가 그렇게도 찾던 용기 있는 출판업자가 나타난 거였지요. 나는 출판업계의 일반적 관행에 충실해달라고 했죠. 그의 낙서를 헐값에 넘기지는 않을 생각이었죠. 나의 판단은 정확했어요. 출판업자와 나는 일반적 관행에 의거하여 계약을 맺었고, 나는 갑부가 되었지요. 그의 낙서는 정말이지 미친 듯이 팔리더군요. 어떻게 그런 일이 일어날 수 있는 것인지.

하늘이가 힘들어했어요. 하늘이는 21세기인답지 않게 굶기를 밥 먹듯이 하며 살다가, 갑자기 21세기인 중에서도 최상류로 살게 되니까, 어리벙벙했던 거지요. 하늘이도 제 아버지에 대해서 많이 알게 되었지요. 아버지의 낙서를 하나도 빼놓지 않고 읽었어요. 하늘이가 스무 살 때 자기도 낙서문학을 하겠다고 하더군요. 나는 말렸습니다. 그냥, 말리고 싶었어요.

나는 문학이라는 게 영 사기판 같았거든요. 그의 낙서문학 때문이죠. 그가 낙서문학을 했을 당시에는 아무도 쳐다보지 않았어요. 그런데 그가 죽고 한참 뒤에 모두들 그의 낙서문학을 떠받들고 있어요. 과거 사람들이 알아보지 못했기 때문이라고요? 그럴 수도 있겠죠. 하지만 어쩐지 사기 같단 말입니다. 내 아들이 아버지를 따라 그 사기판 속에 뛰어들기를 나는 바라지 않았다고요. 하지만 아들은 제 아버지가 열었던 길을 좇아, 낙서문학 속으로 걸어 들어갔습니다. 고생하고 있지요. 실력도 부족한 애가 행운까지 안 따르니, 고생 안 하고 배기겠어요? 돈도 많은 애가 왜 하필이면 낙서를 하려는 건지 모르겠어요.

그래요, 나는 행운아지요. 유사풀이라는 남자와 잠깐 살았을 뿐인데, 이렇게 부자가 됐으니. 난 당신이 그이의 평전을 쓸 때, 사기 치지 말았으면 좋겠어요. 있는 그대로 써주세요. 있는 그대로! 미화하지 말란 말예요. 이제까지 수많은 사람들이 그이에 대해서 썼어요. 영화로도 만들어졌지요. 하지만 내가 보기엔 어느 것도 진실에 가깝지가 않았어요. 내가 아무리 자세히 말해주어도, 항상 다르게 표현되어 있더라고요.

그리고 평전의 제목을 『서투른 비상』으로 해주었으면 좋겠는데. 그는 그 시절 얘기를 많이 했어요. 그 시절을 가장 행복하게 기억했다기보다, 그는 자기의 낙서문학에 대한 투신을 '서투른 비상'이라고 생각했거든요. 너무 촌스러운 제목인가요?

낙서문학사
발흥자편

아주 예전에 잘나가던 소설가 이만금이 가로되

성철호를 딱 두 번 만났소. 딱 두 번 만난 녀석이 나에게서 소설을 앗아갔지. 영원히. 당신은 잘 모르겠지만 나도 한때는 꽤 잘나가던 문학인이었소. 소설로. 하긴 하도 오래전이라 나도 요새는 의심스럽다오. 나에게 정말로 그 짧은 영광의 시대가 있었던 것인지.

30년 전쯤인 듯한데, 그때 난 이름에서만 돈 냄새가 날 뿐, 단돈 만 원도 호주머니에 못 넣고 다니는 놈이었소. 무슨 일 때문이었는지는 기억이 나지 않지만 서울역이었소. 노숙자 하나가 다가오더니 나를 찬찬히 뜯어보는 거였소. 당시 노숙자의 판별 기준이 뭐였냐? 그런 건 나도 몰랐소. 그냥 척 보니까 서울

역에 살찐 비둘기만큼이나 많은 노숙자 중에 하나 같았소.

그런데 그 작자를 목욕탕에 처넣고 한 사나흘 불린 뒤에 때 벗겨서 싸구려 옷가지라도 걸쳐주면 내 또래쯤 될 것 같았소. 난 내가 참 한심한 젊은이라고 생각하고 있었는데, 나보다 더 한심한 젊은이처럼 보였소.

마침내 그 작자가 말을 걸어왔소.

"혹시 1년 전에 「율인 이야기」라는 소설로 『문학혁명』지에 데뷔한 이만금씨 아니세요?"

나는 기절할 뻔했소. 내 너무나도 얇은 문학 경력을 그토록 정확히 내 앞에서 읊어준 사람이 처음이었거든. 내가 어리벙벙해서 대꾸할 말을 못 찾는데 그가 또 말했소.

"나도 문학인이니까 너무 놀라지 마세요. 이것도 인연인데 술 한잔 합시다. 내가 사리다."

"난 더치페이가 아니면 안 마시오."

글쎄, 그 작자가 성철호였다는 거요. 어쨌거나 그날 우리는 술을 마셨소. 우리는 몇 잔 술에 말을 텄소. 녀석은 세상 물정을 너무 몰랐소. 뭐 이렇게 세상을 모르는 놈이 있나 싶었소. 아니나 다를까 녀석이 이런 말을 했소.

"난 세상 꼭대기에서만 살았어요. 그래서 밑바닥 세상을 하나도 몰라. 그래서 세상을 배우러 내려온 겁니다."

그땐 그게 무슨 로봇 씻나락 까먹는 소리인가 했소. 하여간에 다시 만나고 싶은 작자는 아니었기 때문에 다시 만나지 않았소.

20여 년 후에 다시 만나게 되기 전까지는. 시상식장에서 재회했소. 그 작자가 제1회 '낙서문학상'을 나에게 주었고, 나는 받았소.

낙서가 문학이라니 개가 웃을 일이 아닌가? 그런데 그 작자는 떨거지들을 모아서 '새창조'라는 걸 만들었소. 낙서도 문학이라는 개그콘서트를 줄기차게도 펼쳤소. 떨거지들이 떨어져 나간 뒤에는 월간지를 만들었소. 낙서만 싣는. 돈을 삼태기로 뿌려댔던 것이오.

정말이지 거절할 수 없는 원고료였소. 나 역시 많은 사람들이 그랬던 것처럼 청탁을 거절하지 못했소. 그래서 소설 한 편을 그 작자의 『낙서문학』지에 실었소. 그 작자가 잡지에서 낙서라고 우기든 말든, 나는 소설을 쓴 거니까 괜찮다고 합리화를 했던 거요. 그래요, 나는 분명히 소설을 썼던 거요. 낙서 나부랭이를 쓴 게 아니라.

아, 그런데 그 작자가 낙서문학상이라는 해괴한 상을 만들더니만, 첫번째 수상자로 나를 택한 거였소. 당연히 말도 안 되는 상이니까 거절해야 하겠지만, 상금이 어마어마했소. 예나 지금이나 난 가난한 신세였소. 그 돈을 거절할 수 없었소. 그래서 받았던 거요. 녀석은 낙서문학상을 주는 거라고 말했소. 하지만 난 '소설문학상'을 받는 거라고 생각했소.

그런데 그것도 상이라고 말이 너무 많더이다. 상을 받기 전에, 나는 그 작자와 딱 한 번, 그것도 까마득한 과거에 만난 것

뿐인데, 아는 놈이 아는 놈한테 줬다는 식으로 욕하는 거야. 그때 상처를 너무 많이 받아서 그 이후로는 소설을 쓰지 못했소. 쓸 수가 없었소.

대학 문학 동아리 선배 류석판이 가로되

그 무렵 나는 상류층에 빠져 있었습니다. 상류층만화, 상류층소설, 상류층영화, 상류층드라마……. 상류층에 관한 이야기라면 닥치는 대로 읽고, 보고, 들었습니다. 상류층이 되고 싶었냐고요? 별 미친 소리를 다 듣겠군요. 내 주제에 언감생심 상류층을 꿈꾸었겠습니까. 난 단지 상류층 세계를 간접 경험하고 싶었던 것뿐입니다.

나도 문학으로 평생을 산 놈입니다. 그때는 한창 습작 시절이었는데, 습작도 시절엔 피부로 배우는 산 경험, 즉 직접 경험에 목말라하기 마련이지 않습니까? 나도 그랬습니다. 나는 스물여섯 나이에 안 해본 것 없고 엿보지 아니한 세계가 없다고 시건방지게 자부하고 있었는데, 어느 날 내가 전혀 알지 못하는 세계가 있다는 걸 번쩍 깨달았습니다. 바로 상류층들의 세계였지요. 한 줌도 안되는 무리이면서 거의 전부를 손에 쥐고 있는 자들의 세계 말입니다.

나는 우리 대학 2만 학우를 대상으로 탐문해보았습니다. 만

나는 학생마다 붙잡고 물어본 것입니다.

"혹시 상류층 아니십니까?"

대부분이 중산층이라고 대답하더군요. 중산층 이하라고 대답하는 학생들은 꽤 되었습니다만, 상류층이라고 대답한 학생은 단 한 명도 없었습니다. 어떤 학생이 이런 충고를 해주었습니다.

"우리나라 상류층 새끼들은 다 아메리카나 유럽에 있는 대학에 다니니까 거기 가서 알아보셔."

그 학생의 충고를 따르고 싶었지만 나는 지하철 값도 간댕간댕해 가지고 다니는 놈이었기 때문에, 비행기표 끊을 돈이 없었습니다. 해서 상류층 자제를 만나, 그의 친구가 되어, 상류층 세계를 직접 엿보겠다는 꿈을 포기하지 않을 수 없었습니다. 하지만 나는 슬퍼하지 않았습니다. 간접 체험이라는 게 남아 있었으니까. 해서 그토록 상류층 이야기에 환장을 하고 있었던 것입니다.

그런데 지성이면 감천이라더니 나는 드디어 상류층을 만나게 되었던 것입니다. 그렇게도 만나기 어렵던 상류층의 자제분이 스스로 찾아왔지 않겠습니까. 바로 성철호였습니다. 동아리실에서 상류층영화를 감상 중인데 어떤 놈이 들어오더니 우리 동아리에 가입하고 싶다고 하더군요. 해마다 후배들이 줄더니 급기야 그해에는 2학기 개강이 내일모레 글피인데도 단 한 명의 신입생도 받지 못한 형편이었습니다. 나는 너무 기쁜 나머지 하마터면 눈물을 흘릴 뻔했습니다. 그런데 녀석이 가입 양식 희망 장르 적는 칸에다 '낙서'라고 적는 것이었습니다. 장난치냐고 나무라고 싶었지만 냅다 도망갈까 봐 꾹 참았습니다.

녀석은 무려 스물네 살이나 먹었더라고요. 나보다는 두 살이 적지만 동아리의 다른 애들보다는 많은 나이였죠. 하지만 나이가 무슨 상관이겠습니까. 우리 동아리로서는 단 한 명의 회원이라도 확보하는 게 더 중요했습니다.

우리 동아리 사람들은 일주일 내내 녀석을 환영하는 술자리를 가졌지요. 우리들은 한 달 생활비를 다 술로 펐지만 하나도 아깝지 않았습니다. 그런데 후배 하나가, 철호가 스무 살짜리 신입생이었다면 절대 요구하지 않을 걸 요구했습니다. 장난 비슷하게요.

"철호 형도 술 한번 사야지요?"

철호는 자기가 원하던 바로 그것이라며 우리들을 그 대학가에서 가장 비싼 집으로 이끌고 갔습니다. 그날부터 녀석이 2학기 내내 우리 동아리 술값을 다 냈습니다. 술값 말고도, 녀석은 돈을 쓰는 일이라면 조금도 아낄 줄을 몰랐습니다. 대학 생활 8학기 동안 그렇게 돈을 아낌없이 써대는 놈은 처음이었습니다. 단둘이 있을 때, 나는 단단히 벼르던 질문을 했습니다.

"너, 혹시 상류층이냐?"

"다른 애들은 재벌 3세냐고 묻던데, 형은 상류층이냐고 묻네."

"상류층은 재벌도 끌어안는 더 넓은 범주니까."

"나 상류층 맞을 거야. 아버지가 재벌 소리를 들으니까. 그런데 믿는 사람들이 별로 없더군. 차를 안 끌고 다녀서 그런가. 내가 면허를 아직 못 땄거든. 의심하다가도 막상 재벌 3세 맞다고 하면 안 믿어주는 거야."

"난 믿는다. 너는 내가 그토록 찾아 헤매던 상류층임에 틀림이 없다. 내가 상류층을 만나면 꼭 물어보고 싶은 게 있었다. 성심성의껏 대답해주기 바란다."

"해봐요."

"나는 그간 상류층영화, 상류층드라마, 상류층소설, 심지어는 상류층뉴스까지 열심히 보아왔다. 그런데 거기에 나와 있는 것은 진실이 아닌 것 같다. 상류층 근처에도 못 가본 작자들의 편견, 단상, 눈에 보이는 현상, 이런 것들을 제 편의대로 짬뽕해서는 제 입맛대로 진술해놓은 것밖에는 안되는 것 같았다. 너도 상류층 이야기를 보고 읽었겠지? 네가 실제로 겪은 상류층은, 이야기 속의 상류층 세계와 얼마나 같고 얼마나 다르냐?"

성철호는 곰곰이 생각하더니 이렇게 대답했습니다.

"농민에게, 자신이 실제로 겪고 있는 농촌과, 이야기 속 농촌이 얼마나 같고 얼마나 다르냐고 묻는 거와 진배없군. 농민은 그런 질문하는 놈 입에다 농약이라도 뿌려줄 텐데. 나는 상류층이니까 선배 입에다 백만 원짜리 수표 몇 장 쑤셔 넣어줘야 하나. 에이, 그냥 껄껄 웃고 말게요."

2002년 언론일보 신춘문예 소설부문 당선자 정광현이 가로되

'자격증 획득'은 내가 만들어낸 말이 아니고, 낙서문학의 창시자로 불리는 유사풀 선생이 먼저 쓴 말이죠. 다섯 살밖에 많지 않지만 나는 유사풀 선생을 말할 때 '선생'이라는 호칭을 꼭 붙여요. 경외감의 표현이라고 해두죠. 경외하나마나 너무 일찍 돌아가셔서 만나뵐 수도 없었던 분이죠. 자격증 획득이라는 말이 별로 안 좋게 들린다고요? 그렇다면 흔히 쓰이는 '등단'이나 '데뷔'라는 표현을 쓰도록 하죠.

나는 그 등단이란 것에 목매달고 살았고, 마침내 그 등단을 해내고야 만 겁니다. 스물여섯 살에. 굉장히 빠른 편이라고 할 수는 없겠지만, 조금 빠른 편이었다고는 할 수 있었습니다. 그것도 신춘문예로.

신춘문예 하는 신문사가 죄다 없어져버린 지 오래라, 요새 사람들은 신춘문예가 뭔지도 모르지만, 그때까지만 해도 신춘문예는 대단한 권위를 가지고 있었어요. 신춘문예는 20세기 내내 한국 문학판을 장악해온 기호였거든요. 2000년 초반까지만 해도 신춘문예의 권위는 드높았죠. 그 신춘문예로 내가 등단을 해냈다는 겁니다. 그러니 어떻게 그날을, 내 젊은 날을 다 바쳐 그토록 갈구해 마지않던 문학인 자격증을 공식적으로 인정받던 그 시상식 날을 잊을 수 있겠습니까?

하지만 그 때문만이 아닙니다. 그날을 잊을 수 없는 또 하나의 이유는 바로 성철호와 처음 만난 날이었기 때문이기도 했습니다. 나는 소설부문 당선자였고, 철호는 시부문 당선자였죠.

내가 성철호를 의식하기 시작한 것은 그의 수상소감이 있은 다음부터였습니다. 내가 뭐라고 떠들었는지는 조금도 기억나지 않는데, 철호의 수상소감은 지금도 잊지 못하고 있습니다. 철호는 느닷없이 읊었습니다.

"시는 시화호처럼 뭐뭐했고, 소설은 폭격 맞은 산처럼 뭐뭐해졌고, 수필은 뭐뭐이기를 포기했고, 희곡은 연극의 뭐뭐가 되었고, 평론은 출판사의 뭐뭐가 되었다."

한순간 좌중이 고요해졌습니다.

"제가 방금 읊은 것은 위대한 유사풀 선생의 「오늘의 한국 문학」이라는 낙서입니다. 아마 처음 들어보신 분이 대다수일 겁니다. 유사풀 선생은 단지 비판하는 것으로 문학인으로서의 책무를 다했다고 자부하는 분이 아니었습니다. 선생은 비판을 담보한 전망을 제시하였습니다. 선생이 제시한 새로운 한국 문학의 전망은 바로 낙서문학입니다. 저는 유사풀 선생의 문학적 비전 제시를, 21세기 한국 문학으로 현실화하겠다는 원대한 포부를 가지고 있습니다. 한국 문학은 현재 낙서문학을 문학으로 취급하지 않기 때문에, 저는 부득불 시로 일단 등단하지 않을 수 없었습니다. 저는 시로 등단하였으나 낙서문학을 할 것입니다. 낙서문학에 이 한 목숨을 바칠 것입니다. 저의 낙서문학에로의 투신을 지켜봐주십시오."

나도 모르게 박수를 쳤습니다. 뿅 갔던 것이죠. 50명도 넘는 카메라맨들이 사뭇 눌러대는 바람에 휘황찬란하였고, 5백 명도 넘는 축객들의 손뼉치는 소리 때문에 천장이 들썩들썩했지요. 나중에 알고 봤더니 축객과 카메라맨들 중의 5분의 4가 철호 측 손님이었더군요.

다른 사람들은 왜 그토록 열심히 박수를 쳐댔는지 모르겠지만, 나는 그럴 만한 까닭이 있었습니다. 나도 성철호와 생각이 같았습니다. 나도 신춘문예에는 낙서부문이 없어서 일단 소설로 등단했지만 낙서문학에 이 한 목숨 초개와 같이 바치겠노라고 생각하고 있었죠.

낙서를 문학이라고 말하는 사람을 만나기가 하늘에 별 따기인 판에, 신춘문예 시상식장에서 낙서야말로 진정한 문학이며 그 낙서문학에 목숨을 바치겠노라고 당당히 말하는 또래를 만났으니 얼마나 기뻤겠습니까.

신문사 측에서 마련한 축하 회식 장소에 조금 늦게 나타난 철호는 두리번거리더니 내 자리로 와 앉았습니다. 다른 수상자들은 가족들에게 둘러싸였지만, 난 선배 소설가 이선경씨와 단출히 앉아 있었죠. 소설부문을 심사했던 평론가가 일방적으로 떠들다가 자기 스스로도 별로 재미없는지 다른 자리로 옮겨 간 뒤였죠. 이선경씨가 말했죠.

“성철호씨라고 했나요? 아까, 수상소감 듣고 까무러칠 뻔했어요.”

"왜요? 제 말이 우스웠습니까?"

"예, 너무 우스웠어요. 이 정광현씨가 입만 열면 낙서문학을 외치는 분이거들랑요. 난 낙서문학에 미친 사람이 정광현씨밖에 없는 줄 알았는데, 또 있었잖아요. 그러고 보니 금년 언론일보 신춘문예는 어쩌다가 낙서가를 두 명이나 뽑았네요."

나와 철호는 천 년 전에 헤어진 동지와 다시 만난 듯 감동하여 서로의 손을 맞잡고 한동안 부르르 떨었지요. 우리는 2차를 갔어요. 2차는 철호네 축객이 따로 모여 있는 별 다섯 개짜리 호텔의 식당이었죠. 철호는 자기 축객들을 제쳐놓고 나하고만 이야기하려고 했습니다. 저도 저의 유일한 축객인 이선경씨를 무시하고 철호하고만 얘기하려고 했죠. 이선경씨는 삐쳐서 가버렸습니다.

중견에서 대가 사이의 소설가 이선경이 가로되

그와 다시 만난 것은 시인학교에서였어요. 진짜로 학교가 아니라 몇 박 며칠씩 하는 캠프 같은 거요. 그때만 해도 시가 제1장르였지요. 등단한 시인의 총계가 십만에 육박하고, 예비 시인이 백만을 넘는 때였죠. 소설가들이 제 아무리 꽥꽥대봐야 시의 전성시대였죠.

그러고 보면 소설이라는 장르는 요란하기만 했지 단 한 번도 제1문학이 돼보지를 못했어요. 낙서 따위가 문학판을 송두리째 제압하게 될 줄 그 누가 짐작이나 했겠습니까. 소설이야 그렇다 치고 시가 낙서한테 제1문학의 자리를 내준 것은 정말 지켜보고도 믿어지지가 않는다니까요.

요새는 누가 뭐래도 낙서문학의 시대죠. 계절마다 저 무수히 열리는 낙서문학 캠프를 보세요. 캠프에 참가하려는 예비 낙서가들이 인산인해를 이루고 있잖습니까. 내가 말하는 그때에는 시 캠프에 사람들이 몰렸다는 거예요.

소설가가 왜 시인학교에 갔냐고요? 먹고살려고요. 시인학교 취재기를 청탁받았던 거예요. 장당 6천 원. 40매짜리니까 24만 원 벌이였죠. 팔순이 넘은 원로시인에서부터 초빼리 시인 지망생까지 다 모였더군요. 다 명찰을 달고 있었죠. 4, 50대 분들 중에는 얼굴은 몰라도 이름을 보니 알 만한 시인들이 꽤 되었어요. 대가급, 중견급 시인들이었죠.

2, 30대 중에도 시인 혹은 평론가라고 이름 앞에 수식어가 붙은 명찰을 단 사람들이 많았는데, 대부분 잘 모르겠더라고요. 제가 소설 문단에서 무명이듯이 그들도 시 문단이나 평론 문단에서 무명이었겠지요. 어쨌든 소설가는 나 하나뿐인 게 틀림없었어요. 그렇다고 해서 내가 소설가 이선경이라는 명찰을 단 건 아니었지요. 나는 '취재 이선경'이라고 씌어진 명찰을 받았어요.

그런데 진짜로 웃기는 명찰을 단 사람과 딱 부딪혔어요. '낙서가 성철호'라는 명찰이었지요. '시인'을 사인펜으로 뭉개버리고 그 위에 '낙서가'라고 적은 것이었지요. 그도 나를 알아보더군요. 나는 정광현이 해주던 얘기가 생각나서 웃음이 나왔지요.

정광현은 신춘문예 시상식이 있던 날 밤, 성철호하고 갈 데까지 갔었나 봐요. 광현이가 어디에선가 깨어나서 가까스로 정신을 차려보니까 물침대 위에, 텔레비전에서 가끔 보던 여자 애가 자빠져 있더래요. 광현이는 옷을 챙겨 입고 그 방을 나왔는데 호텔 비슷한 곳이더래요. 넋이 반쯤 빠져서 한참을 헤맸는데 갑자기 눈앞이 푸르러지더래요. 실내 수영장이었죠. 영화에서 자주 본 것 같은 여자가 철호와 더불어 수영을 하고 있었대요.

아침인지 점심인지 모를 밥을 먹었는데, 거기에 나온 음식들이 광현이의 거의 빠진 혼을 완전히 빼놓은 모양이데요. 광현이가 예의 하나는 바른 애여서, 그 경황에도 부모님께 인사는 드리고 가겠다고 했더니, 철호는 "이건 나 혼자 사는 집인데"라고 했다더군요. 그 동네는 광현이가 막 빠져나온 환상 속의 집들만 모여 있는 동네여서 동네 전체가 환상 속 같았죠. 그러니 조금 멍청한 편인 광현이가 그 동네를 빠져나오는 데 여덟 시간이 걸릴 만했죠. 광현이가 지껄인 그 황당무계한 얘기를 내가 믿는다는 게 아니에요. 그저 광현이가 그렇게 지껄였다는 거죠. 내가 물었지요.

"낙서가께서 시인들 모이는 자리에는 어쩐 일이세요?"

"시인들 중에서 저처럼 낙서문학에 경도되어 있는 동류를 찾아보려고 왔습니다."

성철호는 원로, 대가, 중견, 신인, 신진 등을 구분하지 않고 시인 명찰만 달고 있으면 달려가서 낙서문학을 떠들었지요. 토론이나 세미나 때도 혼자 독불장군처럼 낙서를 떠들었어요. 시인이고 습작생이고 간에 성철호를 미친 개 보듯이 하게 되었지요. 캠프파이어 때는 불 위로 뛰어들어서 여러 사람 놀라게 만들었고요.

난 그 어이없는 작자에게 큰 은덕을 입었지요. 내가 가져간 그놈의 고물 카메라가 작동을 않는 거였어요. 성철호가 바삐 뛰어갔다 오더니 천만 원이 조금 넘는다는 디지털카메라를 건네주더군요. 덕분에 취재를 무사히 마칠 수 있었지요.

그때 시인학교를 한 문장으로 정리하자면, '낙서가 한 놈이 3백 명의 시인들을 갈구었다'였어요. 기사에는 낙서를 주장하는 한 젊은이 때문에 여러 시인들이 고행했다는 식으로 적었지만요.

새창조 멤버 중에서 유독 미미한 박해주가 가로되

문학을 한다는 인간들도 다 똑같죠. 문학이라고 별수 있겠나. 어느 판이나 그렇겠지만 문학판도 이전투구란 말요. 난 한 15년 열심히 문학 활동하다가 어느 날 회의를 느껴서 때려치웠는데 말이죠, 그 15년간 참으로 끔찍했어요. 내가 있었던 문학판은 진창이었고, 나는 한 마리 개였죠. 어떻게 견뎠나 몰라.

회의를 느껴서가 아니고 생활이 안정돼서 문학판을 떠난 게 아니냐? 그런 무식한 질문은 좀 하지 마시오. 설령 진실이 그렇다 하더라도 내가 그래도 교수인데, 그렇다고 솔직히 대답할 수 있겠느냔 말요. 아무튼 내가 2005년에 평론가로 데뷔해서 2020년까지 목숨을 걸고 문학 활동을 했는데 말이죠, 에, 동시대의 평론가들이 나를 뭐라고 불렀느냐면, '우개'라고 불렀어요. 오른쪽 편 개라는 뜻이죠. 그럼 왼쪽 편 개도 있겠죠? '좌개' 말입니다. 그 좌개가 바로 성철호였단 말입니다.

그러고 보니 그것도 우연이군요. 좌개도 2020년에 문학판을 떠났죠. 그로부터 10년이 지났군요. 우리가 15년간 부르짖었던 낙서문학은 지난 10년간 승리의 시대를 구가했습니다. 내가 활동하던 15년 동안 낙서문학을 외치고 행했던 모든 낙서가들은 다 유명해졌는데, 이상하게도 나만 유명해지지 않았어요. 나는 새창조 동인이었음에도 불구하고 말이지요. 억울하지요.

나는 우개로 불릴 정도로 많이 짖어댔단 말입니다. 그런데 뭐가 부족해서 좌개만큼도 유명해지지 않았단 말입니까. 좌개! 아니죠. 상류층류라고 그러지요? 상류층류 성철호, 눈물주의 정광현, 성철학 이시현, 역사류 박길호, 담론 조팔향, 이렇게 새창조 동인들은 다들 호인지 뭔지 닉네임까지 붙어서 인구에 회자되고 있고 요새 어린것들한테 추앙받고 있습니다. 근데 왜 나만 이렇게 이름이 없게 됐는지 이해할 수가 없단 말입니다.

그런가요? 내가 지금 신세 한탄하는 거 같습니까? 그렇군요. 요새 말만 하면 신세 한탄이 된다니까. 아, 이 교수 자리가 참 좋은데, 그놈의 허영심만은 만족시켜주지 않는단 말입니다. 근데, 무슨 얘길 듣고 싶었던 겁니까? 그렇죠. 성철호에 대해서 얘기해달라고 했었죠.

좌개, 아니, 아니, 상류층류 성철호. 그 자식! 그땐 참 친했었는데, 지금은 마주치면 누구 하난 죽는 거죠. 지금은 만난 지 한 8년 됐습니다. 그렇게 오래 안 만나면 지남철도 멀어지게 되어 있는 거 아닙니까? 아무튼 난 누가 뭐래도 말할 수가 있어요. 성철호의 상류층류는 나 때문에 가능했다는 것을.

녀석은 도대체 무엇을, 어떤 것을 낙서로 써야 될지 고민하고 있었습니다. 녀석은 상류층으로 살아서 인간 세상에 대해서 너무 몰랐습니다. 알려고 부단히 노력했죠. 등단 전에는 서울역에서 노숙자 생활도 하고 그랬다더군요. 그러나 그게 다 커가지고 몇 년 경험한다고 해서 알아지는 겁니까? 그래서 내가 어느 날 말해주었습니다.

"나는 재벌 혈통 중에는 왜 문학하겠다는 놈이 태어나지 않는 것일까 연구해본 적이 있었네. 물론 재벌 혈통 중에 문학을 한 인간이 있었을지도 모르는 일이지. 하지만 지난 시절 우리 문학사는 있는 놈이 문학하는 걸 멸시해왔거든. 문학은 가난한 놈들의 전유물이라고 생각한 거지. 재벌 혈통 중에 문학하는 분이 계셨다면 아마도 그런 멸시가 두려워서 그 사실을 숨겼을 거야. 그래서 그런 건지, 아니면 진짜로 없었던 것인지, 어쨌든 내가 알기로 재벌 혈통 중 문학한다는 놈은 네가 처음일세.

나는 재벌 혈통이 문학을 한다면 대한민국 문학사에 엄청난 기여를 할 수 있을 거라고 생각해왔네. 한국 문학은 모든 것을 다루었지만, 다루어보지 못한 세계가 있지. 재벌 혈통들의 세계. 아니 재벌 혈통의 세계는커녕 상류층의 세계 근처에도 못 가보았지. 상류층에서, 재벌 혈통 중에서 문학인이 나온다면, 그 문학인은 상류층 세계를, 재벌 혈통의 세계를 그릴 수 있겠지. 문학사적으로 얼마나 기쁜 일이겠어.

난 네가 감히 중산층이나 가난한 놈들 아는 척하지 말고, 네가 사는 재벌 혈통들의 세계, 상류층들의 세계에 천착해주기 바란다. 네가 문학적으로 성공하는 길은, 낙서문학을 이 땅에 완성시키는 유일한 길은, 네가 살아온 상류층의 세계를 쓰는 것뿐이야."

20년 전에 한 말을 잘도 기억하고 있지요? 토씨 하나 안 틀리고 그렇게 말했다는 게 아니고, 그와 비슷하게 말했다는 겁니다. 내가 무슨 녹음기야. 토씨 하나 안 틀리고 그때 말을 리플레이하게. 아무튼 나는 성철호에게 나아갈 바를 제시해주었죠. 성철호는 그날 이후로 자신만의 길을 가서 지금 상류층류로 불리고 있는 겁니다.

성철학 이시현이 가로되

상류층류 혹은 좌개 성철호, 우개 박해주, 눈물주의 정광현,

역사류 박길호, 담론 조팔향, 그리고 나 성철학 이시현이 새창조 동인을 결성한 건 2005년 11월이었습니다. 왜 하필이면 새창조였느냐. 지금으로부터 111년 전, 2005년을 기준으로 한다면 86년 전이겠습니다만, 111년 전이면 너무 까마득하지만 하여간에 정확히 111년전, 그러니까 1919년에 우리나라 최초의 문예동인지가 만들어졌지요. 그 동인지 이름이 『창조』였습니다. 그때 창조 동인들은 새 시대의 새로운 문학을 선언했습니다.

우리는 2005년에 또 한 번 새로운 문학을 선언한 거였습니다. 21세기에 맞는 새 시대의 새로운 문학, 낙서문학을 선언한 거였죠. 우리는 여러 가지를 결의했습니다.

그중에 가장 중요한 것이, 우리는 우리의 모든 작품을 '낙서'라는 기치를 걸고 발표하기로 한 거였습니다. 그다음으로 중요한 것은 낙서문학 잡지를 만들기로 한 것이었죠. 사실 두 가지 문제는 같은 맥락이었습니다.

정광현과 나는 소설로, 성철호는 시로, 박길호와 박해주는 평론으로, 조팔향은 희곡으로 등단했는데, 우리는 등단 이후 경력이 1년차에서 5년차 사이였으며, 한결같이 다들 못 나가는 축이라 1년에 청탁 한 번 들어오면 감지덕지하는 신세들이기는 했지만, 어쨌거나 청탁이 들어오면 낙서로만 발표하겠다고 선언한 거였습니다.

정광현한테 가장 먼저 일이 일어났지요. 정광현은 데뷔하고 3년 만에 들어온 소설 청탁을 기꺼이 승낙하고 심혈을 기울여서 쓴 다음, 잡지사에 소설이 아니라 낙서로 실어달라고 했습니다. 잡지사 측은 터무니없는 말이라며 그냥 소설로 냈지요. 근데 정광현이가 잡지사를 상대로 고소를 해버린 겁니다. 이런 식으로 하면 문학판에서 살아날 수가 없잖습니까? 그래서 우리는 비겁하지만 편법을 썼습니다.

제목 밑에다가 '낙서1' '낙서2' 하는 식으로 부제를 붙인 것이죠. 하지만 그런 나약한 방식으로 어느 세월에 우리의 대의를 이룩할 수 있겠습니까?

그래서 우리는 우리만의 잡지를 만들기로 결의했던 것입니다. 오로지 낙서를 표방한, 낙서만을 위한, 그런 책을 만들기로. 이런 제의에 대해서 당연한 바이겠지만, 당시에 낙서를 문학으로 생각하지 않았던 모든 출판사들이 무시했지요. 어느 정도 예상한 바였지만 우리는 절망했습니다.

그때 우리가 찾아나선 것도 아닌데, 유난희라는 여인이 우리에게 나타났습니다. 그녀가 우리의 동인지를 내주기로 했습니다. 계간지로. 그렇게 해서 2006년 봄에 역사적인 『새창조』 1호가 나오게 된 것입니다. 전혀 예상하지 않았는데 그 동인지가 10만 부나 팔렸습니다.

우리끼리나 돌려보고 알 만한 사람한테나 뿌리려고 했는데, 그건 도대체가 이해가 되지 않는 현상이었습니다. 제일 잘나가는 문예지들도 5천 부 팔면 많이 팔았다고 자랑할 때였습니다. 그런데 10만 부라니. 그것도 사이버문학이나 판타지문학도 아니고 낙서문학을 표방한 초짜 잡지가.

그해 여름에 나온 『새창조』 2호는 23만 부가 팔렸습니다. 가을에 나온 3호는 30만 부, 겨울에 나온 4호는 50만 부. 우리는 황당했습니다. 우리 동인들만 당황한 게 아니라 우리 동인들을 개또라이로 바라보던 문학인들, 문학인 관계자들, 출판 관계자들 모두 도저히 이해할 수가 없다는 표정을 짓고 다녔죠.

꼬리가 길면 잡히지요. 우리 동인들 중에서 제일 먼저 어떻게 된 판 속인지 알아챈 게 나였습니다. 어이없게도 그 황당한 일을 꾸민 놈은 우리 중에 있었어요. 알고 봤더니 유난희는 성철호의 배다른 여동생이었습니다. 성철호와 유난희의 아버지가 재벌 아무개였단 말이죠. 성철호의 아버지가 유난희에게 출판사 하나를 떼어준 겁니다. 이제 무슨 말인지 알겠지요?

그래도 성철호 자식이 머리를 좀 썼더군요. 돈을 뿌려도 교묘히 뿌렸더라구요. 흔히 그런 경우에 생각되는 방법, 즉 출판사가 자기네 책을 5만 부, 10만 부 정도 사면, 그 책은 저절로 베스트셀러가 되고, 그러면 자동적으로 그 두 배, 세 배, 네 배 팔려나가게 되는데 이 방법을 써먹은 출판사가 이미 있었고, 따라서 성철호는 그런 유치한 방법을 쓰지 않았더군요. 그럼 어떤 방법을 썼느냐.

그 당시 돈으로 10억 나가던 외제차를 끌고, 전국 대학교를 돌면서 대학생들에게 도서상품권을 뿌렸더군요. 만 원짜리 두 장을 주고서, 한 장으로는 꼭 『새창조』를 사되, 나머지 한 장으로는 네 마음대로 하라고 한 겁니다. 이렇게 대학생들이 사서 팔린 것이 1, 20만 부, 나머지는 그 책이 그렇게 요란하게 팔리니까 뭘 모르는 사람들이 덩달아 산 거죠. 정말 황당한 녀석이죠.

나는 이 사실을 비밀로 했습니다. 나는 비겁해서 그런 일에 별로 분개하지 않지만 나머지 네 녀석은 글쎄요. 아무튼 덕분에 우리 동인지는 굉장히 유명해졌고, 우리의 낙서문학을 세상에 알릴 수가 있었지요. 기성 문단은 우리를 철저히 무시했지만 어쨌거나 우리는 초장부터 독자들에게 어필해버렸던 겁니다.

역사류 박길호가 죽던 해에 쓴 낙서 중에서

우리 동인의 낙서문학은 기존의 모든 문학 장르들을 짬뽕하는 형식이었기 때문에 형식적 차별성은 그렇게 없다고 봐야겠고, 대신 내용에서 강한 차이를 드러냈다.

그중 성철호는 상류층답게 상류층을 문학화했다. 성철호의 낙서를 읽으면 정말이지 기가 막혔다. 성철호의 기가 막힌 낙서 때문에 동인지가 폐간당할 뻔하기도 했을 정도였다.

상류층 뭐뭐뭐가 자기의 몸을 뭐뭐에게 제공한다는, 뭐뭐뭐가 성적 욕구를 해결해줄 테니까, 뭐뭐야, 너는 열심히 공부만 하면 된다고 타이르는, 내용의 낙서였다. 충격적이지 않은가? 이 낙서 때문에 난리가 났다. 신문에서, 나중에는 텔레비전에서, 인터넷에서, 문학의 방종, 상상력의 파탄, 뭐 이런 식으로 깠다. 녀석은 굉장히 억울해했다.

자기는 자기가 겪은 일은 아니지만 자기 친구가 겪은 일을 그대로 옮겨 적었을 뿐인데, 이럴 수가 있느냐는 거였다.

"뭐뭐뭐가 뭐뭐에게 그럴 수 있다고 쳐. 근데, 상류층이잖아. 상류층이면 뭐뭐뭐가 직접 안 하고도 얼마든지 여자들을 대줄 수 있잖아. 근데 왜 자기가 직접 대줘?"라고 내가 물었을 때, 철호는 "그 뭐뭐뭐는 질투가 심한 여자였거든. 자기가 가질지언정 다른 여자들에게 뭐뭐를 줄 수는 없는 거였겠지"라고 대답했다.

그런데 그 유명한 낙서 때문에 언론의 광분과는 전혀 반대로 우리의 낙서문학지는 더욱더 유명하게 되었다. 언론은 우리를 깐 게 아니라 홍보해준 거였다.

내 낙서도 꽤 유명했다. 녀석처럼 문제작을 양산하지는 못했지만 말이다. 내 닉네임이 역사류 아닌가. 난 그간 정론으로 인정받지 못하는 변방의 역사이론들을 낙서화했다.

이를테면, 한때 우리 한민족이 만주, 중국대륙, 시베리아, 저 멀리 중동까지 지배했었다는 그런 황당한 역사를 실제인 것처럼 민족주의 사관으로 무장하고 낙서화했다. 2002년에 있었던 월드컵에서 우리가 이룩한 4강을 신화화하기도 했다.

담론 조팔향이 가로되

어쩐지 우리가 너무 빨리 권력이 된다 싶었습니다. 팔려도 너무 팔렸고, 이해할 수 없이 빠른 속도로 유명해졌고, 문단에서도 뭔가 내가 알지 못하는 흑막이 있다고 생각했습니다. 당연히 돈 많은 성철호를 의심했지요. 그러나 나는 한참 지나서 알았습니다. 그것도 술 처먹은 정광현이가 주정 끝에 발설해줘서 알았지요.

우리의 낙서문학이 벌써 20호가 발간된 뒤였습니다. 5년이 지나버렸지요. 우리를 그렇게나 무시하던 기존의 잡지들이 따로 낙서란을 만들고 있었습니다. 우리가 내건 낙서문학이 드디어 기존의 문학계로 진입한 것이었지요.

그래서 내가 의심을 받았죠. 새창조 동인을 탈퇴해도 다른 잡지에 낙서를 기고할 수 있는 환경이 됐으니까, 그거 믿고 탈퇴한 거라고.

아무튼 성철호 때문에 우리가 그렇게 성공할 수 있었지만, 그래도 그건 옳지 않은 짓이었습니다. 그렇지 않습니까? 파렴치한 짓이죠. 어떻게 문학을 한다는 사람이 그럴 수가 있습니까?

동인지 모임 때, 나는 성철호를 격렬히 비난하고 그걸 알면서도 숨긴 정광현에게도 욕설을 퍼붓고 탈퇴를 선언했습니다. 나머지 세 녀석, 시현, 길호, 해주 이 자식들은 그 자리에서 자기들의 입장을 표명하지 않았지요.

원래 우리 동인 중에서 철호하고 나하고는 별로 친하지 않았어요. 우리는 상극이었기 때문입니다. 그 새끼가 상류층이라면 나는 빈민층이었거든요. 다른 애들은 중산층이어서 그걸 잘 몰랐어요. 철호 자식이 비웃음을 머금더니 이렇게 말했습니다.

"나갈 테면 나가라, 거렁뱅이 새끼야. 먹고살게 해줬더니."

다른 친구들은 나를 따라나오지 않았습니다. 외롭더군요. 내가 새창조 동인으로 활동한 5년 동안 나는 참 이상한 존재가 되어 있었어요. 따지고 보면 문학 7년차에 불과했는데, 대가처럼 취급받고 있었죠. 문학적 이력을 쌓은 대가 말고, 어느 날 나타난 괴물 같은 존재.

나를 가까이하려고 하는 사람이 없었습니다. 하지만 이용하려는 사람은 많았습니다. 그래서 먹고사는 데 지장은 없었지요. 새창조를 탈퇴한 낙서가라는 닉네임, 이게 썩 괜찮았어요. 특수를 누렸다고나 할까요?

내가 어렸을 때, 까마득한 일제시대 작가들을 공부하면서 갖고 있던 심각한 의문 하나가 있었습니다. 작품들이 별로 안 좋은 것 같은데, 왜 그렇게 다들 유명하고 문학사에 길이 남을 수 있었을까.

왜 그런지 알겠더군요. 처음 시작했기 때문입니다. 시발자였기 때문에. 1919년의 창조 동인처럼, 우리 새창조 동인도 문학사에 길이길이 남을 겁니다. 우리가 이룩한 문학과는 아무 상관없이. 이왕에 시작한 거 화끈하게 유명해지려고 자살을 생각해봤습니다. 우리가 낙서문학의 창시자로 추앙하고 신격화하고 있는 유사풀 선생도 죽었기 때문에 그런 일이 가능했잖아요?

하지만 일부러 죽기는 참 어려운 일이지요. 죽은 다음의 알 수 없는 암흑보다 지금 이 현재의 행복을 계속해서 즐기는 쪽을 택했습니다.

아, 그런데, 길호가 죽어버렸더군요. 자살은 아니지만 자살에 가까웠습니다. 녀석은 원래 자학적이었지만 내가 듣기로, 내가 탈퇴한 이후부터 더욱더 그렇게 됐다고 하더군요. 2012년에 녀석은 날마다 술만 먹었고, 결국 죽어버렸습니다.

암 때문에 죽었지만 난 자살이나 다름없다고 생각합니다. 췌장암이었어요. 아, 그 췌장암이 참 무서운 거예요. 소리도 없이 다가와서 만류의 영장을 한 방에 쓰러뜨리잖아요.

그런데 세상일 정말 우스운 게, 길호는 낙서문학을 자학하다가 죽었는데 낙서문학을 위해 순교한 것처럼 돼버렸답니다. 낙서에 쇠파리 떼처럼 달라붙었던 사람들이 낙서는 역시 낙서에 불과하다며 썰물처럼 떠나가던 때였죠.

사람들은 길호의 죽음으로 인해 다시 낙서문학으로 돌아왔지요. 길호의 죽음을 통해서 길호의 신격화를 통해서 낙서문학은 다시 활활 타올랐습니다. 나도 길호의 신격화에 앞장섰죠. 다 지난 일이기 때문에, 20여 년 전의 일이기 때문에, 나는 신격화라고 말하고 있습니다만, 그때는 그런 게 아니었습니다.

정말로 길호의 죽음이, 요절이 슬펐고, 그가 이룩한 낙서문학이 위대해 보였습니다. 내 마음이 원하는 대로 행했던 것입니다.

어떤 현상에 대해서 평가하는 것은 자의적인 일이지 않습니까? 그것은 정말로 신격화일 수도, 신격화가 아닐 수도, 진정한 위로일 수도, 우러름일 수도 있는 겁니다.

내가 탈퇴하고 길호가 죽고 나자 정광현이도 탈퇴를 선언했습니다. 결국 남은 건 세 사람, 그렇다면 세 사람은 다른 멤버들을 받아들여서 거듭나야 할 텐데, 그들은 그렇게 하지 않았습니다. 끝내버리더군요. 끝내버리기 전에, 그러니까 2013년에 마지막 호를 내자고 하더군요. 나는 냉정히 거절했습니다.

그렇게 해서 동인지 『새창조』는 스스로 종말하였고, 동시에 스스로 신의 위치로 가버렸습니다. 낙서의 시대가 왔기 때문에 가능한 일이었죠.

닉네임이 가장 재미없다구요? 그건 그렇습니다. 사실 제 낙서가 제일 재미없었죠. 담론이라는 닉네임이 말해주듯이, 내 낙서는 세상에 횡행하는 모든 주의들과의 투쟁이었습니다. 한국에서 제일 좋은 대학 나온 티를 낸 거죠.

성철호의 배다른 동생 유난희가 가로되

어쩌다 보니 출판사를 유산으로 받기는 했지만, 나는 사장 명함만 걸어놓고 사무실 근처에도 가지 않았습니다. 내가 세상에서 제일 싫어하는 게 책이었습니다. 그런 내가 왜 출판사 같은 부산한 것에 애착을 갖겠습니까? 그래서 출판사는 성철호 오빠가 사장이나 마찬가지였죠. 같이 동인인지 서인인지 하던 떨거지들이 다 떨어져나가고 저 혼자 남으니까, 이제 오빠도 그 지랄을 때려치우고 정신차릴 줄 알았습니다.

아닌 말로 우리 같은 상류층이 뭐 주워먹을 게 있다고 문학을 하냔 말입니다. 근데 오빠도 고집이 있는 사람이더군요. 마지막 동인지를 낸 뒤에, 한 달간, 인도 여행을 다녀오더니, 문학을 끝까지 밀고 간다는 거였습니다.

동인지였던 『새창조』를 문학 전문 월간지로 바꾸어버리더군요. 사실 나는 동인지, 월간지가 뭔 말인지, 어떻게 다른지 여태 모릅니다. 그런 걸 내가 왜 알아야 됩니까? 재벌 3세가 얼마나 바쁜데. 그래도 뚫린 귀 가지고 명패 사장이라도 하다 보니, 동인지니 월간지니 하는 단어들을 주워들었고, 암기력을 타고나서 20여 년이 지난 지금도 외우고 있는 것뿐입니다.

하여간에 오빠는 제호도 바꾸어버렸어요. 『새창조』가 재수없다고. 새로운 이름은 『낙서문학』이었어요. 엄청나게 높은 원고료를 제시해서 그 당시 문학판에 난다 긴다 하는 많은 문학인들에게만 청탁을 하더군요. 제일 많이 주는 데보다 세 배쯤 되는 고료였으니까 엄청나다고 할 수 있겠죠?

또 '낙서문학상'이라는 걸 만들더군요. 내가 출판사 들락날락할 때 보니까 문학계에서는 상금이라고 주는 게 우리 천사 한 달 옷값 정도더군요. 문학판이 가난뱅이들만 모이는 데라더니 과연 실감이 났어요. 그 정도 돈에 광분들을 하는 거 보면. 오빠는 그때까지 가장 거액의 상금으로 인정받는 상금의 열 배를, 제1회 낙서문학상의 상금으로 내걸었죠. 2회 때부터는 한 명이 아니라 세 명씩 줘버리더군요. 아, 천사요! 천사는 내가 지금 안고 있는 강아지 이름이에요.

그런데 막내오빠는 참 복 받은 사람이에요. 우리 할아버지는 재벌 1세였고, 아버지는 재벌 2세였고, 오빠와 나는 재벌 3세였어요. 아버지는 할아버지의 여덟 자식 중 넷째였음에도 불구하고 형들과의 전쟁에서 최종적인 승리를 거두었죠. 아버지가 얼마나 많은 자식새끼를 낳았는지 모르겠지만, 정식으로 호적에 오른 것은 오빠 셋뿐이었어요. 오빠들과 배가 다른 나는 아버지 호적에도 못 올랐죠. 호적 사항이 중요한 시대가 아니니까, 나도 챙길 만큼 챙겼지만요.

막내오빠는 모든 것을 두 형에게 양보할 뜻을 공공연히 비추었죠. 후계자 전쟁에 불참을 선언한 거였습니다. 아버지도 막내오빠한테는 사업 쪽으로 전혀 기대하지 않았어요.

왜냐하면 오빠는 어렸을 때부터 문학이라는 것에 빠져 갖은 짓을 다했고, 서른이 다 되어서도 빠져나올 기미를 보이지 않았거든요. 그런데 그동안에 큰오빠와 작은오빠가 차례로 죽어버린 거예요. 큰오빠와 작은오빠는 수십 년간의 후계자 싸움에 지쳐서 자폭해버렸는지도 몰라요. 아버지도 죽을 날을 받아놓은 거나 마찬가지가 됐고요. 결론은 간단해졌지요. 모든 게 막내오빠 앞에 떨어졌어요.

마침 오빠는 문학에 싫증이 났어요. 한번은 이런 말을 하데요.

"아, 낙서고 나발이고 이제 지겹다. 난 문학을 위해 할 만큼 했어. 이제 떠날 때도 된 거야."

그러고는 정말로 떠나버렸어요. 그 유명한 인터뷰를 하고요. 인터뷰에서 오빠는 이렇게 말했다죠.

"……부인할 생각은 없어. 맞아, 나는 돈으로 문학을 했어. 열 중에 아홉 놈은 다 분개하더군. 다 욕했어. 원로, 대가, 중견, 신진, 신인, 습작도, 문학소년들까지 나를 욕했지. 심지어는 새창조를 같이 했던 놈들도 욕했어. 하지만 우리는 문학사에 남았잖아? 문학사에 돈으로 문학했다고 써 있나. 아니잖아.

'유사풀이 창시자였다면, 낙서문학을 발흥하게 만든 것은, 새창조 동인과 월간지 『낙서문학』이었으며, 그중에서도 성철호를 발흥자로 특기할 만하다'라고 굵직굵직하게 써 있잖아.

21세기 문학사를 다뤘다는 책이란 책은 다 쌓아놓고 비교, 대조, 분석해보았는데, 2000년에서 2020년 사이의 그 어떤 문학인도, 그 어떤 문학 집단도, 그 어떤 문학 매체도, 새창조 동인과 『낙서문학』만큼 중요하게 언급되지는 않았어.

우리한테 돈으로 문학했다고 욕하는 새끼들, 그 새끼들은 대체 얼마나 깨끗했다는 거야. 내가 보기엔 개나 소나 다 돈 보고 문학하던데, 왜 우리만 보고 지랄들을 했는지 이해가 안 가.

좋아, 더 까발려주지. 다 까발려주겠어. 당신은 운이 좋은 거야. 내가 내 입으로 모든 것을 밝히는 게 처음이거든. 당신이 나한테 돈으로 낙서문학을 발흥시켰다고 대놓고 얘기했기 때문에, 내가 감격해서 대답해주는 거라고. 내가 인터뷰를 수백 번 했는데, 다 속으로는 욕하면서 당신처럼 대놓고 묻는 놈은 한 놈도 없었어. 치사한 새끼들……."

그 이후로 오빠는 문학판에서 완전히 떠나가버렸어요. 나는 새로운 사장을 구해야 했지요. 나 대신, 오빠 대신 월간 『낙서문학』을 운영해줄. 사람은 많았고, 나는 내가 원하는 사람을 구할 수 있었어요. 그래서 낙서문학에 미쳤던 오빠가 낙서문학으로부터 도망쳤어도, 『낙서문학』은 계속될 수 있었던 겁니다. 이번 달에도 무사히 출판되었지요.

낭만 삼겹살

농사꾼이 오토바이를 드라이브에도 사용하다니. 그건 아무리 봐도 드라이브였다. 목적도 없이 별다른 사건도 없이 그냥 어디까지인가 다녀오는 것!

여러 해 전 봄, 이맘때였다. 김씨는 딱 죽는 줄 알았다. 몸에 힘톨이 하나도 남아 있지 않은 것 같았다. 밥을 안 먹어서 힘이 없는 게 아니라, 힘이 없어서 밥을 못 먹었다. 그리고 낮이나 밤이나 헛것만 보였다.

조부가 물려준 재산을 실컷 쓰다가 공수래공수거한 한량 아버지, 쉰 가까운 나이에 일곱번째 아이를 낳고 시름시름 앓다가 그 아이 돌 되기 전에 숨을 거둔 어머니, 80몇 년이던가 하필이면 콩밭에서 고혈압으로 쓰러져 작고한 큰형, 장년에 삼동네 논마지기를 모두 거두어들였으나 호사다마랄까 중풍으로 10년을 고생하다 간 둘째 형, 요절해서 가장 젊은 제사상 사진을 남긴 셋째 형, 자린고비 남자를 만나 푼돈 한번 써보지 못하고 혹사 끝에 폐병으로 간 작은누나까지, 무시로 찾아왔다.

김씨가 그의 장성한 세 자식과 핏덩이 손자까지 보여주며 잘 사는 사람 꿈자리 좀 뒤숭숭하게 만들지 말라고 몹시 타박을 해도, 그 귀신들은 나들이를 그칠 줄 모르더니, 이제는 대낮 생시도 가리지 않았다. 밤에도 어둡지 않은 세상인지라 귀신마저 밤낮 구별을 못하는 모양이었다.

아내와 자식들은 술을 과히 마셔서 그렇다고 하지만, 그게 아니라 술을 과히 마셔서 그나마 헛것을 견딜 수 있었고, 외양간 치우기 같은 도저히 안 할 수 없는 일에 그나마 힘을 발휘할 수 있었다. 농한기가 길어서 그렇겠지, 몸뚱이를 쓰지 않으니까 평생 옥죄었던 정신이 개개풀어진 거야 했지만, 그의 자기진단이 틀렸는지 모내기철에도 혼미는 계속되었다. 경운기 대가리로 논을 갈다가 나자빠진 적도 있었고, 이앙기를 몰고 가다가 논바닥에 고꾸라진 적도 있었다. 그때부터였던 것 같다. 오토바이를 몰고 아무 데로나 쏘다니기 시작한 것은.

이름값 못해서 죄송혀유, 참말로 죄송혀유. 그러니께 이름을 적당히 지었어야쥬. 까질러놨으면 최소한 열 살까지는 책임을 지시든가. 지우 애새끼 다섯 살 때 황천 갈 거면서 이름만 그리 거창하게, 그게 무슨 무책임한 경우냔 말유.

야, 막내야! 말을 해도 참 정나미 떨어지게 한다. 아무리 내가 해준 게 읎어도 네가 이 세상 구경하는 건 다 내가 낳아준 때문 아니냐? 그거 하나면 감지덕지지 웬 시비냐? 니, 또 무슨 일이 있었구먼. 니는 무슨 일 생기면 꼭 내가 이름 잘 지어준 것 가지고 시비잖여. 자식 놈들한테 무슨 일이라도 생긴 겨?

그놈들이야 지들이 잘 알아서 살든지 말든지 하겄쥬.

그럼 왜 아침나절부터 애비한테 지랄이여?

육시랄, 또 하나가 뒈졌단 말유.

뭐가? 송아지가? 갸들은 왜 자꾸 죽어쌓는다냐?

지 말이 그 말유.

그전에 암소 한두 마리 키우던 이력은 치지 않더라도, 평균 한우 스무 마리 규모의 축산 경력이 올해로 15년째인데, 참으로 이런 경우는 첨이었다.

한 달 전에는 엇송아지 한 놈이 수의사도 병명을 대지 못한 병을 앓다가 가버렸고, 아까 점심때는 다 키운 거나 마찬가지인 중송아지 놈이 차라리 병에 걸려 죽었다면 억울하지나 않을 텐데, 어처구니없게도 방방 뛰다가 목 묶어놓은 밧줄이 축사 얽은 나무토막에 걸렸고, 제 딴에는 풀어보겠다고 날뛰는 통에 더욱 옥죄어져 질식사한 거였다.

그래도 제일 선연한 것은 올해 송아지 돌연사 릴레이의 첫 테이프를 끊은 놈이었다. 설날 연휴 마지막 날 장남네가 무사히

귀경, 짐 풀었다는 소식을 듣고 이제 걱정 집어치우고 잠들려는데 소 울음소리가 삼동네를 찢어발기듯 했다.

어미란 놈이 발광할 만도 한 것이 사람으로 치면 접시 물에 코 박는다고 제 새끼가 제 구유에 처박혀 있었다. 와락 건져놓고 본 송아지는 아직 살아 있는 듯도 싶었다. 익사 사고에는 인공호흡이라더라, 송아지 그 큰 입을 부여안고 용을 써보긴 했는데 부질없는 짓이었고, 다만 삼동네에 언저리 뉴스감 하나 제공한 게 위안이라면 위안이었다. 계산해보니 그 송아지가 이 지상에서 생존한 시간은 딱 스물다섯 시간이었다.

스물다섯 시간! 우연히도 김씨의 첫 자식이 생존한 시간과 거의 일치했던 거다. 막내딸을 보고 '딸 하나만 더 있었다면' 하는 생각을 할 때가 더러 있는데, 그것은 어쩌면 40여 년 전에 찰나를 살았던 그 어린것에 대한 회한일지도 몰랐다. 그 어린것은 넋으로 화할 만큼도 생명으로서의 본분을 못 다한 것인지, 김씨를 찾아오는 일도 없었다.

아버지도 알다시피 내가 봄만 되면 이상해지잖유.

그려. 며늘아기가 봄만 되면 너 때문에 보짱이 타야. 밥은 안 먹고 맨 술만 마시니께.

올해부터는 안 그럴라고 그랬다구유. 그런디 그놈의 송아지 새끼들이 그 지랄로다 죽어 나자빠지니 내가 정상이겄슈? 어쩔 수 없이 술 마실 수밖에 없고, 술 마시면 밥 안 먹게 되고, 그런 거라구유.

그리도 겁은 나는 게지? 그렇게 싫어하던 병원도 잽싸게 달려갔다 오고?

이젠 늙으니께 별수가 없더라구유. 어디가 좀 션찮다 싶으면 덜컥 겁나서, '막내딸아! 시동 걸어라!' 소리부터 치고 있더라구유.

그려, 어쩔 수 있간. 사람이 병원도 다니구 그래야지. 종합진단 결과 나올쯤 안 되었냐?

술 마시지 말고 밥 열심히 먹으래유.

이상 별로 없다는 얘기구만. 그려, 의사가 시키는 대로 혀. 내가 너만큼은 저승이서 만나기가 싫으니께. 내가 백골이 진토된 다음이 와야 쓴다 이거여……. 열 받아서 맨정신도 아닐 텐데 말짱하게 어딜 가는 겨? 니, 오서산 쪽인 걸 보니께 또 그놈의 드라이브구먼. 그놈의 계곡에 뭐가 있다구 풀방구리처럼 쏘다니냐?

물러유, 그냥 막 달려가고 싶은 규.

네가 뭐 10대 폭주족이냐? 그냥 막 달려가게?

물러유. 두엄 더미에다가 뒈진 송아지 새끼를 그러묻고 있는디…….

그걸 왜 묻어? 중송아지라메? 고기는 싱싱할 텐디 팔아서 다만 한 푼이라도…….

질식사로 뒈진 건 못 먹는대유. 내장이 다 뒤집어져갖구…….

어제 예방접종을 해서 약 기운도 남아 있고……. 하여튼 그러
묻고 있는디 열 받잖유, 그래서 에라 모르겠다 하고 오토바이에
올라탄 건디 나도 모르게 여기까지 왔네유.

역시 아버지의 혼령과 말을 나누자, 김씨의 처참한 심사는 다
소 풀리는 듯했다. 첨엔 이승에서 60년 이상을 살아본 적이 없
는 그 귀신들이 하염없이 무서웠는데, 몇 해 겪다 보니 차차로
익숙해졌고, 어느 결엔가 자연스럽게 말도 섞게 되었다. 마누
라, 자식에게도 할 수 없는 말들을 귀신들은 잘 들어주었고, 적
절히 위로해줄 줄도 알았던 거다. 해서 일부러 귀신들을 불러내
어 떠들어대는 경우도 많았다.

한데 아무리 생각해도 열불이 났다. 말이 송아지 세 마리지,
1년 축산하여 순수익이 5백만 원이나 될까 말까 한 걸 생각하
면, 이후 더 이상의 돌연사가 없고, 천재지변과도 같은 돌림병
도 없고, 인재지변과도 같은 소값 시세 널뛰기도 없고, 하여튼
무사 무탈하더라도 겨울에 쥘 게 하나도 없는 거였다.

황씨 부부는 은행나무 아래 평상에서, 1킬로를 까서 350원이
라던가 400원이라던가를 받는다는 마늘과 씨름하고 있었다.

"김사또, 또 드라이브 왔는가?"

세 살 버릇이 여든 살까지 간다더니, 젊었을 적 별명이 이제
까지 오고 있었다. 김씨는 청년 시절 때와 장소를 가리지 않고

사리 분별하기 좋아해서 사또라는 별호를 얻었는데, 때로는 그 성격 때문에 관재(官災)도 입고, 각별했던 관계를 상실하기도 하면서도 초지일관 별호 값을 해왔다고 자부하고는 했다.

"아직 쌀쌀한디 방구석서 까지. 낼…… 몸도 시원찮은 사람이."

김씨는 하마터면 '낼모레면 초상 치를 사람이'라고 말할 뻔했다. 그것은 그다지 틀린 말이 아니었다. 의사가 황씨에게 '길어야 석 달'이라고 말한 게, 해서 황씨가 '내 집에서 죽겠다'고 고집을 부려 병원 생활을 작파하고 내려온 게 두 달 전이었다. 하니까 의사 말을 액면 그대로 믿는다면 길어야 한 달이 황씨가 보장받은 여생인 거였다.

"봄이 참 낭만적이여. 이 봄을 하루라도 더 봐둬야지."

황씨는 나무꾼과 도끼 들고 노닥대는 산신령 같은 얼굴로 말을 받았다. 김씨에게는 봄이 하 먼 듯한데 황씨에겐 벌써 와 있는 모양이었다.

"누가 황낭만이 아니랄까 베 끝까지 낭만 타령이구만."

마땅한 대꾸가 생각나지 않은 김씨는 황씨의 별호를 언급하는 것으로 짠하게 밀려오는 감정을 억눌렀다.

황씨는 깊고도 깊은 갱도 속에서 도시락을 까먹을 때도 낭만적이라 했고, 작부의 엉덩이를 두들기며 막걸리 사발을 드높일 때도 낭만적, 월급을 주지 않는 사장에게 단체로 대들 때에도 낭만적, 심지어는 갱도 붕괴로 죽은 지아비의 시신을 붙잡고 울어대는 아낙에게도 '그만 울어유, 낭만적인 세상으로 갔을 규. 좆나게 더러운 세상에서 좆나게 고생혔으니께 다음 생에서는 좆나게 낭만적인 데서 호의호식할 규'라고 주억대고는 했다. 그리고 황씨는 병원에 들어앉아서도 하나도 억울하지 않은 자태로 그 오랜 세월 동안 그놈의 낭만 타령을 해댔던 거다.

"얼굴 봤으니께 난 갈라네."

"오늘은 휭하니 가지 마. 자네가 나 죽었나 살았나 수시로 들러주는디 한 번도 변변히 대접을 못헌 거 같아서, 오늘은 좀 준비를 혀놓았은께."

"거 좀, 자꾸 죽는다고 나불대지 말어. 내 장담한단께. 자네는 내년에도 마늘을 깔 수 있을 겨. 내가 손바닥에 장을 지지고 맹세를 혀."

"하여간 좀 앉아."

"에이, 싫어. 난 드라이브 중이란 말여."

"까마귀계곡? 그럼 거기 갔다 와서 꼭 들러."

"안 뎌, 바빠. 초상집이도 가야 뎌. 우리 동네 늙은이 하나가 또 밥숟갈을 놨어. 어, 내가 무슨 말을 하고 있댜. 이런 육시랄 주둥아리……."

"꼭 들를 거지?"

황씨가 병원에 들어간 것은 90년이던가 91년이던가 이 고장 광산들이 통째로 폐업할 때였다. 팔팔한 이들은 80년대 말에 이미 다 떠나간 뒤였다. 6, 70년대처럼 탄광이 호시절을 누렸다 해도, 21세기가 뚜벅뚜벅 다가오는 마당에 탄 깨서 먹고사는 일에 평생을 걸기로 작정한다는 것은 도무지 괴로운 일이 아닐 수 없었다. 탄광 시절은 완전히 끝났음을 증명하는 근거들이 속출하고, 탄광밭이던 강원도 태백 쪽이 이미 폐광밭으로 변해버렸다는 소문에 당하니, 타도 사람은 설마 충청도 서해안에 있으리라고는 상상도 못하는, 있다고 해도 믿지 않을, 이렇게 미미한 탄광지대가 사라지는 것은 시간 문제일 뿐, 그러니 하루라도 더 일찍 이놈의 시커먼 땅에 안녕을 고하고 다른 업을 찾아 떠나는 것이 지당한 바였다.

하니 탄광들이 '우리 확실히 문 닫습니다' 공식 선언할 때까지 버틴 건지, 어쩔 수 없어 꼼짝을 못한 건지, 하여간에 남아 있던 이들은, 거지반 김씨처럼 이 고장이 고향이고 앞으로도 고향 떠날 생각이 없는 이들이거나, 타향에서 굴러들어 왔건만 광부로 그 기나긴 세월을 다 소진해서 또 어디론가 떠나 다른 업 갖는 것이 하늘의 별 따기처럼 여겨지는 5, 60대들이었다.

남아 있던 광부들 대부분이 갱도를 긴 경력이 20년이 넘는지라 그 누구라도 그럭저럭 높은 급수의 진폐증 판단을 받을 수 있었다. 탄광회사는 폐업한 것이지 회사를 끝장낸 것은 아니어서 최소한 그때까지 깨놓은 석탄을 다 팔아먹을 때까지는, 워낙 많이 깨놓았고 워낙 안 팔려서 아마도 수십 년은 걸리리라 싶은데, 하여간에 그 진폐증 환자들을 끝까지 책임져야 했다. 또한 그 환자가 입원해 있는 동안 환자 가족의 생계도 책임져야 했다. 해서 황씨 같은 인생이 생겨난 거였다.

김씨는 갑갑하게 어디 갇혀 있는 걸 싫어해 병원 쪽은 생각도 안 해보았다. 진폐증 같은 거 없는 거로 치고, 곧바로 광산이여, 안녕! 하고 말았다. 사실 농사를 지어야 했기 때문에 병원에 들어앉아 있을 수도 없었다. 광부 경력은 20여 년인데 농사 경력은 여남은 살 때부터라고 할 수 있으니 40여 년이었고, 광부 경력은 종지부를 찍었지만 농사 경력은 아직도 그 끝이 먼 바였다.

하지만 황씨는, 놀면 뭐하나, 다른 일자리가 모색될 때까지 병원에 가서 푹 쉬어야지, 병도 고치고, 돈까지 나오고, 이게 일석삼조라는 거구나, 회사놈들 모질게 부려먹더니 막판엔 잘 해주네, 딱 석 달만 누워 있자, 이 정도의 가벼운 마음가짐으로 입원한 것이었다.

한데 도대체 일자리가 모색되지 않았다. 중졸 학력에 쉰한 살의 나이, 터득한 기술은 탄 캐는 기술밖에 없고, 가진 거라곤 25년짜리 광부 경력과 오서산 밑자락 은행나무골에 장만한 보잘것없는 집 한 채와 백만 원대 통장 두어 개. 뿐인가, 땅도 없고, 타향살이니 일가친척도 없고, 없는 것 투성이였다.

과수원이나 농장 같은 데는 받아주겠지만 임금이 박하고, 공장에서는 받아주지 않을 테고, 노가다라, 노가다는 목수나 미장이 같은 일을 할 수 없으니 3만 원짜리 잡일이 고작일 텐데, 한 달 30일 하루도 안 빠져도 90만 원, 그 90만 원 갖고 애들 가르친다는 것은 어불성설…….

대한민국에서 기술 없고 배경 없는 놈이 노력만으로 떼돈 버는 일은 장사밖에 없겠고, 특히나 이 고장은 그간 산업의 뼈대였던 광업이 끝장났으니 앞으로는 좋든 싫든 서너 개 해수욕장에 목을 걸고 관광 장사에 매진하는 것이 살아남는 유일 수인바, 너도나도 장사하겠다고 설치는 판이겠다, 본인 역시 서른 살 즈음부터 작은 가게라도 하나 내어 적게 벌더라도 편히 살자는 꿈을 꾸어왔겠다, 그래 장사를 하자, 장사밖에 없다는 결론을 도출하게 되었다.

해서 퇴직금에 보잘것없는 집이지만 그 집 팔 요량까지 하고 거기에 이래저래 대출할 수 있겠다 싶은 정도를 더해가지고, 이 장사 저 장사에 대해 가량을 해보았는데, 장사판은 들여다볼수록 자기 같은 우유부단에 낭만 타령이나 해대는 주변머리로는 감히 끼어들 수 없는 거대한 사기 왕국 같았다.

사람들이 하도 장사를 만만히 여겨서 열에 일고여덟은 성공이 떼놓은 당상인 줄 알았는데, 개업해서 6개월 안에 안 망하면 장사 잘한다는 소릴 듣는 데가 그 판이었던 거다. 겁 없이 장사에 뛰어들었다가 목숨값이나 다름없는 퇴직금을 한순간에 말아먹을 수도 있다는 거였다. 결국 장사에 대한 의지는 완전히 사그라졌고, 다 해도 장사만은 못하겠다는 체념에 이르게 되었다.

'토종닭 백숙' '토끼탕' '오리 구이' '흙돼지 전문' '오서산 더덕주' 등을 대문짝만 하게 써서 깃발을 세워놓은 식당들이 여기저기에서 나타났다. 계곡 위쪽에 자연풍유림이 조성된 후에 속속 생겨난 것들이었다.

오서산은 겨우 790미터였다. 강원도나 전라도에 가면 산 축에도 못 들 테지만 이 고장에서는 가장 높은데, 세상에 알려지기는 어땠는지 모르지만 김씨가 60여 년 지켜본 바로는 이름 그대로 까마귀나 잔뜩 살까, 한적하기 이를 데 없는 산이었다.

한데 아이엠에프를 극복했다고 큰소리치던 무렵부터인가, 시청 차원에서 이 기슭 저 골짜기에 이것저것들을 짓고 조성하는 것 같더니만, 까마귀는 집단적으로 이사를 갔는지 찾아볼 수 없는 대신, 사람들이 새까맣게까지는 아니더라도, 주말엔 사람 꽉꽉 채운 관광버스가 코스마다 대여섯 대씩이나 들어올 만큼은 떠들썩해진 듯했다.

특히 여름엔 이 까마귀계곡, 해수욕장 뺨쳤다. 풍유림 매표소께부터 공영주차장 옆을 지나 식당 지대에 이르기까지의 한 3백여 미터나 될까 한 계곡이, 피서 온 가족들로 바글바글했다.

김씨는 우리 가족도 저렇게 한번, 계곡에서 고기를 구워 먹어봤으면 하고 군침을 흘리고는 했는데, 마침내 재작년 여름에 한번 성사를 봤다. 큰아들 놈이 고기를 구우면 환경오염이 어쩌고저쩌고 가방끈 긴 소리를 해서 신경질이 났던 것과, 작은아들이 길이 좁았던지 차를 쉽사리 못 돌려 반 시간이나 울화통 터지게 했던 걸 빼면 그럭저럭 무난한 나들이였다.

양력 4월 중순에 평일이라 그런지, 오늘은 뵈는 사람 하나 없었다. 공영주차장까지는 아스팔트 포장이었지만 이후 풍유림까지는 시멘트길이었다. 게다가 경사가 급해져서 50cc 오토바이는 늙은 싸구려 티를 내느라 헐떡대는 소리로 산을 둥둥 울렸다. 하지만 넌 참 재수가 좋은 놈이다. 너 오기 전에 있던 애는 야, 길다운 길을 달려본 적이 없었다.

바로 저기, 저기였지, 연놈이 떡 치는 덕에 살아난 데가.

김씨는 살면서 한 번도 직접 보지 못한 차량 충돌 사고를 하필이면 산속에서 보았던 거다. 풍유림에서 내려오던 외제 자가용이, 설마 갓길 면적이 도무지 안 나오는 이런 곳에 누가 주차를 해놓았으랴, 거침없이 달리다가 길가에 절묘하게 주차되어 있던 똥차 앞대가리를 받아버린 거였다. 구급차에 레커차에 경찰차에 아주 난리가 났었다. 김씨로서는 뜻하지 않게도 별의별 차를 한자리에서 다 구경한 셈이었다.

외제차가 좋기는 좋은지 차와 운전자 모두 멀쩡했고, 똥차는 폐차 직전으로 변해서 이거 큰일 났나보다 했는데, 다행히 똥차의 연인들은 경미한 부상을 입었을 뿐이었다. 경찰들이 속닥대는 말을 들으니, 연인들이 대낮에도 불구, 등받이를 다 뉘어놓고 산 쪽으로 머리를 향한 채 뭘 하고 있던 덕분에 충격을 거의 먹지 않았다는 거였다.

김씨는 이윽고 까마귀계곡 쪽 드라이브의 종점으로 삼은 곳에 다다랐다. 오토바이를 도로에서 뚝 떨어지게 주차하고 안장을 들춰 비닐봉지를 꺼내 든 뒤, 숲 속으로 들어갔다. 헐벗은 참나무, 밤나무 들이 다다귀다다귀 하늘을 찌르고 있었다. 널따란 공간이 나타나고 곧 좁장한 폭으로 흐르는 계곡 물이 보였다. 여기가 김씨의 아지트였다. 김씨는 두 팔을 벌리며 한껏 기지개를 폈다.

늘 앉던 평상 같은 바위에 올라앉아 비닐봉지에서 소주 한 병과 북어포를 꺼냈다. 김씨는 종이컵에 한 잔을 쭉 들이켜고, 휴대전화를 열었다. 이 계곡 아무 데서나 휴대전화가 잘 터지는 것은 아니어서 다른 데에서는 자글자글 끓고 뚝뚝 끊어지고 난리가 아닌데, 이 바위에서만큼은 명쾌한 통화가 가능했다.

"관리소장인가, 나 김사또여."

"어이구, 사또 어르신……."

관리소장은 김씨의 장남보다도 두어 살 아래니 한 서른셋인가 되었을 텐데, 첨에 만났을 땐 대체 누구인지 알 수 없었다. 4년 전이던가 쇠꼴을 베러 가려고 김씨가 낫을 갈고 있는데 한 젊은것이 기척도 없이 쑥 들어왔다.

"안녕하세유, 사또 어르신. 예전 모습 그대로시네유. 절 받으시유."

하고는 수돗가 젖은 땅바닥에 냅다 큰절을 하는 거였다.

"누구시기에……."

"저를 몰라보시겄쥬. 저는 저기 방죽께 살던 차성만씨 장남 차상갑이라고 하는구만유."

"차성만이? 그게 뉘기여? 방죽께 살았다고? 가만있자, 아, 그 차흥부!"

20여 년 전에 보고 그후로는 못 본 얼굴 하나가 선연히 떠올랐다. 하, 그래 그 위인 성명이 차흥부가 아니라 차성만이었구만. 그 사람 참 대책 없었는데……. 탄광 경기가 한참 좋을 때 안골에도 타성바지들이 심심치 않게 흘러들어 왔다. 그중에 자식이 일곱이나 되는 젊은 부부가 있었는데, 아내는 살림을 꾸려가는 품새가 엉망진창이고 남편은 이 광산을 한 달 다니고 때려치우고, 서너 달 푹 쉰 다음, 저 광산에 또 한 달 보름을 겨우 다니다가 또 때려치우고, 또 한 두어 달 푹 쉬는, 뭐 그런 위인이었다. 그러니 삼동네에 소문날 만큼 찢어지게 가난한 게 당연했다. 딱 제비가 물어다 준 박씨 심고 키워 박 타기 전의 흥부네 가족 같았다.

김씨가 이장을 여러 차례 연임하고 있을 때였는데, 새마을운동 시대에 정말이지 눈엣가시 같은 집구석이었다. 근면과 자조는 하거나 말거나였지만, 협동조차 못해주니 이장 입장에서는 골치의 진원지였다.

탄광들 블랙리스트에 오른 이들은 대부분 노동조합을 개혁하려 했다든가, 임금 인상을 비롯한 처우 문제에 관련하여 유독 목소리가 컸다든가 해서 다른 광부들을 부끄럽게 하거나 존경심을 유발케 하는 사람들이었는데, 그 위인은 너무 게으르고 일을 너무 못한다는 이유로 블랙리스트에 올라 일자리조차 구할 수 없게 되고, 결국 세 해 만이던가 네 해 만이던가 안골을 떠났다.

"제가 하도 어릴 때라 사또 어르신께서는 지를 기억 못하는 게 당연한디, 지는 동네 어르신들 중이서도 사또 어르신이 가장 기억에 남더라구유. 행동거지가 원체 똑바르고 거침없으셨잖유. 그 무엇이더냐, 경지정리할 때 있었잖유. 그때 포크레인들이 막 몰려왔는디, 사또 어르신이 뭘 해주기 전에는 땅을 건드릴 수가 없다고 포크레인 앞이 드러누웠었거든유. 뭘 안 해주면 나를 뭉개고 가라구유. 이장이라 총대를 메시느라고 그랬겠지만서두 겁나게 멋있었구만유. 그때 제 눈에 사또 어르신이 마치 이순신 장군 같았슈. 그런디 그때 뭘 안 해줘서 그러신 거래유?"

"응? 글쎄, 하도 오래전이라……. 그런디 내가 그런 적도 있었나? 경지정리할 때 시끄러웠던 것 같기는 한데, 그래도 내가 포크레인한테 대들지는 않았던 것 같은디……."

"아니라니께유, 대드셨다니께유. 제가 기억력이 얼마나 좋은듀."

"그려, 그렸다고 해두세. 근디 참말로 내가 뭣 때문에 그랬을 거나."

녀석은 슬그머니 샘가에 엉덩이를 붙이더니, 질문을 퍼부어 댔다.

김씨는 이거 좀 고약하다 싶었지만 풋내기가 바쁜 사람 붙잡고 고릿적 얘기는 왜 묻냐고 타박하기도 그렇고 모른다고 딱 잡아떼기도 그렇고, 주섬주섬 대답하다 보니 아주 안골의 역사를 쓰고 있었다. 죽거나 타지로 떠난 다수의 사람들, 적지만 새로 들어온 사람들, 20년 변함없이 지킴이로 살고 있는 한 30여 채의 사람들 등등 안골에 살고 있는 사람들이 모두 등장하는 대파노라마였다. 어느새 해가 졌고 그제야 녀석은 허리를 세웠다.

"사또 어르신, 저기 오서산에 까마귀계곡이라고 있잖유, 거기에 자연풍유림이 생겨유. 지가 거기 관리소장이 됐시유. 우리 아버지가유, 죽을 때유, 자식들한테 큰 봉사를 하나 하셨슈. 권력에 돈까지 있는 집 아들한테 치이셨거든유. 우리 7남매 그 집 덕분에 다 취직했슈. 기중에서도 지는 제 아버지 친 바로 그 아들 밑에서 착실히 충성을 했는디, 그 사람이 해외로 이민을 갈 적에, 저한티 소원이 있으면 말하라더라구유. 그 자연풍유림 얘기를 했더니 어떻게 어떻게 해주더라구유. 우리 집이 안골 떠나 다음이 이사갔던 디가 거기 까마귀계곡이었슈. 엄마가 거기서 죽었쥬……. 언제 한번 놀러오시라구유. 지가 오서산 머루로 담근 술도 있으니께유."

녀석이 남기고 간 말이었다. 살다 보니 별일이 참 많더라니, 서른 살 차이를 넘어 그 녀석과 술동무 사이가 된 거였다. 관리사무소에서 녀석이 담가놓은 술을 마실 때도 있었지만, 아무래도 보는 눈이 많은 데인지라 녀석을 여기로 불러낼 때가 더 많았다. 녀석은 별일이 없으면 만사 제쳐놓고 뛰어왔다.

“뭐 혀, 별일 없으면 내려와. 한잔해야지.”

“아유, 지금 지가 정신읎어유. 웬 미친년이 데모를 하고 있슈.”

“데모? 이 산골짜기서 뭔 데모랴?”

“이년 이거 개나 소나 데모파인가 뷰. 별것도 아닌 것 가지고 데모잖유. 우리가 불친절했다는 규. 방이 읎어서 읎다구 한 게 불친절이냔 말유.”

“방이 왜 읎어?”

“지가 저번에 말한 그 사람들이 일가친척을 싹 끌고 오늘 저녁에 온다고 했단 말유. 스무 가구가 넘는다는디 방이 열다섯 개밖에 더 디유? 그 사람들네도 몇 가족이 뭉쳐서 자야 할 판인디 개인 사정을 봐주게 됐간유. 그런디 이게 누구는 되고 자기는 왜 안 되냐고 생난리를 치더니 퍼질러앉아서는 ‘방 내놔라, 방 내놔라!’ 소리치고 있슈. 또 소리 지르네. 저, 썅년을 그냥! 아이구, 열 받어! 허이구, 정신없으니께 일단 끊으께유.”

구경거리라면 놓치기 싫은 김씨는 잽싸게 또 한 컵을 마셨다. 바삐 시동 걸고 올라가보니, 관리소장과 스물댓 살이나 먹었을까 한 처녀 하나가 입씨름을 벌이고 있었다.

“……이건 단순히 여기 방에서 자느냐 마느냐 문제가 아니라고요. 권력과 개인의 문제라고요. 저는 분명히 예약을 해놓았다고요. 그런데 아저씨는 권력자들을 받아들인다는 이유로 개인의 예약 같은 건 송두리째 무시했다고요. 아직도 이런 비민주적인 분이 있다니 분노가 바글바글 끓어요. 요새는 인터넷에다 글 한번 올리기만 하면 바로 아저씨네 관리사무소 문 닫게 할 수 있어요. 하지만 제가 그래도 착해서 이렇게 개인적으로 투쟁하는 거라고요. 아니, 인터넷도 모르세요? 내가 네티즌 마녀사냥 얘기를 해도 눈 하나 깜짝을 안 하시네요. 배 째라예요? 배 째라? 촌이라 그런가……."

"……아가씨가 예약한 거 맞어. 그런디 말여, 내가 파리 목숨이여. 아가씨가 그걸 알아줘야 뎌. 나두 아가씨한테 방 주고 싶어. 아닌 말로 저게 내 방이여? 그런디 왜 못 주냐? 오늘 그 사람들이 와. 떼거지로. 그 사람들한테 밉보이면 나 여기서 쫓겨나. 그러니께 아가씨가 나를 좀 봐줘. 여기서 시내 가까워. 버스로 한 시간이면 가. 시내에서 조금만 더 가면 해수욕장도 있어. 거기서 자면 되잖여. 낮에는 등산하면서 산 보고, 잠은 바다 보다가 자면 되잖여. 왜 굳이 여기서 자야만 하겠다는 겨?"

"몇 번을 말해야 돼요? 이기적 권력 앞에 굴복할 수 없다니까요."

관리소장과 처녀는 김씨는 안중에도 없이, 아마도 이미 몇 차례 한 것 같은 설전을 줄기차게 이어갔다.

황씨가 작정했던 입원 기간은 여섯 달, 아홉 달, 1년으로 늘어났다. 그리고 이태째 들어서는 더 이상 무슨 일을 해야 할지

고민하지 않게 되었다. 어느새인가 정답이 나와 있었던 거다. 아이들을 대학교까지 가르치면서, 모든 가족이 적당히 먹고 적당히 입을 유일한 방법은 계속 입원해 있는 거라는. 그 정답은 황씨만 깨달은 게 아니라, 가족 모두가 스스로 터득한 바였다.

입원한 지 3년째, 의사가 "두 달 후면 퇴원하실 수 있겠습니다. 그간 참 고생 많이 하셨어요"라고 진단했을 때, 그들 가족은 청천벽력을 맞은 듯했다. 그들 가족이 부둥켜안고 서럽게 울자, 병실 사람들은 얼마나 병원 생활이 지긋지긋했으면 저토록 기뻐하겠느냐며 같이 눈물을 흘렸다. 우리도 더욱 병원 생활을 열심히 해서 하루빨리 퇴원 근접 통고를 받자, 각오까지 다지는 거였다.

퇴원하면 퇴직금이 나오겠지만, 황씨네 가계는 이미 그 퇴직금으로 반년도 지탱 못할 규모가 되어 있었다. 생전 돈 벌어본 적 없는 아내가 생활비 주는 데가 없으니 식당 설거지하여 가계를 꾸려나가겠다고 포부를 밝히는 것까지는 그럭저럭 참을 만했다. 그래, 너도 벌어야지. 이런 남녀평등 세상에 왜 나만 돈 버냔 말이다, 이런 심보에서였다.

하지만 대학교 다니는 아들놈이 학자금 나올 데가 없으니 휴학하고 1년치 등록금이 모일 때까지 노가다를 뛰겠다고 결연히 선언한 뒤, 아버지는 아무 걱정 마시고 편안히 쉬시라며 다독거려주는 것에는, 딸 역시 대학 가기는 틀렸고 미용기술이나 배워 일찌감치 사회 진출하여 아비를 봉양하겠다는 데에는, 머리꼭지가 핑핑 도는 듯했다. 자녀들의 감언이설이 황씨에겐 달기는 고사하고 소태처럼 쓰디쓴, 무지막지한 협박으로 들렸던 거다.

그러나 황씨는 '이놈의 새끼들이 세트로 돌았나. 공부를 작파하겠다니. 네 아버지가 죽었냐? 네 아버지 이제 다 나아서 말짱해. 네 아버지 돈 많이 벌어서 네놈들 대학원까지 보내줄 테니 개소리하지 말고 공부들이나 열심히 해. 그렇게 돈 벌고 싶으면 공부 잘해서 장학금이나 한번 받아오란 말여'라는 말을 끝내 하지 못했다. 할 수가 없었다. 병원에 있는 동안 바깥 세계가 더욱 무서워져 감히 나가볼 엄두가 나지 않는 판에, 무슨 돈을 벌 수 있단 말인가. 자식들 눈에도 그리 뵈니까, 저런 호래자식 같은 소리들을 지껄여대는 게다.

김씨는 다시 황씨네 집에 가고 말았다. 굳이 가고 싶지 않았지만, 두 번 다시 못 볼 사람에게 하듯 유난을 떨던 황씨의 눈망울이 자꾸만 마음에 걸렸던 것이다.

황씨의 아내 음현댁이 버너와 삼겹살이 담긴 검은 비닐봉지, 페트병 소주, 김치 보시기 등을 가지고 나왔다.

"아니, 이게 뭐여? 나 혼자 먹으라고?"

"왜 혼자여유. 제 입은 입이 아니래유?"

음현댁이 불판 위에 삼겹살을 올려놓으며 짐짓 뾰족하게 말했다. 날마다 울고불고 하던 음현댁의 얼굴은 요새 아주 편안해 보였다.

"내가 뭐는 먹을 수 있간. 나는 신경 쓰지 말고 많이 먹어. 난 말여, 자네 때문에 참 맘이 편혀. 자네가 책임지고 내 초상은 낭만적으로 치러줄 것 같아서 아무 걱정이 없단 말여."

황씨가 소주를 따라주며 한다는 소리였다.

"에이, 술 한 잔도 못 마시는 인간 앞에서 술 마시려니께 영 개갈 안 나는구먼. 이렇게 작은 잔으로는 간에 기별이 안 간단 말여. 종이컵 같은 거 없어? 에이, 찾으려면 제수씨만 부산스러우니께, 그냥 또 한잔 따라봐."

"제가 한잔 따라드릴게유. 하여간 고마워유. 우리 양반을 이렇게까장 챙겨주시고……."

"챙기긴 뭘 챙겼다구 그류. 난 드라이브 댕기는 것뿐이라니께유."

"고기 타유. 고기두 좀 드슈."

"지금 벌써 다섯 점째유. 미어터지게 먹고 있단 말유. 근데 제수씨는 왜 한 점두 않는 규."

"저도 틈틈이 먹구 있슈."

"아니, 언제 먹었다고 그류. 좀 드시라니께. 혼자 삼겹살 먹는 게 얼마나 거시기한 줄 알어유?"

대화가 끊기고, 김씨는 이런 고요가 정말 싫어지는데, 황씨가 문득 술 자랑 하는 소리를 했다.

"자네가 아무리 술꾼이라 해도, 나처럼 많이 마셔보지는 않았을걸."

"옛날 얘기 하는 거여? 무슨 소리여, 자네는 나보다 많이 마신 적이 한 번도 없어. 술로는 나한테 상대가 안 됐지……."

"병원에서 말이야. 몸이 좋아질 때마다 실컷 마셨지."

황씨는 몸에 매우 안 좋다고 절대로 마시면 안 된다고 수백 번도 더 주의받았던 그 투명한 것을 화장실에서, 옥상에서, 하여튼 남들 눈에 띄지 않는 곳에서 수시로 마셨다. 또 피우지 않던 담배를 하루 두 갑씩 피웠고, 몸에 안 좋다는 음식도 몰래 사먹었다. 심지어는 몰래 병원을 빠져나가 허름한 여인숙에서 미리 대기하고 있던 아내의 벌거숭이 몸을 부둥켜안고, 한 10여 년 전에 끊었던 거시기를, 잘 되지도 않는 거시기를, 있는 힘을 다해, 철철 울어가면서 치르기도 했다.

그러기를 두 달, 의사가 힐난했다.

"어떻게 된 건지 알겠는데요, 아저씨만 그러는 게 아니니까요. 그런데요, 그러다가 제 명에 못 죽어요. 30년 살 것 10년도 못 사신다구요."

그날도 황씨네는 병실아, 눈물에 잠겨도 좋다, 하고 울어댔다. 병실 사람들은 저 가족의 사기극에 분노하는 대신 억누를 수 없는 연민에 사무쳤다.

황씨의 사기극은 귀엽다 할 수 있을 정도였다. 어떤 이들은 제 몸에 칼을 내리치기도 했고, 옥상에서 떨어지기도 했고, 농약을 아주 소량 타서 마시기도 했고, 의사와 짜고서 무의미한 수술을 받기도 했고, 그렇게 15년이 흘러간 거였다.

한 달 사이로 바람 피우는 여자가 바뀌었던 난봉꾼 조씨, 탄광 대표로 씨름판을 주름잡았던 뒤집기 방씨, 시인이 될 거라면서 해괴한 소리를 달고 다니던 중얼이 이씨, 일곱번째 딸을 낳다가 아내를 잃은 딸딸이 아빠 차씨, 하도 거시기라는 말을 남발해서 성씨마저 바뀐 거시기 거씨……. 자식들이 대학을 졸업하고 직장을 잡을 무렵 그들은 하나둘씩 죽음을 맞이했던 거였다. 할 바를 다했다는 듯이.

바야흐로 황씨 차례인 거였다.

김씨는 셀 수 없이 문병을 다녔지만, 그 탄광 동무들 문병 때가 가장 기분이 더러웠다. 어떻게 하다 보니 꼭 죽을 무렵에야 찾아가게 되는 거였다. 동무들은 언제나 그 병원에 있으니까, 아무 때나 한번 가봐야지, 차일피일 미루다 보면, 미망인이 될 사람에게서 연락이 오는 거였다. 살날이 얼마 남지 않았다, 보고 싶은 사람들 이름을 불러댄다, 바쁘시더라도 꼭 와달라…….

그들이 비록 김씨보다 나이가 들고 입원할 때 병세가 깊었던 이도 많았지만, 병원에서 살았는데도 그렇게 빨리 갈 수 있단 말인가. 물론 병원으로 가지 않은 동무들 중에도 유명을 달리한 이가 없는 것은 아니지만, 병원으로 간 동무들의 죽음이 훨씬 더 처량하게 여겨지는 거였다.

"나도 한잔 줘."

김씨가 막잔이다 하고 마신 뒤 잔을 내려놓는데, 황씨가 그 잔을 잡아채더니 문득 청했다. 하도 난데없는 말인지라 어쩌지를 못하고 있자, 황씨는 잔을 내밀며 말을 더했다.

"삼겹살도 꼭 한번 먹어보고 싶지만 부대껴서 잠이 안 올 것 같고, 허지만 소주 한잔은 꼭 마셔보고 싶어. 낭만적으로다."

김씨는 음현댁을 쳐다보았다. 음현댁이 한숨 소리를 냈다.

"줘유, 그거 안 먹는다고 사는 것도 아니잖유."

김씨는 저도 모르게 페트 소주병을 기울였다. 반 잔만 따르려고 했는데, 삽시간에 잔이 넘치고 말았다.

"우리 탄 캘 때 말여, 삼겹살에 소주, 징하게 먹어댔어 잉? 허허허!"

황씨는 짐짓 호탕한 척 웃었지만, 분명 떨고 있었다. 농약 사발을 든 사람처럼. 음현댁도 태연한 척하지만 눈동자는 초긴장되어 있었다. 이 사람들이 정말 소주에다 농약이라도 탄 건 아닐까? 아니지 아니지, 그럼 지금까지 퍼마신 사람이 이렇게 말짱할 리가 없지. 이런 생각을 하는 김씨의 입술도 바짝 타는 듯했다.

이윽고 황씨는 소주를 마셨고, "카아!" 일부러 큰 소리를 내고서는, 잔을 깨져라 내려놓았다. 김씨마저 신경 써주지 않는 사이에 삼겹살이 속절없이 타들어가는 소리만이 정적을 깨고 있었다.

한 1분? 2분? 5분?

황씨가 싱긋 웃은 뒤 입을 활짝 열었다.

"음, 좋다! ……이 상태라면 한 병도 마시겠는걸. 한 잔 더 줘!"

김씨는 잔을 홱 뺏어버렸다.

"그만 마셔. 나 마실 술 없어."

"술 몇 병 더 있어. 걱정 마."

"그게 아니고, 겁나서 못 쳐다보겠단 말여. 씨, 오래 살란 말여. 하루라도 더! 그래야 내가 드라이브 다닐 명분이 있잖여. 사람에겐 매사에 명분이 있어야 한단 말여. 자네도 없는 까마귀 계곡이 무슨 의미가 있어."

"한 잔만 더 달라니까."

"그만두지 못혀! 그만 마시라니께. 내가 마실 거라니께. 나는 늘 술이 부족하다니께……."

"이런 제기랄. 예나 제나 술 욕심은."

두 사람의 실랑이를 말리는 듯 음현댁이 안타까워 미치겠다는 투로 말했다.

"워칙히 해유, 고기가 다 타버렸슈……."

김씨는 황씨가 또 술을 달라고 할까 봐, 급하게 나머지를 다 마셔버렸다. 몹시 기분 상한 얼굴로 타버린 삼겹살만 노려보고 있던 황씨가 별안간 생각난 게 있는가 보았다.

"참, 자네 말여, 내 주제가 못 들어봤지?"

황씨가 먼저 말해준 게 고마워 김씨도 얼른 반색을 했다.

"왜 못 들어봐. 자네 노래는 유명했지. 탄광서 자네가 노래를 최고로 잘했잖여? 작부년들이 죄다 자네 옆에만 앉았잖여. 근디 자네 주제가가 뭐였더라, 그러니까, 그게 무슨 노래였더라……."

"아니 아니, 탄광서 말고. 내가 병원에서 죽 누워 있을 때 나와 함께한 노래가 있다는 거 아니겠어. 딱 내 노래였다니께. 오죽하면 내가 개사까지 했다니께. 거, 노가바라는 거 있잖여. 딱 내 주제가더라니께. 한번 들어볼 텨? 내가 병원서는 곧잘 불렀는디……."

"그런 좋은 게 있으면 진작 들려주지."

"허어, 노래가 그냥 나오는 게 아니거든. 술 한잔 걸쳐야 나오는 게 노래지. 자, 혀볼 테니께 들어봐."

"좋아 좋아, 혀봐! 20년 만에 탄광 명가수 황낭만이 노래를 들어보자, 박수!"

김씨는 젊은 애들 말마따나 '오바하듯' 마구 손뼉을 쳤다. 황씨는 소주병에 숟가락을 꽂고 일어섰다. 폼을 잡더니 노래를 시작했다.

> 궂은비 내리는 날, 그야말로 광부식 술집에 앉아,
> 성주산 소오주 한 잔에다, 삼겹살 타는 소릴 들어보렴.
> 새빨간 스커트에, 나름대로 가슴 푸짐한 아줌마에게,
> 실없이 던지는 농담 사이로, 삼겹살 타는 소릴 들어보렴.

이제 와 새삼 이 나이에, 인생의 달콤함이야 있겠냐마는,
왠지 한 곳이 비어 있는, 내 가슴이 잃어버린 것에 대하여.

밤늦은 병실에서, 그야말로 깊디깊은 갱도에서,
찾아줄 사람은 없을지라도, 거리의 웃는 소릴 들어보렴.
조강지처 내 아내는 어디에서 나처럼 웃고 있을까,
가버린 세월이 서글퍼지는, 거리의 웃는 소릴 들어보렴.
이제 와 새삼 이 나이에, 인생의 미련이야 있겠냐마는,
왠지 한 곳이 비어 있는, 내 가슴이 다시 못 올 곳에 대하여.

낭만에 대하여!

노래를 마친 황씨는 자랑스러운 얼굴로 확인하려 들었다.
"어뗘? 예전 실력 어디 안 갔지?"
칭찬을 잘 못하는 김씨는 못마땅하다는 듯이 쏘아붙였다.
"최백호씨가 알면 팔팔 뛰겄어. 노래 베려놨다고. 글고 말여, 이 좋은 봄날 오후에 꼭 그런 우중충한 노래를 불러야 되겄어? 신경질나게. 신경질난단 말여."
"워뗘! 내 주제가라니께."

취중의 김씨 마음처럼, 오토바이는 구불구불한 길을 따라 출렁댔다.

정신이 번쩍 났다. 그러자 귀신들의 소리만 소요하던 자신의 내면에, 현존하는 이들의 목소리가 소곤거리기 시작했다. 아내, 장남, 차남, 딸, 손자, 일흔이 넘은, 그래서 집안 최고 수명을 갱신한 다섯째 형님, 다섯째 형님보다 한 살 어린 서울 큰누님, 그리고 또, '내 초상 치러줘야지'라고 외쳐대는 낭만이 황씨…….

그래, 김사또 음주 운전 실력이 어디 가나. 그래, 앞으로 술 먹고 운전하지 말아야지. 애들한테는 절대로 술 마시고 운전하지 말라고 해놓고선, 내가 이러면 안 되지. 애들이 배운다니께. 그래, 그래, 우리 손자 결혼해서 애 날 때까지는 살아야지. 어떻게 해서든 살아야지, 낭만적으로다가, 낭만적으로다가.

근데, 황가놈 하는 짓 보니께 정말 살날이 얼마 안 남았나 벼.

육시랄, 육시랄!

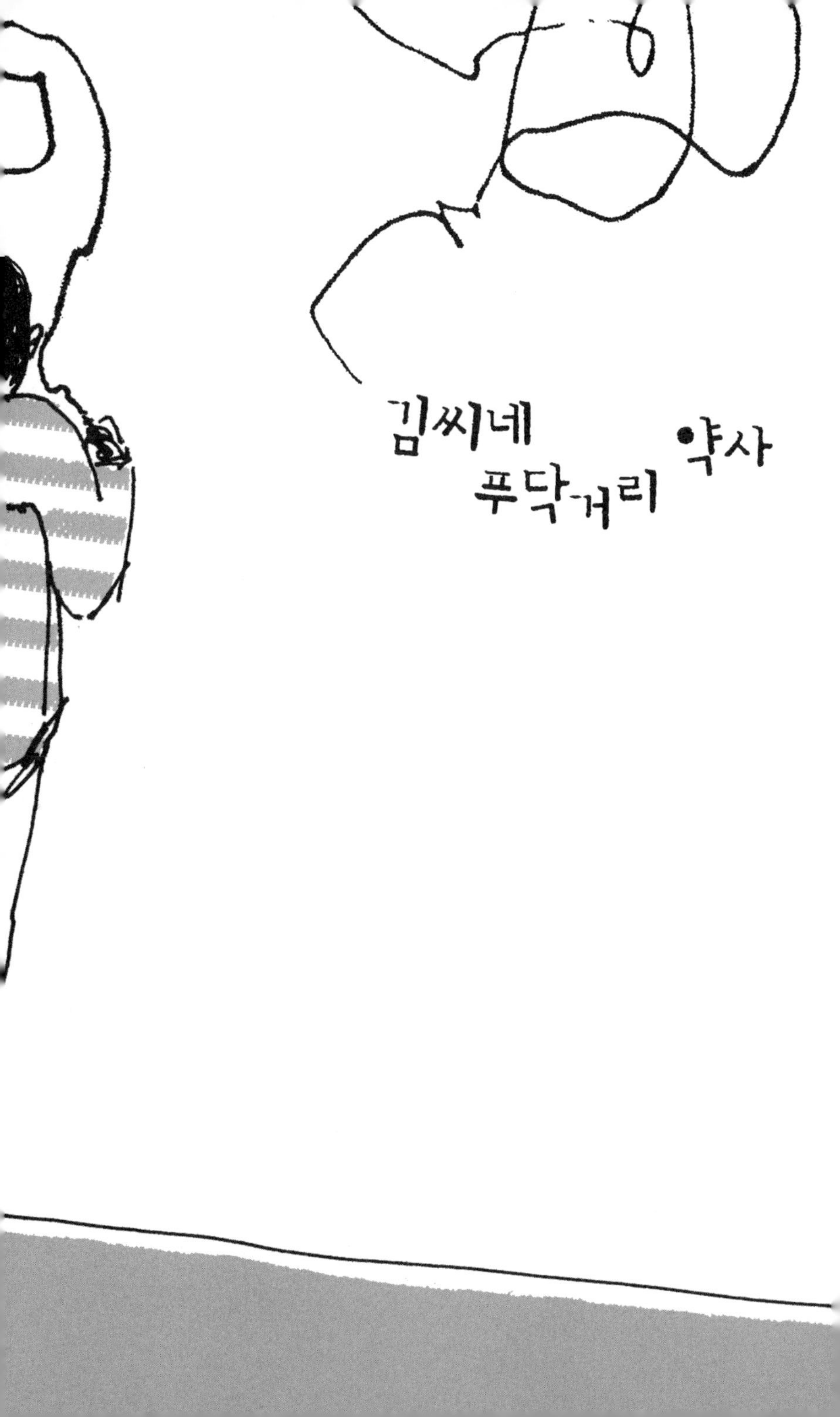
김씨네 푸닥거리 • 약사

1

낯모를 어른들이 들이닥쳤다. 아줌마는 『전설의 고향』에 뻔질나게 등장하는 무당과 무척 닮았다. 생김생김도 복색도. 아줌마의 두 눈에서는 대낮인데도 도깨비불이 펄펄 뛰는 듯했다. 소년은 기가 눌려서 바싹 움츠러들었다. 아줌마 뒤에는 풍물패 차림을 한 아저씨 둘이 사물악기 등속을 짊어지고 있었다. 소년은 어머니가 시키는 대로 그들에게 큰절을 올렸다.

밥상에 웬 돼지가 올라앉아 있었다. 더할 나위 없이 미련하게 생겨서는 구정물에 죽자 사자 달려들 줄이나 아는 돼지. 그 돼지도 여남은 가지나 되는 진미를 거느리고 사람 밥상에 버티고 있으니까, 제법 폼이 났다. 몸뚱이는 어디다 떼어놓고 왔는지

대가리만 달랑 놓였음에도 불구하고.

아저씨들은 사물을 바꾸어가며 두드리고 때리고 쳤다. 무섭게 생긴 아줌마는 악기 소리에 맞추어 주문인지 염불인지를 한없이 종잘댔다. 높고도 날카로운 목소리로. 더러는 참새가 짹짹대는 소리처럼, 가끔은 듣기 좋은 노랫소리처럼 들렸다. 또 어쩌다가는 귀신 씻나락 까먹는 소리로 들렸다.

두어 시간이 흐르자 안방은 후끈 달아올랐다. 아저씨들의 연주는 격렬해졌고, 아줌마는 춤사위를 풀어놓기 시작했다. 아줌마는 한바탕 몸 흔들기를 끝내고는, 주문인지 염불인지 대신 무가를 불렀다. 아줌마는 막걸리로 목을 축이고는 다시 춤을 추었다. 그런 식으로 아줌마는 노래와 춤을 되풀이했다. 마당이 더해감에 비례해서 아줌마의 몸짓은 점점 거세져갔다. 막바지에 이르자 아줌마는 혼이 빠진 킹콩 같았다.

돼지머리한테 무릎 꿇고, 이마가 방바닥에 닿도록 조아리고, 두 손을 싹싹 비벼대기만 하던 어머니. 나중에는 어머니도 아줌마처럼 집이 들썩거릴 만큼 큰 소리를 내질렀고, 천장에 머리가 닿을 것만 같이 아슬아슬하도록 껑충껑충 뛰어댔다.

소년이 보기에 어른들은 날뛰고 있었다. 그런데 날뛴다고 생각하면 큰일 날 성싶었다. 돼지머리가 꿈속마다 찾아와 불알을 물어뜯을 것만 같았다. 자기가 왕 노릇하던 날 불경한 생각을 했다고.

푸닥거리는 오후 한 차례로 그치지 않았다. 밤에 2차, 새벽에

3차가 치러졌다.

소년이 그날의 굿을 먼 훗날에까지 기억하게 만든 사건은 밤 차례에 일어났다. 밤의 푸닥거리 무대는 안마당이었다. 소년은 텔레비전을 전혀 못 보았기 때문에, 자고 싶어도 잘 수 없었기 때문에, 심통이 단단히 나 있었다.

마당에서 춤추던 어머니가 방으로 뛰어들더니 소년의 손을 움켜잡았다.

"잠깐이면 되니께 마당으로 나가자잉."

소년은 청개구리처럼 버티었다.

"싫어, 못 나가. 안 나갈 텨."

아마 밖으로 나가면 당하게 될 일을 본능적으로 예감했던 모양이다.

"죽어도 못 나가."

어린것은 제가 죽음에 대해서 뭘 안다고, 죽음까지 동원하며 사뭇 개겼다. 어머니는 어린것한테 울며불며 애걸복걸했다.

"이놈이 왜 그런댜. 금방 끝난다니께."

실은 어린것이 이길 수 있는 실랑이가 아니었다. 소년은 내나 마당으로 나갔다.

아버지가 놓은 화톳불이 일렁거리고 있었다. 동네 아주머니들이 원을 그리며 비손하고 있었다. 그리고 무당 닮은 아줌마가, 어쩌면 진짜로 무당인지도 모를 아줌마가 서슬이 푸른 목소리로 자꾸만 울부짖고 있었다. 연신 솟구쳐 오르면서. 아줌마

발밑에 작두날이 없다는 게 어째 아쉬웠다.

아줌마는 커다란 보자기를 소년에게 씌웠다. 소년은 아무것도 보이지 않았다. 아주 단단한 것이 머리통으로 날아왔다. 이상하게도 아프지는 않았다. 대신 이런 생각이 들었다. '머리통 깨지겠다. 수박처럼. 그럼 나 죽을 텐데. 나 죽기 싫은데.'

또래보다 머리통 하나는 작은 꼬마가 웅크리고 있으니 때릴 데가 많을 리 없었다. 아줌마의 매는 소년의 머리통과 등허리를 부지런히 옮겨다녔다. 그렇게 다듬잇돌처럼 얻어맞는 소년의 귀청을 북소리, 꽹과리 소리가 빻았다.

이후로 소년의 집에서는 해마다 굿을 했다. 설 쇠고 다음 날이나 다음다음 날이나. 아무리 늦어져도 정월 대보름 안에는 그 아줌마와 악기를 든 아저씨 한두 명이 왔다.

소년은 머리통이 부서질 뻔했던 기억이 몹시도 생생하여 아줌마가 떠나갈 때까지 파들파들 떨고는 했다. 하지만 아줌마가 소년의 머리통을 때린 것은 그해가 처음이자 마지막이었다.

2

안골댁은 처녀 적부터 잔병치레가 잦았다. 여섯 해에 걸쳐 아이를 셋 낳는 동안 더욱 부실해졌다. 둘째를 낳고 나서가 가장 심했다. 안골댁이 곧 죽는다는 소문이 삼동네에 자자했었다. 안골댁이 충청도와 서울의 병원을 순례하는 동안, 둘째는 큰어머니들이 끓여주는 암죽을 먹고 자랐다.

그러하게 안골댁은 시난고난 앓았다. 그런 상황에 처해 있는 사람이라면 누구나 그러했겠지만, 그녀도 가능한 모든 방편을 찾아다녔다. 그때 만난 이가 소교댁이었다.

아팠다 하면 남편의 간담을 들었다 놓았다 할 만큼 심하게 앓았던 안골댁은, 소교댁을 만난 이후 잔병꾸러기로 돌아갔다.

안골댁은 30여 년 동안 한결같이, 1주일에 하루 이틀은 병원에 들렀다. 하루에 두세 곳의 병원에 가서 치료받고 오는 날도 허다했다. 오전에 외과에 가서 물리치료 받고, 오후에는 한의원에 가서 신경통에 좋다는 처방을 받고, 치과에 들러 치아를 심는 그런 날 말이다.

남편은 자식들에게 일상적으로 이런 말을 했다.

"네 엄마 약값만 없었어도 논 열 마지기는 샀다."

안골댁은 잔병까지 싹 고쳐주지는 않는 신령에게, 그리고 또 부처에게 깊이 감사하고는 했다.

"아니면 난 벌써 죽은 사람이여. 이렇게 살아 있는 것만이두 백번 고쳐 죽어도 못 갚을 은혜인디 더 뭘 바란댜. 여기 쪼금 저기 쪼금 쑤시고 저리고 아린 거야, 팔자가 그러려니 허고 참아야지."

또 그들에게 열렬히 비손하기만 하면 만사가 형통하리라 믿게 되었다.

안골댁은 남편에게 버스비까지 타서 썼다. 남편은 아내를 대폭 고쳐준 소교댁의 굿과 신령을 신뢰하지 않을 수 없었다. 하지만 굿은 정초에 한 번으로 족하고 비손은 부처님 오신 날이나 특별한 일이 있을 때로 족하다고 생각했다. 그 이상은 아내의 절대자를 위해 돈을 풀지 않았다.

안골댁이 버스 두 번 갈아타고도 한참 걸어 들어가야 하는 소교댁의 신당에 빈번히 출입하게 된 것은 맏아들이 막 입대했을 무렵부터였다.

안골댁은 취직을 했다. 혼주시에서 둘째가라면 서러워하는 제과점의 유리를 닦고 바닥을 걸레질하는 일이었다. 40여 년 동안 밭고랑과 논바닥만 발이 닳도록 옮겨다니다가, 하루아침에 월급쟁이로 탈바꿈을 했던 것이다.

남편으로부터 경제적 독립을 쟁취한 안골댁은 무슨 일만 있으면 소교댁에게로 갔다. 소교댁의 신당과 불당에 끊임없이 절하며 비손했다. 암소들 새끼 쑥쑥 잘 낳게 해달라고, 소값 좀 오르게 해달라고, 술 좀 조금씩만 들게 해달라고, 남편을 위해서도 빌었다.

하지만 대부분의 시간은 자식들에게 투자했다. 장남 군대에서 몸 건강하라고 빌고, 차남 대학 기말고사 잘 보라고 빌고, 막내 4년제 대학교에 꼭 붙게 해달라고 빌고…… 자식새끼들이 대가리가 굵어지니까 시시때때로 빌 일이 생겼다.

3

오서산에는 집채만 한 바위가 하나 있었다. 예로부터 당대에 이르기까지 그 바위 속에 신령이 산다고 믿었던 사람들은 부지기수였다. 어느 시대이건 바위 속 신령과 정신적으로 교류했다거나, 계시를 받았다거나, 육체적으로 교접을 했다거나, 뭘 했다고 주장하는 사람들이 한둘씩은 있었다.

미친놈이라고 손가락질이나 받다가 진짜로 미쳐버리는 이가 있었는가 하면, 팔도는 몰라도 삼도에 이름을 떨칠 만큼 유달리 성공하는 자도 있었다.

소교댁은 혼주 시민이 다 아는 무당까지는 못 되었어도, 인근 3개 면민은 다 아는 무당까지는 되었다. 바위신령을 내걸고 먹고살아보겠다고 나섰던 이들 중에, 크게는 아니더라도 나름대로 성공했다 할 만했다.

아무튼 꽤 많은 사람들이 소교댁 덕분에 만사형통하고 무탈하였다. 병을 고치고, 부자가 되고, 좋은 대학에 붙고, 결혼을 하고, 아이를 낳고, 닥쳐오는 재앙을 막았다. 소교댁의 신통력이 미치지 않는 일이란 지상에 없는 모양이었다.

물론 소교댁은 천부당만부당하다고 손사래를 쳤다.

“큰일 날 소리. 벼락 맞을 소리. 어디 그게 내가 한 일인가. 모두가 신령님의 영험이시네. 나는 그저 신령님의 말씀을 그대로 전해주었네. 신령님이 티끌세상 이들을 애틋이 여기어 기적을 베풀어준 것이었단 말일세."

모든 신적 존재들이 그러하듯이, 오서산 바위신령도 모든 중생들을 갸륵히 여기고 무한한 사랑을 아낌없이 베풀어주는 분이었던 것이다.

그런데 소교댁은 부처님도 섬기었다. 오서산 바위신령이 부처님을 섬기었기 때문이다. 그래서 소교댁의 집에는 당이 두 개였다. 바위신령을 모시는 신당과 부처를 모시는 불당.

4

김씨는 예순한 살이 되기 몇 해 전부터 환갑 잔칫상을 꼭 받겠다고 별렀다. 한번은 회갑연 없이 회갑년을 넘긴 동네 선배가 이러쿵저러쿵했다.

"요새 누가 환갑을 한디야. 나두 안 혔어. 참았다가 칠순 때 실컷 혀. 나두 그럴 생각여."

김씨는 웃기지 말라는 식으로 받았다.

"남이사 모르겄구, 나는 꼭 혀야겄슈. 조실부모혀가지고 육십 평생 뼛골 빠졌는디, 뒈져라고 자식새끼 키워놨는디, 환갑도 못 얻어먹으면 억울해서 어찌 산대유?"

하지만 막상 회갑년이 되자 김씨는 마음이 복잡해졌다. 아내에게 몇 번이나 한탄을 했다.

"혹시 잔치 생각하고 있거들랑 때려쳐. 잔치는 무슨 얼어 죽을! 웃어줄 손주가 있어, 노래 불러줄 며느리가 있어. 허깨비 같은 놈. 죽어라고 키우고 가르쳐놨더니 애비 환갑 되도록 결혼도 못혀. 결혼만 못하면 말을 안 혀. 그게 사는 겨?"

그러다가 춘삼월 어느 날 아내가 식당을 예약했다면서 계약서를 보여주었다. 자신이 하지 말랬다고 가솔들이 진짜로 잔치를 안 하면 어떡하나, 조바심이 나기도 했던 김씨는 가슴을 쓸어내렸다.

하지만 또 실제로 하겠다니 걱정되는 게 한두 가지가 아니어서, 아내와 자식들을 불러 앉혔다.

"꼭 불러야 할 사람이 대충 7백 명이고, 안 불러도 좋겠지만 이왕이면 불렀으면 좋겠는 사람까지 더하면 9백 명여. 부담돼서 헐 수 있겄어? 부조는 받을 겨, 말 겨? 요새 부조 받고 환갑잔치 허면 자식들이 욕 삼태기로 먹는다는디? 특히 장남아, 너는 담뱃값도 빠듯한 놈이잖여? 뭘로 어쩌겠다는 겨?"

아내와 자식들은 자세한 말은 해주지 않았지만 각오를 단단히 한 모양이었다. 걱정하지 말고, 웃으면서 기다리다가 잔칫날 신나게 놀라는 소리뿐이었다. 김씨는 못 이긴 척 회갑연을 받아들이고, 잔칫날은 두 달이나 남았지만 일찌감치 초대장 명부 작성에 들어갔다.

평생 들판을 맞대고 백팔번뇌를 나눠온 동네 사람들, 광부 생활 20여 년 동안 맺었던 인연들, 초등학교 동창, 중학교 동창, 소 키우면서 만난 이들, 언제 어떻게 만났는지 모르겠는 사람들까지, 이름들을 하나하나 적노라니 60년 인생이 주마등처럼 떠올랐다. 일찌감치 가버려 부르고 싶어도 부를 수 없는 사람도 적잖았지만, 그래도 아직은 더불어 살아가는 인연들이 훨씬 많았다. 대개는 경조사 부조 봉투로 유지되어온 인간관계였지만, 어쨌거나 한때를 함께 나누었던 이들이었다. 또 앞으로도 함께 부추 이파리 위에 이슬 같은 이생을 부대껴야 할 동무들이었다.

회갑연이 한 달쯤 남았을 때 아내가 두통을 앓기 시작했다. 아내의 두통은 워낙 자주 있는 일이라 처음엔 대수롭지 않게 보아 넘기려고 했다. 그런데 생각해보니 잔치하는 데 돈 마련이 되지 않아 그렇게 머리가 아픈가 싶었다. 그러기에 누가 잔칫상 얻어먹는다고 했는가. 안 해도 된다는 걸, 왜 한다고 설쳐서는 머리가 아픈가. 김씨가 성질이 나서 회갑잔치인지 돈 잔치인지 당장 때려치우라고 윽박지를 참이었는데, 두통을 견디다 못한 아내가 먼저 사정을 털어놓았다. 들이울면서.

소교댁이, 그러니까 오서산 바위신령이 예언했다는 것이다.

"환갑잔치를 했다가는 세 자식들에게 골고루 무서운 화가 미치리라."

김씨는 1주일 동안 내치락들이치락했다. 그리고 식당에 전화를 걸어 자신의 입으로 자신의 회갑연을 취소했다. 그날 밤 김씨는 처연한 어조로 아내에게 말했다.

"나 좋자고 자식들 앞길 막을 수는 없잖여."

그렇게 해서 김씨의 평생소원이었던 회갑연은 말짱 도루묵이 되고 말았다. 예약금 30만 원만 통째로 날리고.

아내는 식당 사장이 예약금 전액 30만 원은 아니더라도 그 절반은 돌려주리라고 믿었다. 그러나 식당 사장은 소도시의 중흥을 책임진 젊은 세대답게 법을 정확히 적용하여 단돈 10원도 돌려주지 않았던 것이다. 아직도 세상이 법보다는 인정으로 돌아가는 줄 알았던 아내는, 법적으로 전혀 하자가 없는 문제를 가지고 두어 달이나 억울해 했다. 아내는 천생 법 무지렁이였던 것이다.

5

안골댁이 며느리의 부모를 처음으로 만난 건 아들의 결혼식 날이었다. 낮에 결혼식장에서가 아니라 새벽에 대문 앞에서 만났다.

자정이 훨씬 넘었건만 집 안은 아직도 복닥판이었다. 나이 많은 조카들은 잘 생각을 않고 이방 저방에서 떠들고 패 돌리고 노래 부르며 잔치 분위기를 살리고 있었다.

겨우 누워 눈을 붙였던 안골댁은 화들짝 놀라서 일어났다. 활짝 열어놓은 대문 밖에 웬 소복 입은 남녀가 머뭇거리고 있었다.

겨울 날씨에 얇디얇은 소복이라니. 한참 전부터 저러고들 있었던 모양인데 얼마나 추울까.

안골댁을 본 소복 남녀는 넙죽 엎드려 큰절을 했다. 안골댁도 황급히 마주 자세를 낮추고 절 시늉을 했다. 소복 남녀가 얼굴을 들었다. 그들은 눈물을 철철 흘리고 있었다. 그들의 얼굴이 하나로 겹쳐지더니 며느리의 얼굴이 되었다. 안골댁은 그들이 사돈 부부라는 걸 알았다.

"아이구, 먼 길을 오셨어유. 들어갑시다. 왜 추운 밖이서 이러구들 있대유. 몸들이 단단히 어셨네유. 일단 들어가서 몸 좀 녹이고……."

사돈 부부는 안골댁의 말은 듣는 둥 마는 둥 하고, 입을 모아 자기들 하고 싶은 말을 했다.

"저희 여식을 잘 보살펴주세요. 그저 부탁드립니다. 조실부모하고 외롭게 큰 저희 여식을 친딸처럼 생각해주셔요……."

"예? 그야, 당연히 그래야쥬. 일단 들어가자니께유. 춰요, 춰."

"모자란 게 많더라도 그저 어여삐 여기시……."

"아, 글쎄 말 드럽게 안 들으시네유. 얼른 들어가서 술이라도 한잔 하면서……."

소리 지르다가 깨어보니 꿈이었다. 안골댁은 꿈속이었지만 사돈 부부에게 술 한잔 못 따라준 것이 못내 섭섭했다. 그러고는 중얼댔다.

"얼마나 걱정되시면 그 먼 데서 여기까장 오셨대유. 으이구, 부모 사랑은 죽어서두 끝나지 않나 보네유. 걱정 마시고 편히 쉬셔유. 걱정을 붙들어 매라구유. 저두 딸 가진 부모여유. 내 딸이거니 잘 보살펴줄게유. 내가 내 뱃속으로 난 자식이거니 하고 보살필 테니께……."

정신없이 하루가 흘러가고, 안골댁은 신혼여행지에 잘 도착했다는 아들, 며느리의 전화를 받았다. 안골댁은 이제 다 끝났구나, 애들만 잘 살면 되는구나, 하고 만족의 긴 한숨을 내쉬었다.

그런데 바로 그 순간 그놈의 두통이 엄습해왔다. 안골댁은 평생 두통과 싸워와서 또 왔구나 데면데면하면서도, 무슨 문젯거리가 생긴 것도 아니고, 이렇게 좋은 날, 아들 장가간 날, 며느리 들어온 날, 왜 찾아왔는지 갸우뚱거렸다.

안골댁은 두통에 시달리다가 새벽녘에 가까스로 잠이 들었다. 그런데 또다시 사돈 부부가 찾아왔다. 사돈 부부는 전날처럼 큰절을 하더니 며느리를 잘 부탁한다는 요지로 한참 되뇌었다.

이후로 사돈 부부는 사흘돌이로 찾아왔다. 안골댁의 두통은 깊어져갔다. 사돈 부부가 찾아오지 않는 날에도, 눕기만 하면 사돈 부부가 떠올랐고 머리가 깨어져서 으스러지는 듯이 아팠다.

두통이 시작된 지 한 달쯤 되었을 때, 그러니까 아들과 며느리가 예식을 올린 지 한 달쯤 되었을 때, 안골댁은 아들을 따로 불러서 꿈 이야기를 해주었다. 그러고는 덧붙였다.

"굿을 해야 한다고 하더라."

"굿이요? 무슨 굿을요? 소교 아줌마가요?"

"그게 어디 소교 아줌마 말이냐, 신령님 말씀이지."

"오서산 바위요?"

"이놈아, 입 조심해. 어디 함부로 신령님 함자를 입에 올려. ……애기가 혹시 종교를 가지고 있니?"

"옛날에 천주교를 믿었다는데 지금은 잘 모르겠어요."

"굿을 하기는 해야 되는데 애기가 어떻게 생각할까 싶어 말을 못해서 끙끙 앓고 있잖냐."

6

시모를 만나고 온 남편은 대뜸 일러두려고 했다.

"우리 굿 받아야 된대."

"굿?"

"음. 오서산 바위신령이 그렇게 말했다네. 바위신령 얘기, 내가 저번에 해줬지? 우리 아버지 환갑잔치 못하게 한 그분 말야."

"굿이라고? 작두칼 위에서 무당이 날뛰고 막 그러는 굿 말하는 거야?"

"굿에도 여러 종류가 있어. 우리가 받을 굿은 그냥 간단히……."

해는 숨이 턱 막혔다. 굿이라니! 시모는 며느리가 고아라서 내내 께름칙했던 모양이다. 결국에 굿을 해야만 속이 편할 지경에 이르렀나 보다. 해는 머리를 싸쥐고 뇌까렸다.

"나를 놓고 푸닥거리를 하겠다니!"

"왜 그래? 별거 아니라니까."

"미쳤어? 내가 굿을 받게. 못해. 안 해!"

"그냥 가만히 앉아 있다 오면 되는 건데."

"내가 왜 신령인지 바위인지 앞에서 무릎 꿇고 있어야 돼?"

"나도 바위신령을 믿는 게 아냐. 어머니가 원하시니까……."

"어머니의 종교일 뿐이야. 내가 왜 그딴 무당집 여자 말에 놀아나야 돼? 돈 벌어먹고 사는 것도 가지가지지. 나한테 더러운 기운이 달라붙어 있어서 그걸 털어내야 된다는 거야? 그런 말로 사람 꼬드겨서 벌어먹고 살아야 한단 말이지? 내가 왜 그딴 여자 말에 휘둘리고 살아야 돼? 난 못해. 하기 싫어. 시어머니가 아니라 시할머니가 와서 말한다고 해도 싫어. 내가 어머니 말이라면 다 고분고분 따를 줄 알았어? 싫은 건 싫은 거야. 어머니에게 내 종교를 강요하지 않듯, 어머니도 내게 그런 걸 강요하지 않으셨으면 좋겠어. 며느린 사람 아냐? 그렇게 께름칙하면 이 결혼을 반대하시든가 그러실 일이지, 왜 이제 와서 고아라서 굿을 해야 한다는 거야! 언니도 결혼했지만 고아라서 푸닥거릴 하진 않았어. 믿지 않으면 그만 아냐. 믿고 싶은 사람 혼자 믿으면 그만 아냐. 굿을 하고 싶으면 어머니 혼자 하면 되는 거 아냐. 왜 며느리를 갖고 난리야. 며느리니까 마누라니까 시부모나 남편 마음대로 할 수 있다는 거야? 내 이름을 걸어놓든 내 사진을 걸어놓든 나를 저주하든 마음대로 해. 하지만 난 못 가. 안 가!"

해는 입에 거품을 물고 소리소리 질러댔다. 맺힌 응어리를 풀어놓는 듯했다. 그러고 보면 해는 그간 쌓인 게 많았다. 너무나도 다른 30년을 산 남자와 우연히 만났다. 두어 달 연애하고는 막 바로 살림을 차렸다. 그리고 지난달에 결혼식을 올렸다.

혼자 사는 것에 익숙했던 해는, 정신을 차려보니 아내가, 며느리가, 형수가 되어 있었다. 물설고 땅 선 촌구석에 내팽개쳐져 있었다. 신혼이고 뭐고, 미치고 팔짝 뛰겠는 순간이 하루에도 몇 번씩 습격해왔다. 겨를만 나면 도시에서 혼자서 살 때가 그리웠다. 결혼하지 않았다면, 남편을 만나지 않았다면 이렇게 힘들어야 할 까닭이 없었다.

이러저러하게 쌓인 화가 누가 건드리지 않아도 폭발할 지경에 이를 만큼 차올라 있었는데, 남편이 기막히게도 굿 말을 꺼낸 것이었다. 울고 싶자 때린다더니, 남편이 제때에 구실을 준 셈이었다.

남편은 벙벙해져서는 어쩔 줄 몰라 하더니 담배를 들고 나가버렸다. 해는 갑자기 적막이 무서워졌다. 이불을 뒤집어쓰고 누웠다. 눈물이 솟기 시작했다.

밤늦어 들어온 남편은 시모의 꿈 이야기를 들려주었다.

아빠, 엄마를 만났다고? 20년 전에 저승으로 떠난 분들이다.

딸년이 중학생이 된 이후로는 그리움에 사무쳐 애원을 해도 머리카락 한 올 보여주지 않았던 분들. 그런 아빠, 엄마가 뭐 아쉬울 게 있다고, 생면부지인 시모를 찾는단 말인가. 그건 시모가 만든 환상에 불과하다. 아빠, 엄마의 출현에도 불구하고 해는 꿈쩍도 하지 않았다.

남편도 밖에 나가서 각오를 단단히 하고 왔는지 쉽게 물러서지 않았다. 남편은 이후로 사흘 동안이나 갖은 수다를 부렸다. 협박했고, 졸랐고, 빌었고, 화를 냈고, 주장했고, 설명했다. 그러나 해는 굿을 받겠다는 말을 절대로 해줄 수가 없었다.

해는 묵묵부답으로 꿀쩍대기만 했는데, 남편의 게정거리는 꼴이 자지리 성가셔서 간혹 이런 대거리를 하기도 했다.

"제발 그런 말로 나를 설득하려 들지 마. 내가 자기더러 천주교 미사에 가자고 하면 가겠어?"

그러면 남편은 반색하며 대답을 쉽게 했다.

"꼭 가야 한다면 가야지. 모두의 평화를 위해서 딱 한 번 가는 거라면 미사가 아니라 불구덩이 속에라도 갈 수 있지."

해는 아주 어렸을 때부터 공무원이 되기 전까지는 성당에 다녔다. 모니카라는 세례명을 얻기까지 했다. 지금도 완전히 천주교를 버렸다고 말할 수는 없다. 언젠가는 다시 미사에 나갈 생각을 하고 있으니까.

왜 성당에 나가지 않게 되었을까? 죄의식? 부채감? 게으름? 아무튼 해는 성당에 나가지 않는 것을 복잡다단하게 설명하고 싶지 않아서, 누가 종교를 물으면 없다고 대답했다.

결혼하기 전의 일인데, 해의 전세방에 벌거벗고 누워 있던 남편이 벌떡 일어나더니 두려운 얼굴로 아름작대었다.

"예수님이시네. 눈이 마주쳤어. 갑자기 등골이 서늘하네. 내가 지은 죄들이 한꺼번에 생각나. 아, 섬뜩해. 그런데 자기 예수님 믿나 봐?"

"아니, 안 믿어."

"어? 그런데 왜 걸어놨어?"

"옛날엔 믿었는데 지금은 안 믿어."

"그럼 떼지."

"그냥 걸어놓은 거야. 그냥."

"그래도 십자가를 걸어놓고 살 정도라면 아직 믿음이 있는 거지. 성당에 안 나가더라도."

"절대로 안 믿는다니까."

그때는 절대로 안 믿는다고 떠댔지만, 이런 문제에 부닥치고 보니까 어쩌면 여전히 믿고 있는 건지 모른다고, 해는 생각했다. 만약 자신이 여전히 그리스도를 믿고 있는 것이라면 굿은 더더욱 할 수 없는 것이었다.

남편의 말 중에 가장 무서웠던 건 "만일 어머니가 쓰러지신대두?"였다. 뼈가 부서져라 일하면서도 가난한 분, 그럼에도 불구하고 남에게 손톱만 한 악의도 품어본 적이 없을 것만 같은 분, 세상에 이런 분이 있을 수 있단 말인가 탄식하게 만드는 분.

그런 분이 하필이면 굿에 의지하게 되었단 말인가. 해는 그런 시어머니에게 착한 며느리가 될 자신이 없었다.

남편은 결국 항복 선언을 했다.

"자기는 내가 어머니 편만 들었다고 생각하겠지만, 꼭 그렇지만도 않았어. 어머니한테도 여러 번 말씀드렸다고. 나만 받으면 안 되냐고. 아, 모르겠어. 어머니하고 자기가 알아서 해. 자기가 어머니한테 직접 말씀드려. 그 수밖에 없어. 아까 어머니한테 다녀왔어. 자기의 뜻을 최대한 전달하기는 했는데, 제대로 했나 몰라. 아무튼 어머니가 내일 들르신다고 했어. 잘 말씀드려봐. 그리고 그만 좀 앙앙거려라. 한겨울에 홍수 난 것도 아니고. 으우 상, 바위신령 때문에 내가 그냥 올해에 두 번이나 미치네."

시모가 직접 아파트로 찾아오겠다는 것이다. 다른 무엇도 아닌 굿 때문에. 해는 어질어질해서 몸을 가눌 수가 없었다. 남편한테는 죽어도 못하겠다는 말을 쉽게 할 수 있었지만, 시모한테도 그 말을 할 수 있을까?

7

"소교 아줌마는 당최 이해할 수 없다더라. 그렇게 어렵냐는 거지. 지 애비, 에미 달래주는 굿인디도 말여. 속옷은 되겄냐고 하더라. 애기가 속바지도 안 된다고는 안 하겄지?"

"속옷 가지고도 된대요?"

설은 모든 고통이 한순간에 날아가버리는 듯한 기쁨에 젖었다.

"아쉬운 대로 된디야. 애기가 속옷도 안 된다고 하면 어쩌냐?"

"걱정하지 마세요. 속옷은 돼요. 무조건 돼요."

그러나 어머니는 못내 아쉬운 듯했다.

"잠깐 몸땡이 들이밀고 있으면 되는 건디. 참, 그게 그렇게 싫을까."

설은 소교 아줌마에게 감사해야 할지, 병 주고 약 주냐고 분통을 터트려야 할지 헛갈렸다. 처음부터 그렇게 말했으면 한결 쉬웠지 않은가. 설마 아내가 속옷까지 못 내놓겠다고야 하겠는가. 둘이 다 안 갈 수는 없고, 아내 속바지 들고 혼자 가면 되는 것 아니겠는가.

이게 바로 중용이구나. 아내는 의지를 지키고, 어머니는 굿을 하고, 중간에 낀 놈은 편하고. 설은 어머니 심정이야 어쨌든 홀가분해서 날아갈 듯했다.

"아, 참 깜박혔다. 고무신도 꼭 있어야 된다. 니이, 고무신."

"고무신요? 하얀 거요. 꺼먼 거요?"

"하얀 거다."

"알았어요. 그럼 내일 언제 모시러 와요?"

"너는 저녁때 와."

"어머니는요?"

"난 아침에 미진이 차 타고 나갈 테니께."

"아침부터요?"

"그려. 나는 아침부터 치성을 드릴 테니께, 넌 저녁때 와. 속바지하고 고무신 꼭 챙겨갖고."

어머니가 불쑥 탄식했다.

"근디 네 마누라 참 고집 세다. 너 이놈아 잘못하면 평생 쥐여살겄어. 그리고 왜 그렇게 눈물이 많냐. 그끄저께 마주 앉았는디 어찌나 훌쩍대는지 무슨 말을 할 수가 없더구나."

"고집이야 아버지 닮고, 울음 많은 거야 어머니 닮았나 보죠. 며느리 참 제대로 얻으셨어요."

8

김씨는 아내가 아침 바람 맞아가며 나서는 걸 보고, 딸한테 전화로 캐물은 뒤에야, 그간에 있었던 푸닥거리 소동을 알았다. 어쩐지 요새 아내 얼굴이 샛노랗다 했다.

아내가 시초로 굿을 했던 게 언제였던가. 정확하게는 기억나지 않지만 첫째가 취학할 무렵이었을 거다. 그때 아내는 어디서 무슨 말을 듣고 왔는지 굿을 받게 해달라고 졸랐다. 아내는 한 번도 뭘 해달라고 한 적이 없었다. 그런 사람이 처음으로 해달라고 애원한 것이었지만, 일고의 가치도 없는 말이라, 김씨는 콧방귀를 뀌었다.

"대학교 의사들도 못 고치는 걸 무당이 고쳐? 오줌 지리지 마."

자수성가한 김씨 사전에 굿은 있을 수가 없는 거였다. 김씨는 자기 자신 이외에는 그 누구도 믿지 않았다. 모든 신적 존재들을 사기꾼으로 치부했다. 심지어는 삼동네 사람들이 죄다 절절히 섬기는 부처도 믿지 않았다.

아내는 한 보름간을 울며불며 매달렸다. 죽어도 굿을 받고 죽겠다는 거였다. 김씨는 견고한 침묵으로 응수했다. 병이 다시 한차례 아내를 휩쓸었고, 김씨는 나약해졌다. 사실 지푸라기라도 잡아야 할 판이었다.

"딱 한 번만여. 딱 한 번만!"

막상 굿판이 이루어지자, 김씨는 절대로 믿지 않았던 무당을 자꾸만 믿는 마음이 생겼다. 아내가 시초로 굿 받던 날, 그날은 김씨가 자신 이외의 그 누군가에게 진심으로 뭘 빌어본 첫날이기도 했다.

김씨는 소똥을 치우다 말고 오서산 쪽에다 대고 구시렁댔다.

"신령님도 참 대단하슈. 나 속 썩인 걸로 모자라서, 며늘아기 속까지 썩였구만요. 그나저나 어째야 옳대유. 속바지만 모시면 섭섭하시겄지유? 신령님 대답을 좀 해보슈."

김씨는 곰곰이 생각하다 점심을 먹고 나서는 며느리에게 전화를 걸었다.

"내가 옛날부터 네 시어매한테 신신당부혔었다. 며느리는 신당인지 불당인지에 끌고 다니지 말라고 말여. 사람마다 믿음이 다 다른 거이니께. 근디 세상일이 뜻대로 안 될 때가 많더라. 그리서 이번 한 번만 부탁을 하자. 네가 딱 한 번만 굽혀줬으면 좋겠다. 눈 딱 감고 말여. 대신 다시는, 두 번 다시는 이런 일이 없도록 헐 테니께. 어떠냐? 그렇게 해줄 수 있겄지?"

며느리는 쉽사리 대답을 못했다. 전화기에서 무슨 이상한 소리가 들린다 했더니 며느리 흐느끼는 소리였다.

김씨는 아내를 위해서, 아니 오서산 바위신령이 무서워서, 며느리한테 뭔가를 강요했다는 것이 분했다. 화딱지가 왈칵 치밀어서, 며느리 대답을 못 듣고, 전화를 툭 끊고 말았다.

9

설이 나갈 참인데 아내가 주섬주섬 옷을 챙겨 입었다.

"자기는 어디 가는데?"

"나도 같이 가는 거야."

"굿 받으러 간다고?"

아내는 힘없이 고개를 끄덕였다. 죽어도 못하겠다던 사람이, 어머니를 물리치기까지 한 사람이, 자기 대신 속바지를 보내기로 했던 사람이, 왜 갑자기?

아무려나 설은 이 기쁜 소식을 얼른 어머니에게 전해주고 싶었다. 소교 아줌마 댁에 전화를 걸었다. 아내와 동행한다는 말을 전하자, 어머니는 "진짜라니? 왜 온다니?" 놀라면서도 기쁨을 감추지는 못했다.

함박눈이 펑펑 내렸다. 설은 아내의 침묵이 부담스러웠다. 그래서 마구 지껄였다.

"그런데 소교 아줌마네 되게 웃긴다. 아줌마한테는 내 또래쯤 되는 아들이 하나 있어. 일식집 주방장 하는 사람인데 아내 되는 사람이 희한해. 어느 날 갑자기 사라지는 거야. 애가 둘인데 그냥 팽개쳐놓고. 대신 이것저것 깡그리 긁어서 나가지. 아줌마는 별로 안 찾고 싶어 하지만 주방장은 열심히 찾아다녔나 봐. 찾아서 데리고 오면 또 한 반년 고분고분 일만 하다가, 재차 홀연 잠적해버려. 물론 또 뭘 들고 나가지. 근데 설령 못 찾아도 제 발로 걸어 들어와. 돈이 다 떨어지면 돌아오는 거지. 그래서 이제 집을 나가도 찾지 않더라고. 그렇게 나가고 들어온 횟수가 벌써 대여섯 번이래. 오서산 바위신령이 남들은 다 챙겨주고 소교 아줌마네 자식은 별로 안 챙겨준 모양이더라고. 뭐야, 우아 샹, 내 얘기 안 듣고 또 찔찔대고 있었던 거야?"

정말이지 아내는 가슴속 어딘가에 눈물주머니를 하나 매달고 있는 모양이었다.

"아, 참, 내가 소교 아줌마 댁에 갔던 얘기 해줬었어? 아버지가 갑자기 경련이 나신 거야. 그때 얼마나 섬찍지근했다고. 소교 아줌마한테 침을 맞으러 간 거야. 자기, 침 맞는 거 못 봤지? 굿을 그렇게 무서워하니까 침 맞는 거 봐도 많이 무서울 거다. 실은 나도 무섭더라. 침 맞다가 아버지가 눈이 허옇게 되셔 갖고 십년감수했다야. 그래도 아줌마가 용하긴 용하대. 침 몇 방에 아버지 확 나으셨어. 그런데 문제는 나올 때였어. 내가 겁 없이 아줌마네 마당까지 차를 끌고 들어가기는 갔는데 나올 수가 없더란 말야. 차 운전은 안 해보셨고 오토바이 운전 경력만 10년인 아버지가 운전 코치하는데 어찌나 겁나든지. 아버지가 열을 내시면 좀 내시냐. 열 내시다가 또 경련하실까 봐 겁났던 거지. 하여튼 간신히 빠져나오는데 벽을 긁어버렸어. 근데 벽은 말짱하고 내 차만 빗살무늬토기가 됐더라고. 그때 내 차가 이 모양이 된 거야. 아버지가 다시는 내 차에 안 탄다고 하시더라. 우아 샹, 아직도 찔찔대네. 참, 많이도 운다."

소교 아줌마네 마을 동구에 어머니가 서 있었다. 하염없이 내리는 눈을 내리는 대로 다 맞고 있었다. 어머니가 마치 신령 같아 보였다.

10

설은 소교 아줌마가 읊어대는 소리는 오른쪽 귀로 들어와서 왼쪽 귀로 빠져나가게 놔두고, 딴 생각에 바빴다. 아줌마는 올해 연세가 예순아홉이랬다. 그러면 아줌마를 처음 봤을 때는 몇 살이었나? 사반세기 전이니까, 아, 빼기가 이렇게 안되나.

아무튼 그때의 아줌마 얼굴은 무서워서 쳐다볼 수 없었다. 눈이 마주치면, 아줌마의 눈에서 불덩이가 솟아나와 자신을 송두리째 먹어치우는 듯했다.

그랬는데 언제부터인가 아줌마가 무섭지 않았다. 아줌마의 육체만 늙어왔던 게 아닌 모양이다. 아줌마를 휘감고 있던 그 무서운 기운들도 시나브로 늙어왔던가 보다.

신당에는 또 한 사람이 있었다. 소교 아줌마를 처음 봤을 때를 연상시키는 여자. 설은 아줌마가 힘이 빠져서 고용한 무당일 거라고 넘겨짚었다.

소교 아줌마의 외는 소리가 고조되더니, 무당이 사위를 펼치기 시작했다.

무당은 누군가를 애타게 불렀다. 설은 소름이 좍좍 끼쳤다. 아내는 고개를 수그리고 울먹거리는 데에만 열중하고 있었다. 어머니는 무당을 향해 오로지 비손하고 있었다. 설은 무당과 눈이 마주쳤다. 머리카락이 모조리 곤두서는 듯했다.

무당의 음성이 묘하게 바뀌었다. 하는 말을 들어보니 장인과 장모다. 처부모는 설과 아내를 잔뜩 주물럭대면서 이말 저말을 했다. 아내한테는 부모가 해준 것도 없이 일찍 떠버렸는데도 곱고 예쁘게 잘 커서 대견하다는 요지의 말을 해주는 듯했다. 설한테는 감당하기 힘든 무지막지한 칭찬을 늘어놓더니 해를 잘 부탁한다는 요지로 말했다. 설은 저도 모르게 우러나온 진정 어린 마음을 주체하지 못하고, 군대식으로 "예!"라는 답을 네 번이나 했다.

처부모는 물을 머금더니 뿜기도 했다. 설은 얼굴로 날아오는 침인지 물인지 하는 것을 맞으면서, 이게 다 처부모가 끼얹어주는 손길이겠거니 여기고 꾹 참았다. 아내는 제 부모가 왔는데 한 번 쳐다보는 일 없이 초지일관 방바닥만 노려보고 있었다.

무당은 신혼부부에게는 할 만큼 했는지, 어머니에게로 달려들었다. 처부모는 꿈속에서 그렇게 자주 부탁하고도 모자랐나 보았다. 어머니의 꿈속에서 했다는 말을 잔뜩 늘어놓았다. 처부모와 어머니는 아예 부둥켜안고 울부짖어대기 시작했다.

11

그날 밤에도 안골댁은 사돈 부부를 맞이했다. 사돈 부부는 달처럼 환한 얼굴로 속닥였다.

"이제 마음 편히 쉴 수 있게 됐어요. 이제 가면 안 올랍니다. 감사하고 또 감사합니다. 만수무강하세요."

그것이 안골댁과 사돈 부부의 마지막 만남이었다.

신기하게도 안골댁의 두통은 그날 밤새에 씻은 듯이 나았다. 하지만 안골댁의 머릿속 평화는 오래가지 못했다. 더욱 대가리

굶어진 자식새끼들이, 안골댁이 오서산 바위신령에게 빌어야 할 일들을 줄기차게 만들어냈으므로.

12

김씨는 소설 한 편을 지었다. 200자 원고지로 따지면 스무 장이 될까 말까 했다. 맏아들이 보라고 가져다준 책에 엽편소설집이라고 있었다. 그 책을 보고 짧아도 소설이 될 수 있다는 걸 알았다.

김씨는 중학교 때 교과서에 실린 것 몇 편 읽은 걸 제외한다면, 쉰여덟에 이르러 소설이라는 걸 처음 읽었다. 처음엔 아들이 쓴 것만 읽었지만, 차차로 대소설가로 이름을 날리고 있는 중학교 동창 것, 맏아들이 집에 있을 때 놀러 왔던 전라도 애가 쓴 것 등등을 비롯해서 맏아들이 권해주는 것도 읽게 되었다. 읽다가 보니까 자기도 쓰면 쓸 수 있을 것 같았다. 하지만 자기가 소설을 쓰다니 졸던 황소도 웃을 일이어서 시도할 염은 꿈에도 하지 않았다.

김씨는 회갑년에서 진갑년으로 넘어가던 겨울 고개에 육십 평생을 정리하는 무슨 특별한 일인가를 하고 싶었다. 무슨 일을 할까 하다가, 옳거니 하고 소설을 쓴 것이었다. 그러니까 이번에 김씨가 쓴 소설은 회갑 기념 소설인 거였다.

김씨는 자신의 소설 제목을 「회갑 선물 중에 회갑 선물」이라고 지었다. 제목에 암시되어 있지만 회갑년에 겪은 여러 일들을 적고 있다. 자신이 생각해도 소설 막바지에 갈수록 정황 진술을 하지 못하고 대화에만 의지하는 등 소설적 폼은 나지 않았다. 주제는 회갑연이 도로 아미타불이 되고 난 이후 몰려온 엄청난 상실감이 치유되는 과정이라고 할 수 있겠다. 이러한 주제를 독자들(가솔들)이 느껴줄는지 몰랐다.

김씨는 독자들을 소집했다. 저녁식사를 마치고, 아내와 아들과 딸과 며느리를 의미심장하게 둘러본 뒤에 김씨는 소설 원고를 꺼냈다. 혼주시 평라면장이 발행한 '가축자가사육 사실확인원' 용지 뒷면에 석 장, 어느 사료 가게에서 준 두꺼운 공책에서 뜯어낸 종이 앞면에 넉 장, 총 일곱 장에 만년필로 쓴 것을 종이 집게로 묶은 거였다.

아버지 회갑은 원래 2001년 6월 10일인데, 여름 더위를 피해 4월 8일에 잔치를 치르기로 어머님과 우리 삼남매 상의했었다. 그런데 갑작스러운 일로 회갑연을 파기해야만 했다. (중략)

"아버지 서운하시지요?" 나는 고개 숙여 말씀드렸다. "내가 웬 회갑이냐. 며느리, 사위 하나 없는 놈이 원체 생각도 안 했다." 홧김이지 진심은 아니신 듯했다. 아버지 뒷모습이 그렇게 쓸쓸하게 보일 수가 없었다. (중략)

아버지께서는 "너는 잼지가 없냐, 배운 게 적으냐, 남들 다 가는 장가도 못 가고 속을 썩이냐" 야단을 치시고는 했다. 약주 얼큰하게 들어가면 "내가 무어라고 하드냐, 어릴 적부터 그 무엇이냐, 소설쟁인가 글쟁인가는 배고픈 직업이라 예부터 여자가 안 따른다고 했잖느냐. 지금 세상 어느 계집애가 너 같은 것을 택할 것이냐, 뻔할 뻔 자야" 한탄하시고는 했다.

평생을 한결같이 화염 뙤약볕 들판 뛰어다니시고, 지하 수백 미터 지하 갱 속에서 피땀 흘리셨건만, 회갑이 되었어도 며느리 하나 못 본 채 몸과 마음만 늙었으니, 어떤 분인들 속이 안 쓰릴까.

(중략) 잔치는 못 해드리고 오토바이를 사 드리기로 했다. (중략) "오토바이는 무슨 오토바이, 지금 있는 놈이면 10년도 더 타겠다. 돈도 없는 놈이 장가갈 생각은 않고, 별 꿍꿍이 소리를 다 한다" 하시면서 단칼에 거절하셨다. (중략)

"미진아, 오늘 아버지한테 한 방 먹었다. 너는 어쩔래?" "싱크대가 엉망이잖아. 시집가기 전에 겸사겸사해서 싱크대나 바꿔 드리려고." "그거 비쌀 텐데." "2백 정도 될 거야." "말씀드렸냐?" "뻔할 뻔 자지. 나도 한 방 먹었어. '애들이 정신 나갔나. 야, 이 자식아! 시집갈 꿈이나 꿔. 지금 있는 싱크대 앞으로 10년 더 쓰고도 남는다. 오토바이, 싱크대 같은 걸로 애비 마음 달랠 생각 말고 얼른 시집, 장가나 가. 꼴도 보기 싫다' 하셨어."

(중략) 한데 아버지께서는 오토바이, 싱크대, 휴대전화, 그 무엇도 반가운 표정이 아니고 늘 쓸쓸한 모습이었다. "어머니,

아버지 마음이 어떻게 해야 편안하실까요." "시간이 가면 되어." "불안해서 못 견디겠어요."

(중략) 아버지가 그렇게 기다리던 며느릿감을 데려갔다. (중략) 아버지께서 하시는 말씀. "처음 믿음, 처음 마음 끝까지 갖고 행복하게 잘 살아라. 고맙다." 며느리 손목을 잡고 좋아하는 모습, 그렇게 기뻐하시는 모습은 내 나이 서른에 처음 보았다. 진작 결혼 못한 것이 죄송했다. 다음엔 무슨 선물로 아버지 기뻐하는 모습을 뵐까.

김씨는 긴 낭독을 끝내고 독자들을 하나씩 둘러보았다. 다들 비슷한 표정인데 저게 비웃는 얼굴인지, 감동 먹은 얼굴인지, 분간이 되질 않았다. 반응이 제일 걱정되었던 며느리는 뭐, 나쁘게 들은 것 같지는 않았다. 장남이 그래도 제가 소설가라고 가장 먼저 평을 했다.

"너무 잘 쓰셨는대유."

자식, 그것도 평이라고 하나. 제 소설에다가 뭐라고 해대는 사람들처럼 폼나게 말 못하나.

며느리와 딸은 뭐라고 말할 생각이 없나 보았다. 반응이 없으니까 참 멋쩍었다. 젊은 애들이 툭하면 쪽팔린다고 해쌓더니만 이런 경우를 두고 그렇게 말하나 보았다. 그나마 아내가 한 말씀 해주었다.

"노인네가 소설 쓴다고 밤새 불 켜놓고 끙끙대서는 내가 당최 잠을 잘 수가 없었시야."

김씨는 이렇게 소리치고 싶었다. '내가 뭘 쓴 줄 아냐. 오서산 바위신령한테 빼기는 얘기를 썼다. 신령님이 내 평생소원이던 잔치를 못 하게 만들었지만, 나 하나도 안 섭섭했다고.'

김씨는 원고를 장남에게 툭 던져주었다.

"잘 다듬어서 책에 실리는 소설로 만들어봐라. 그렇게 할 수 있잖냐? 내가 소설 하나를 준 겨. 그리서 너를 주인공으로 한 겨. 너 고치기 편하라고."

13

동네 잔치 마당에서 최씨 아저씨가 설에게 느닷없이 물었다.

"넌 네가 잘해서 성공한 건 줄 아냐?"

"예?"

"아니다, 넌 어차피 성공할 수밖에 없었시야. 왠지 알아?"

"저 성공 안 했슈."

"왜 성공을 안 해. 신문이 났잖어. 라디오하고 텔레비전이도 나왔다메?"

"그거하고 성공은 아무 상관이……."

"네 어매가 좀 빌러 다녔냐? 네 어매가 30년을 빌었다. 바윗댕이가 아니라 태산도 감동하겄다. 바윗댕이한테만 빌었냐? 부처님한테는 또 얼마나 빌었냐. 저번이도 내가 무슨 절에 갔더니 거기 무슨 장부엔가 네 어매가 얼마 냈다고 적혀 있더라. 빵집 청소해서 돈 좀 번다드니. 참, 그만두셨다메? 그려? 아무튼 많이도 냈더라. 네 어매가 바윗댕이도 모자라, 좋다는 절은 다 찾아다닌 거 아니냐. 그러니 네가 워칙히 안 잘될 수가 있겄냐? 니이, 안 그려?"

단란주점
스타크래프트

퇴근을 하였으니, 발 씻고, 김밥과 오뎅(국어사전을 찾아보면 '꼬치' 혹은 '꼬치안주'로 순화하라고 적혀 있는데, 오뎅은 오뎅이라고 말 되어질 때만 오뎅다운 것 같다는 판단 아래 그대로 적는다)으로 오밤중의 허기도 때웠으니, 한판 안 할 수가 있나. 이번엔 학살을 해볼까, 방어를 해볼까. 그래, 방어다, 방어. 느긋하게 즐겨보자.

오버로드/가는 기지개를 켰다. 홀로 일곱을 상대하는 싸움이었지만, 언제나 여유 만만했다. 숫자적으로 불리한 대신, 나머지 일곱이 가지지 못한 꼼수를 가지고 있었기에. 그 꼼수는 수적 열세를 상쇄하고도 남아돌았기에. 그 꼼수는 미네랄과 베스핀 가스를 채취하지 않아도 된다는 것이었다.

나도 알지. 비겁한 게임이라는 것을. 솔직히 비겁한 게임이 아니고 정당한 게임이라면, 나는 하나도 이기지 못할 거야. 일곱 중에 하나도 못 이길 거라고. 설령 1대 7로 싸우는 게 아니라, 여덟 모두 따로국밥으로 싸우는 전쟁이라고 해도, 그중 한 놈 이기기가 벅찰 거야. 오버로드/가는 자신이 무능하다는 것을, 더 정확히 말하면 멍청하다는 것을 인정하고 있었다. 머리가 나쁘면 비겁하기라도 해야지. 이기기 위해서는 어쩔 수 없어.

내게 주어진 것은 부화장 하나, 일꾼 네 마리, 애벌레 두어 마리뿐이라네. 적들도 비슷한 상황이지. 그러나, 그러나, 그러나, 적들은, 새로운 부화장을 세우려면, 미네랄을 캐야 된다네. 한참 캐야 된다네. 일꾼 하나 만드는 데도 미네랄이 필요하다네. 적들은 캐지 않으면 끝장이라네. 나는 그럴 필요가 없다네. 명령만 내리면 된다네. 일꾼들아, 일꾼들아, 부화장이 되어라. 너는 저기에서, 너는 저어기에서, 너는 저어저기에서. 애벌레야, 애벌레야, 일꾼으로 변태해라. 뚝딱뚝딱 변태해라. 개전 초기, 적들은 자원에 가스에 채취하기도 바쁘겠지만, 나는 룰루랄라, 명령만 내리면 된다네. 오버로드/가는 요새 텔레비전을 장악하고 있는 댄스 가수들이 랩 하듯이 흥얼흥얼거리며 부지런히 명령을 내렸다.

휴대전화가 시끄러운 소리를 냈다. 누가 이 시간에? 새벽 두 시에 가까웠다. 오버로드/가는 명령을 내리는(막 애벌레에서 변신한 일꾼들에게도 각자의 곳으로 달려가 부화장이 되도록 지시했다. 아, 이런 바보. 정말 나는 멍청해. 또 성능향상건물 짓는 것을 잊었어. 무엇보다도 빨리 만들어야 될 것인데. 일꾼 하나에게 방금 내린 부화장으로 변태하라는 지시를 취소하고, 저 잔디밭으로 달려가 성능향상건물로 변태하라는 새로운 지침을 하달했다) 한편, 휴대전화를 받았다.

고등학교 동창 민우였다. "뭐 하고 있었냐?" "음, 막 전쟁을 시작했어." "그놈의 스타크래프트 작작 해라." "뭐, 낙이 있어야지." "술 좀 사줄 수 있냐?" "술? 네가 웬일이냐. 술을 다 찾으시고." 오버로드/가가 알기에 민우는 술하고 별로 친하지 않은 사이였다. 민우와 술로 죽이 맞는 날은 한 달에 두 번 있을까 말까 했다. 그에 비해서 오버로드/가는 술과 지나친 관계를 맺지 않는 날이 일주일에 두세 번 있을까 말까 했다. 그리고 오버로드/가가 술 마시자는 제의를 받았을 때 거절하는 일은 거의 없다고 봐야 했다.

"좋지, 나도 마침 술이 마시고 싶었어." "그런데 비싼 술이 마시고 싶어." 비싼 술? 소주가 아니라 맥주를, 비싼 안주 시켜 놓고 먹자는 얘기인가. 이 시간에 문을 연 호프집이 어디 있더라? 너무 비싸면 곤란한데. 술 앞에서 경제 사정을 고려하지 않는 날이 내 생애에 와주기나 할까. 오버로드/가는 먼저 술 마시자는 얘기도 꺼내는 법이 없는 친구가 모처럼 술 좀 사달라는데 주머니 사정부터 헤아리는 자신이 싫었다. 어쨌든 대답은 호기롭게 나갔다. "비싸 봤자지. 마시자! 나도 간절했다." 그들은 약 15분 뒤에 만나기로 했다.

그 와중에도 오버로드/가의 1대 7 전쟁은 계속되고 있었다. 성능향상건물이 완성되었다. 그 건물의 완성으로 부화장을 한층 발전된 단계인 레어로 업그레이드할 수 있게 되었다. 오버로드/가는 애초부터 주어졌던 부화장에게 레어로 변태하라는 명령을 내렸다. 애벌레가 일꾼으로 변태하였고, 그 일꾼이 거듭 부화장으로 변태하였고, 이제 그 부화장은 성능향상건물의 도움을 받아, 레어로 변태할 수 있게끔 된 것이었다. 명령 한마디에.

우리 저그족은 한마디로 변태 예술족이라고 할 수가 있지. 변태, 탈바꿈, 전혀 다른 모습으로 변한다는 것, 참 멋진 일이잖아. 속속 부화장들이 완성되고 있었다. 완성되는 즉시 다시 레어로 변태하라는 명령을 내렸다. 녀석들 숨 돌릴 틈도 없겠어. 어쩌랴. 그게 너희들의 운명인 것을.

부화장에서는 약간의 시간만 흐르면 자동적으로 애벌레들이 생긴다. 오버로드/가는 그 애벌레들에게도 운명을 주었다. 다섯 마리는 졸병 오버로드로, 두 마리는 일꾼으로 변태하라는 명령을 내렸다.

그런데 나는 왜 방어를 하려는 것일까. 학살도 아닌 방어를. 심심해서? 스트레스를 풀려고? 지독한 스트레스지. 남의 돈 먹기가 쉬우냐는 어머님 말씀이 날마다 뼈에 사무친다니까. 그러나 남들 다 버는 돈, 혼자 버는 척 스트레스 운운하기는 그렇고, 아니면 습관? 지겨워, 지겹다고. 하고 싶지 않아. 하지만 하고 있어. 그게 문제지. 오버로드/가는 갓 변태한 두 마리 일꾼 중

하나에게는 히드라리스크덴으로, 다른 하나에게는 진화실험실로, 거듭 변태하라는 명령을 내렸다.

고교 동창 민우는 만나자마자 이렇게 말했다. "네가 10만 원만 쏴라. 내가 20만 원 쏠 테니까." 오버로드/가는 독종 모기한테 쏘인 것처럼 뜨끔했다. 장난말인가? 민우의 얼굴을 째려보았는데 장난인 것도 같고, 아닌 것도 같았다. "괜찮지?" 일단 "그러지, 뭐"라고 대답했다. "머릿속은 아직도 전쟁 중이냐?" "음, 화려한 방어 전쟁을 설계하고 있어."

10만 원 더하기 20만 원은 30만 원, 30만 원어치 술을 마시자고? 장난말이 아니라면, 이거 심각한데, 현대상가에 가자는 말이잖아. 이 시간에 30만 원어치나 술을 마실 곳이라면 현대상가밖에 없었다.

현대상가는 어떤 곳인가. 이 지방 변두리 도시는 한때 광산경기를 타고 사창가가 번성했던 곳. 석탄합리화방안으로 탄광회사들이 줄줄이 문을 닫자, 이용해줄 사람들이 없어졌으니 당연히 사창가도 몰락해갔는데, 사창으로서의 기능은 모조리 사라졌지만 여러모로 그 역사의 최후로 남아 있다고 말할 수 있는 곳. 낡고낡은 3층짜리 상가 건물의 1층에 30여 개의 점포가 다닥다닥 붙어 있는 곳. 그 점포들의 이름을 한번 읊어볼까. 페미니즘, 바다, 리얼리즘, 목마와숙녀, 노동해방, 파랑새, 남북통일, 취중진담, 포스트모더니즘, 순수, 너랑나랑, 해당화, 신자유주의, 야화, 월드컵, 남포집, 글루미선데이, 친구네(가장 최근에 간판을 바꿨음이 틀림없으리라)…….

그곳의 점포들은 두 홉들이 맥주 네 병과 과일안주 혹은 마른 안주를 기본이라 하여 4만 원에 내놓는다네. 아가씨라고 해야 하나, 접대부라고 해야 하나. 일단 여자라고 해두세. 손님 한 사람당 여자 한 명이 술 함께 마셔준다네. 어디까지 할 수 있느냐고? 글쎄, 그건 각자의 능력에 달렸다네. 참고로 오버로드/가는 여자의 은밀한 곳에 손가락까지 넣은 적도 있었다네. 그러나 대부분의 경우는 가슴도 간신히 만졌다네.

분명한 것은 섹스는 절대 없다는 것. 정 하고 싶으면 기본 술값의 열 배 이상에 달하는 돈을 더 지불하고(여자들을 접대부로 고용하고 있는 업주의 장사를 책임져주어야 하므로) 2차를 나가시라. 나가서 마음대로 해보시라. 그러나 그럴 돈이 있으면 해수욕장에 있는 안마시술소나 스포츠마사지센터로 가는 게 좋을걸.

술값을 지불하고 나니, 10만 원 이내의 돈밖에 남지 않았음에도 불구하고, 섹스를 꼭 해야겠다는 분들도 안심하시라. 현대상가 뒤편으로 약 50여 개의 여관과 여인숙이 밀집해 있다네. 그중 아무 데나 들어가 아가씨를 불러달라고 하면 된다네. 쑥스러워하지 말고 "아가씨 있어요?" 물으면 된다네. 참고로 여인숙은 쇼트타임 기준으로 3만 원, 여관은 5만 원이라네.

술이 너무 취해서 가면 곤란하다네. 사장님들이 받지 않으려고 하니까. 술이 너무 과하면 지루에 걸리고, 지루는 여러 사람 난감하게 만드니까. 오버로드/가는 심지어 이런 경우도 있었다네.

지갑이 좀 두둑한 날이어서 여인숙이 아니라 여관으로 하러 갔다. 술이 좀 과하기는 했다. 여자 사장님이 술 많이 마신 것 같다고 했다. 전혀 안 마신 척 폼을 잡고 혀 꼬부라지는 소리로 술 냄새도 안 맡았다고 우겼다. 샤워를 하고, 하러만 오면 꼭 안 마렵던 똥이 마려운데 역시나 똥이 마려워 똥을 누고, 다시 샤워를 하고, 발가벗고 침대에 누워, 여자를 기다렸다. 여자가 와서, 30여 분간 갖은 노력을 기울였다. 그래도 사정할 기미가 보이지 않았다. 이런 것을 바로 지루라고 한다.

사내의 몸에서 정액이 나와야만 거래가 이루어졌다고 볼 수 있었다. 사내의 정액을 보지 못한 이상, 여자로서는 도리 없는 노력을 계속할 수밖에 없었던 것이다. 미안해진 오버로드/가는 여자에게 고생하셨다고 그냥 가시라고 말했다. 여관을 나와서 터덜터덜 귀갓길을 걷자니 환장할 것 같았다. 지갑을 열어보았다. 여관은 못 가고 여인숙에 갈 돈이 남아 있었다. 여인숙으로 갔다. 여관에서와 비슷한 실랑이를 벌인 뒤, 여관보다 훨씬 분위기가 안 좋은 여인숙 담요 위에서 여자를 기다렸다.

그런데 아까 여관에서 만났던 바로 그 여자가 왔다. "아, 아까 그 아저씨다! 아저씨는 안되잖아. 안되면 집에 가서 자지, 뭐 하러 또 와. 나는 못해." "그럼, 어쩌냐." "다른 아가씨 불러줄게." 여자가 간 뒤에 사장님이 전화를 해왔다. "아저씨, 안된다면서?" 오버로드/가는 이렇게 대답했다. "나는 할 수 있어요!" 영화나 텔레비전 드라마에서 배우나 탤런트들이 자주 내

뱉는 바로 그 말이었다. "그럼, 아주머니로 불러줄 테니까, 한 번 해봐요. 하지만 하다가 안되면 그만둬야 돼." 여관의 여자보다 열 살은 더 먹은 것 같은 여자가 들어왔다. 이번에는 20분에 걸친 사투 끝에 다행히 되었다. 오버로드/가의 사례는 지루가 얼마나 곤란한 문제인지 보여주는 좋은 본보기일 것이다.

여기까지가, 이 도시의 사내들에게 형성되어 있는 현대상가의 이미지라네. 그 현대상가에 가자고?

그런데 머릿속에서 벌어지고 있는 전쟁, 그 전쟁에 긴급 상황이 발생했다. 붉은색 저글링들(적의 저그는 붉은색이었고 오버로드/가의 저그는 파란색이었다), 일명 '개떼'들이 쳐들어온 것이었다. 애개개, 겨우 열 마리. 호들갑스럽게 놀란 게 부끄럽구나. 오버로드/가는 금세 여유를 되찾았다. 초창기에는 저글링 열 마리에도, 테란의 마린 일곱만 쳐들어와도, 프로토스의 질럿 셋만 쳐들어와도 기겁을 했었다.

졸병 오버로드 다섯 마리가 굉장한 괴성을 내며 떠올랐다. 때맞추어 부화장들의 레버로의 변태가 이루어졌으며, 히드라리스크덴도 완성되었다. 히드라리스크덴의 완성으로 저그족의 가장 자랑스러운 전투 요원 히드라리스크를 대량생산할 수 있게 되었고, 러커를 만들기 위한 업그레이드 명령을 내릴 수 있게 되었다. 이 업그레이드가 이루어져야, 히드라리스크를 오버로드/가가 가장 선호하는 유닛 러커로 변태시킬 수 있었다.

그런데 곤혹스럽다. 이 글을 읽게 될 사람들 중에는 스타크래프트 하면 줄줄이 꿸 분들이(얼마나 답답들 할 것인가. 다 아는 얘기를 스타크래프트 왕초보자의 시각으로 기술하고 있으니. 스타크래프트는 속도의 게임이 아닌가. 빠른 속도에 길들여져 있는 분들은 도저히 이 느린 속도를 참을 수 없을 것이다) 계신가 하면, 여기에 속출하고 있는 영어로 된 명칭에 질려 읽기를 일찌감치 포기하신 분들도(역시 얼마나 답답들 하실 것인가. 자기가 모르는 낱말이 속출하면 짜증부터 나는 게 인지상정이다. 아름다운 고유어를 많이 살려 쓴 소설들의 경우를 보라. 국어사전이 없으면 읽기 불가능하다는 이유로 거의 읽히고 있지 않다. 모국어에 그럴진대 하물며 이 외국어들의 난무함을 어찌 참으실 수 있겠는가!) 계실 터이다.

그러나 곤혹스럽더라도 이런 식으로 계속 이야기할 것이다. 스타크래프트가 제 아무리 국민적 게임이었다고 해도, 대한민국 국민 모두를 만족시켰던 것은 아니었듯이(이런 단순하면서도 무식한 생각을 할 수가 있다. 스타크래프트는 그 게임을 모르는 수천만의 국민을 졸지에 바보로 만들었다), 그 무엇이 모든 성향을 만족시킬 수 있겠는가. 이 진술 방식은 극소수만을 만족시킬 수밖에 없을 것이다. 더 많은 분들의 기대와 성원 속에 앞으로 나아가고픈 게 바람이지만, 어쩌랴.

이 글을 읽고 계시는 분들에게 변명 비슷하게 나불거리고 있는 사이에, 오버로드/가는 여러 가지 명령을 바쁘게 내리고 있었다. 그리고 막 변태한 히드라리스크들은 타고난 방어 본능에 의하여, 겨우 열 마리로 침공해 왔던 붉은 저그족의 저글링 열 마리를 알아서 격퇴했다. 그러나 적들은 오버로드/가의 레어로 변태 중이었던 부화장 하나를 파괴해버렸다. 또한 오버로드/가의 일꾼 세 마리를 죽였다.

이때 꼼수를 가진 오버로드/가와, 원하지 않는 전쟁을 수행해야만 하는, 다른 일곱 팀의 수뇌들이 정상회담을 갖고 있었다. 정상회담이라는 게 정상들이 모였으니, 뭔가 대단한 이야기만 나눌 것 같지만, 작년에 김대중 대통령과 김정일 국방위원장이 보여주었듯이, 전혀 대단하지 않은 담화도 많이 주고받는다. 여기 모인 일곱 팀 정상도 그러하였는데, 이를테면 다음과 같은 대화를 주거니 받거니 한 것이다.

"우리가 상대하고 있는 적은, 우리의 상상을 초월할 정도로 이상한 놈이야. 그 비슷한 경우라면 종교주의자들이 외쳐대는 그 신밖에 없다니까."

"동감. 신이 있다면, 난 무신론자인데, 신이 있다면 꼭 그놈 같을 것임."

"무슨 소리들이랴? 난 못 알아듣겠어. 신이 뭘 어쨌다고?"

"신은 전지전능하잖소. 전지전능하면 전지전능으로 모든 문제를 뚜렷하게 해결해주어야 할 것 아니오? 그런데 신은 얼마나 웃기오? 우리 생명체들을 갖고 놀잖소."

"맞수. 우리의 적을 생각해보라우. 적은 마음만 먹으면 단 10분 만에 우리 일곱 팀 모두를 쓸어버릴 수 있는 능력을 가지고 있잖우. 우리가 한두 번 당해보우. 지난 2백여 회에 달하는 전쟁을 생각해보우. 우리가 몇 번이나 이겼수? 스무 번이나 이겼수?"

"그 스무 번도 못 되는 승리도 초반에 집중되어 있다는 게 더 문제지요. 즉 우리들의 적이 치트키를 몰랐을 때, 한 번 칠 때마다, 1만 미네랄, 1만 가스가 더해진다는 것을 모를 때, 그때뿐이었소. 사실 적이 그놈의 치트키만 사용하지 않는다면 우리가 질 이유가 없소."

"당연하지! 적이 치트키를 사용하지 않을 때는, 딱 10분이면 우리의 승리였잖소."

"그런데 우리의 적이 바보는 바보인 모양이외다. 'show me the money'는 알아도 'operation cwal'은 아직 모르니 말이외다. 유치원 꼬마들도 다 아는 그런 쉬운 치트키를 모르다니."

"그런 끔찍한 말은 하지 맙시당. 우리의 적이, 도깨비방망이 같은 그 'operation cwal'이라는 치트키마저 사용하여 건물이나 유닛 생산을 순식간에 뚝딱 해치울 수 있게끔 된다면 게임이고 나발이고 없는 겁니당."

"아무튼 우리의 적은 지극히 비겁한 놈이라는 것을 알아야 하오."

"그걸 누가 모르오. 비겁한데다가 머리까지 이상한 놈이니까 문제지."

"정말 답답하구만. 정상회담을 갖자고 해서 나오기는 나왔소만, 이런 탁상공론으로 해결될 일이 뭐가 있소? 내가 이래서 이따위 자리에 안 나오려고 했다니까. 이렇게 신세타령이나 늘어놓을 시간이 있다면, 그 시간에 단 1그램의 미네랄이라도 더 캐는 것이, 단 한 봉지의 가스라도 더 캐는 것이 효율적인 일일 것이오. 우리의 적이 전지전능한 신이 되었든, 바보 멍청이든, 또라이든, 우리는 놈과 박이 터져라 싸울 수밖에 없는 운명을 갖고 태어났소. 우리가 할 일은 이런 어중이떠중이 잡설이 아니라, 지금 가서 최후의 일각까지 싸우는 것뿐이오."

"인정합니다. 바로 그래서 내가 이 정상회담을 제의했소."

"그래, 당신의 말을 들어봅시다. 어쩌자는 것이오? 우리가 이 뻔한 결론의 프로그램으로부터 자유로워질 무슨 대책이라도 있단 말이오?"

"그런 대책은 없습니다. 하지만 거부하는 몸짓을 보여줄 대책은 있습니다."

"거부의 몸짓?"

"어쩌면 거부의 몸짓이야말로, 우리가 선택할 수 있는, 가질 수 있는 유일한 자유라고 생각합니다."

"무엇을 어떻게 거부한다는 거요?"

"우리의 적이 원하는 방식에 따르지 않는 겁니다. 적이 원하는 대로 호락호락 응락해주지 않고, 우리의 방식, 우리의 자유로써 이 바보 같은 전쟁을 이끌어나가는 것입니다."

대충 이렇게 쓸데없는 이야기를 나눈 다음에 본론으로 들어가기 마련이었다. 더 이상은 이들 수뇌들의 말잔치를 기록하지 않으려고 한다. 하지만 이들이 본론으로 들어가 무엇을 이야기했는지는 다음에 언급할 기회를 약속해두겠다.

오버로드/가가 30만 원어치의 술을 마시자는 얘기에 자꾸 반신반의하는 눈치를 보이니까, 민우는 이렇게 말문을 열었다. "닷새 전인데, 태어나서 두번째로 단란주점에 갔었어. 첫번째는 회사 사람들 열댓 명이 떼거지로 간 거니까, 갔다고 말하기가 그렇겠지?" "좀 그렇지." "그렇다면 생전 처음으로 간 것인데, 거기서 아주 죽여주는 애를 만났어." "몸매가?" "얼굴까지." "좋았겠군." "그런데 그 기지배가 회사로 전화를 해온 거야. 세 번씩이나. 오빠 보고 싶다고 난리더라고. 그런데 그날 내가 술이 너무 취했었나 봐. 계집애 얼굴이 기억이 안 나." "죽여줬다며?" "그랬던 것 같다는 얘기지. 그래서 맨정신으로 한번 보려고. 혼자 가기는 뭐해서 너 불렀다." "그랬군. 우리 조국의 현실이 혼자서 마음 편히 단란주점 가게는 안 해주지."

오버로드/가는 착잡했다. 그는 확실히 여자 좋아하고 술 좋아하는 사내여서, 여자와 술이 함께 있는 단란주점이 싫을 리 만무했지만, 그놈의 돈이 문제였다. 단란주점이라면 30만 원이 아니라 그 배도 순식간에 나올 수 있는 데였다. 현대상가만 생각하고 단란주점을 까맣게 잊고 있었어. 발길이 멀어지면 생각도 멀어진다더니, 대체 얼마 만의 단란주점이냐. 한 2년 돼가는 모양이군.

마음속으로야 돈이라는 놈한테 쩔쩔매느라 앓는 소리로 도배를 한다지만, 타인 앞에서, 더욱이 흉금을 터놓는 사이라고는 말할 수 없는 친구 앞에서, 어찌 돈이 없어서 못 가겠다고(하물며 친구는 두 배나 더 쓰겠다고 호언한 마당이잖은가) 엄살을 떨 수 있겠는가. 그렇다고 갑자기 술 마시기 싫어졌다는 뻔히 보이는 거짓부렁이를 칠 것인가. 울며 겨자 먹으러 가는 심경이다만, 웃는 낯으로 따라가야지.

하고 보면 더 씁쓸한 문제는 생각지도 않은 10만 원의 타격이 아니라, 그 돈 10만 원에 이런 쫀쫀한 감정의 파도에 휩싸여 있다는 것(정말 폼이 안 나. 영화에서나 텔레비전에 나오는 20대 후반에서 30대 초반 것들은 날이면 날마다 하는 일이 놀고, 마시고, 먹는 일이면서도, 그 훌륭한 일을 하시는데도 불구하고 돈 걱정하는 꼬락서니를 보여주지 않던데, 나는 왜 이 모양이지. 당연한 경제적 걱정을 하면서도, 그러한 걱정을 하는 것이, 사내로서 대단히 수치스러운 마음을 품은 것인 양, 부끄러워해야 하고, 이거 영 마땅치 않아!)일 터였다.

"그 계집애가 나를 잘 봤나 봐. 그날 한 번 본 주제에 오래 사귀는 동생처럼 까불더라고." "그분들은 원래, 그래. 이른바 고객 관리지." 민우가 앞장서 들어간 단란주점은 지하였다. 오버로드/가는 가끔 상설시장을 넋 빠진 멧돼지처럼 쏘다니고는 하는데, 그때 심심치 않게 보던 간판이었다. 웨이터의 안내를 받아 6번 룸으로 들어갔다. 시장터의 지하라 그런가 룸 안에 감도는 냄새가 자못 심각했다. 지하 특유의 퀴퀴한 냄새에 시궁창 냄새가 배가되어 있는 듯했다.

이쯤에서 다시 강조를 해두건대, 독자 여러분들께서는 헛갈리셔서는 안 된다. 오버로드/가는 친구와 대화를 주고받으며 걷는 동안에도, 단란주점에 들어와 사위를 관찰하는 동안에도, 다른 한편으로는, 머릿속의 한구석으로는 스타크래프트 중이었다는 것을. 이것은 앞으로도 마찬가지다.

오버로드/가는 히드라리스크를 다시 러커로 변태시켰다. 러커는 등뼈의 가시로 적을 공격하는 저그족만의 유닛으로서, 땅속에서만 적을 공격할 수 있다는 한계에도 불구하고, 무시무시한 공격력을 자랑했다. 어느 정도냐면 오버로드/가처럼 멍청한 인간도 러커 단 20여 마리를 가지고 나머지 일곱 팀의 지칠 줄 모르는 공격을(비록 소규모이기는 했으나) 번번이, 간단히 제압할 수 있었다.

그렇게 지상 유닛 러커로서 방어하는 한편, 공중 유닛을 한도껏 만들었다(아무리 미네랄과 가스가 많다 하더라도, 무한정 유닛을 만들어낼 수는 없다. 한도가 정해져 있다는 얘기다. 자세한 설명은 생략하기로 하겠다. 아울러 덧붙이겠다. 이제부터는 어떤 유닛이 만들어지는 과정, 또 어떤 유닛이 한층 더 능력을 가진 다른 유닛으로 변태하는 과정을 포함한 업그레이드 과정 등, 여러 독자분들을 짜증나게 할 상술은 되도록 피하기로 하겠다. 다시 한 번 강조하건대, 스타크래프트를 소재로 한다는 것은, 스타크래프트

애호가 분들한테는 엉터리라고 욕먹을 짓거리요, 스타크래프트에 문외한이신 분들께는 뭔 개잡소리냐고 비난받을 짓거리임에 틀림없다. 독자 여러분의 아량이 절대적으로 필요하다. 스타크래프트를 잘 아시는 분들은 능숙한 운전자가 갓 면허 딴 운전자를 바라보듯, 스타크래프트를 잘 모르시는 분들은 외국인이 뭐라고 열심히 얘기할 때 자랑스러운 한국인으로서 그 쏼라쏼라를 해독하려고 노력해보듯, 그런 하해와 같은 아량을 베풀어주시면 무척 고맙겠다). 무탈리스크를 만들고, 무탈리스크를 변태시켜 가디언과 디바우어러를 만든 것이다.

무탈리스크는 지상 공격, 대공 공격이 다 가능한 반면에, 가디언은 지상 공격만 가능하고, 디바우어러는 대공 공격만 가능하다. 그럼에도 불구하고 무탈리스크를 굳이 가디언과 디바우어러로 변태시킨 까닭은, 눈치 빠르신 분은 알아채셨겠지만, 무탈리스크일 때보다 훨씬 강한 공격력과 훨씬 강한 방어력을 갖고 있기 때문이다.

그리고 또 한 종류의 공중 유닛을 만들었다. 자살 특공대라고 불리는 스커지였다. 스커지는 나이 드신 분들이 스타크래프트를 이해할 때 가장 용이하게 실체를 느낄 수 있는 유닛이다. 우리 자랑스러운 조국이 일본 제국주의 밑에서 신음할 때, 일본 제국주의가 미국 등과 싸울 때 가미가제 특공대라고 있었다. 스커지는 바로, 그 가미가제라고 생각하시면 된다. 단 스커지는 적의 공중 유닛에게만 자살을 시도한다.

나름대로의 설명에도 불구하고, 도저히 감이 잡히지 않는다고 불퉁거리다 못해, 이 소설을 집어던질 지경에 이른(이미 던져버린 분도 계신지 모르겠지만) 분들이 있을 것으로 생각된다. 그런 분들을 위해서, 단 한 문장으로 정리하자면, 오버로드/가는 지상 유닛 러커 수십 마리와 공중 유닛 가디언, 디바우어러 수십 마리와 스커지 수십 마리로 방어진을 쳤다는 것이다.

오버로드/가와 맞서 싸우는 일곱 팀도 정상회담에서 합의한 바에 따라, 만반의 차비를 갖추고 있었다. 무엇을 합의했는지 궁금할 것이다. 이전에 약속한 대로(기억이 안 나시는 분들도 계시겠지만 분명히 약속을 했었다), 정상회담의 합의 사항과 그에 따른 약간의 보충 설명을 하겠다.

첫째, 저그 족속과 프로토스 족속은 공중 병력을 중점 생산한다. 특히 저그 족속은 스커지, 즉 자살 특공대를 대량생산한다. 오버로드/가는 수십 마리의 스커지로 방어진을 펼치고 있는데, 그 스커지 방어진을 격파하는 데는, 이에는 이, 눈에는 눈이라고, 스커지라는 결론이었다. 스커지로서 스커지를 무력화하자는 것이다.

둘째, 테란 족속은 시즈탱크를 중점 생산한다. 오버로드/가는 러커라는 유닛으로써 지상 방어진을 펼치고 있다. 지상에서 러커의 방어진을 가장 효과적으로 초토화해버릴 수 있는 유닛이 바로 시즈탱크였다. 시즈탱크는 러커의 사정거리에 들어가지 않는 대신, 아주 먼 거리에서 러커에게 포격을 가할 수 있었다.

셋째, 최선의 공격 상태가 갖추어질 때까지 대부대 공격은 하지 않는다. 다만 오버로드/가가 수상히 여기지 않도록, 일곱 팀이 교대로 소규모(분대급) 지상부대를 파견하여 계속 공격하는 척한다. 오버로드/가는 성격이 복잡한 놈이기 때문에, 좀처럼 공격당하지 않으면 재미없어 할지 모른다. 놈은 재미가 없다고 생각되는 순간 방어를 포기하고 공격을 해올는지도 모른다. 놈이 꼼수를 쓰고 있기 때문에 놈의 어떠한 공격에도 대항할 길이 없다. 막아내고 막아내는 과정에 있어, 막는 이쪽은 피해가 쌓여가지만, 공격하는 놈은 손실이 제로라고 봐야 했다. 그러므로 놈에게 공격의 빌미를 주지 말아야 한다. 그러기 위해서는 놈이 원하는 대로 방어의 재미를 느끼도록 소규모 부대를 지속적으로 파견할 수밖에 없다. 오버로드/가는 멍청한 놈이기 때문에 분명 속아 넘어갈 것이다.

넷째, 일곱 팀 모두 최선의 상태가 되면, 총공격한다. 저그 족속과 프로토스 족속이 공중에서 오버로드/가의 가디언과 디바우어러와 스커지를 제압하는 동안, 테란 족속의 시즈탱크 군단이 포격을 가한다. 오버로드/가, 그놈의 최대 약점은 손이 무척 느리다는 것이다. 놈이 치트키 'show me the money'를 쳐서 제 아무리 많은 자원과 가스를 축적해놓았다고 하더라도, 그것을 써먹을 기회조차 없을 것이다.

다섯째, 이 모든 계획은 오버로드/가가 방어의 개념으로 현 전쟁에 임하고 있다는 가정하에 이루어졌다. 만약 우리의 판단이 틀렸거나, 놈이 공격의 개념으로 돌변하거나, 그러한 때에는 지금까지의 모든 전쟁에서 그래왔듯이, 각자 알아서 최후까지, 항전한다.

이상 일곱 팀의 수뇌들이 모여 합의한 내용이었다. 별것 아닌 것 같지만, 이것은 획기적이다. 그간의 방식을 보면 각자 알아서 지상 유닛과 공중 유닛을 생산했다. 각자 알아서 할 경우, 제작비의 상대적인 차이로 인하여, 당연히 지상 유닛을 공중 유닛보다 더 많이 생산하기 마련이다. 해서 일곱 팀의 공중 유닛의 합계는 오버로드/가 한 팀의 공중 유닛보다 많다고 할 수 없는데 비하여, 일곱 팀의 지상 유닛의 합계는 오버로드/가의 지상 유닛에 대하여 거의 백 배에 이르렀다.

그런데 문제는 그 거의 백 배에 이르는 지상 병력이 오버로드/가가 깔아놓은 러커 수십 마리 앞에 무용지물이나 다름없다는 것이었다. 전술한 것처럼 러커를 상대로 큰 힘을 발휘할 수 있는 것은 테란 족속의 시즈탱크뿐이었는데, 오버로드/가는 시즈탱크만 눈에 띄었다 하면 가디언으로 떼공격을 하였다. 시즈탱크는 대공 공격을 할 수 없다는 치명적인 결함 때문에 이 가디언 떼에게 속수무책이었다.

때문에 일곱 팀이 오버로드/가를 공격하는 가장 효과적인 수단 중의 하나는 공중 유닛 제작에 치중하는 것일 수도 있었다. 하지만 이것도 여의치가 않았다. 왜냐하면 공중 유닛 제작에 치중하면 오버로드/가를 공격할 수 있는 대신 수비에 대한 대책이 없었다. 만약 오버로드/가가 지상 병력을 동원한 공격을 해오면(이를테면 히드라리스크 떼공격) 막아낼 도리가 없었다.

해서 지금까지의 전투 방식을 보면, 일곱 팀은 각자 방어를 염두해둔 유닛 생산을 추진했다가, 오버로드/가의 공격이 없자, 운명적으로 각자 지상 공격을 할 수밖에 없었고, 러커 무리에 박살이 나고는 했다는 것이다.

정상회담 결과가 획기적인 이유는 일곱 팀이 모두 수비 전략을 포기하고 오로지 공격 전략을(그것도 오버로드/가가 방어에만 치중한다는 전제 아래) 택했다는 것이다. 오버로드/가가 단란주점에서 해롱대는 동안, 저그 족속과 프로토스 족속은 거의 공중 유닛만을, 테란 족속은 거의 시즈탱크만을 만들었던 것이다.

민우는 지난날 술 취해서 보았다는 여자가, 회사로 전화하여 오빠, 오빠! 아양을 떨었다는 여자가, 쉬는 날이거나, 미모가 기억에 남아 있는 것처럼 훌륭하지 않으면, 가차 없이 단란주점에서 나와 생맥주나 한잔 하는 것으로 하자고 다짐했었다. 민우가 말하는 그 여자는 다른 손님들을 접대하고 있었는데, 민우가 웨이터에게 잠깐 얼굴을 보자고 했다. 아닌 게 아니라 그 여자는 민우를 1년에 한 번, 칠석날 만난 듯이 열렬히 반겨주었다.

오버로드/가는 여자가 나간 뒤에 물어보았다. "네가 그날 술을 진짜로 많이 마셨다는 생각 안 드냐?" "그런 것 같다. 하지만 귀엽게 생기지 않았냐?" "너무 뚱뚱하잖아?" "그건 그러네. 뭘 먹어서 저렇게 뚱뚱할까. 그래도 웃는 모습이 귀엽잖아?"

웨이터가 무엇으로 마시겠느냐고 했다. 민우가 기본(아마도 거의 모든 단란주점이 공통적일 것이라고 판단되는데, 소주병 크기의 맥주 몇 병과 아주 간단한 과일안주, 혹은 마른안주)이라고 대답했다. 이제 오버로드/가는 30만 원어치 술을 마셔야 한다는 것을 이 새벽의 필연으로 받아들이지 않을 수 없었다. "그래, 마시자. 너는 귀여운 사람 기다리든가 말든가 해라. 아저씨, 아가씨 한 분 불러주세요."

단란주점 측에서 손님에게 반드시 두당 6만 원에서 10만 원대에 이르는 값을(단란주점마다 다를 테니까) 따로 내고 '아가씨'와 함께 술 마시라고 강요하지는 않는다. 아가씨는 손님 선택 사항이다. 그런데 아가씨를 목적으로 하지 않는 손님이 단란주점에 무엇 하러 갈까? 왜 남자들은 여자를 옆에 앉혀놓고 술을 마시려고 하는가를 심리적으로 고찰하는 것만큼, 합리적으로 답하기에 어려운 문제일 것이다.

이 세계가 합리적으로 이루어져 있다고 믿는 사람들이 가면 대단히 혼란스러운 곳이 여러 곳 있을 것인데, 단란주점도 그중 하나임에 틀림없다. 16대 국회의원 선거가 끝나고, 민주항쟁의 도시, 광주를 참배했던 몇몇 국회의원이 단란주점에서 술을 마셨었는데, 그 사건을 둘러싼 일련의 사태에서도 알 수 있듯이, 단란주점이라는 곳은, 합리적으로 이해하려고 하면 할수록, 이해하려는 자신만 우스워지는, 그런 비합리적인 곳이 아닐 수 없다.

아무튼 오버로드/가의 아가씨로 "박진희예요. 만나서 반가워요" 하고 자신을 소개한 여자가 들어왔는데, 오버로드/가는 그녀가 마음에 들었다. 이 정도의 여자라면, 돈이 아깝지 않다고 생각했다. 민우는 정말로, 그 뚱뚱한 여자(수연)를 파트너로 할 생각인가 보았다. 수연은 다른 방 남자들의 파트너였음에도 불구하고. 그러니까 수연은 재주껏 양다리 걸치기 하겠다는 모양이었고, 민우는 그것을 묵인하겠다는 투였다.

단란주점 측에서는 그 양다리 걸치기에도 아가씨 한 명 값을 받겠다는 의지를 보이려는 듯, 수연이 다른 방으로 간 시간에 다른 여자를 투입해주는 배려를 아끼지 않았다. 그 다른 여자는 40대 중반쯤 돼 보이는 이 단란주점의 마담이었다. 마담은 얼굴이나 몸매로나 젊은 사람들 눈요깃감이 되기에는 한없이 부족할 테니, 재미난 이야기로 벌충을 해보겠단다. 마담이 해준 이야기 다섯 개 중에, 오버로드/가와 민우가 가장 많이 웃은(마담은 억지로 웃는 것 같다고 약간 삐친 기색이었지만) 이야기 하나를 소개하자면 이렇다.

배우자의 성기에 대한 불만이 많은 부부가 있었다. 어느 날 아내가 말하기를, "꿈을 꾸었는데 남자 거시기를 경매하는 시장이데. 실컷 구경했지. 내 생전 그런 구경은 처음 해보았다니까. 그런데 어디서 많이 보던 거시기도 있데. 바로 당신 거시기였지. 얼마냐고 물어보았지. '이거요, 이건 다른 거 팔 때 끼워주는 거요' 하데"라고 했다.

이 말을 듣고 남편이 말하기를, "거참 희한하네. 나도 여자 거시기를 경매하는 시장 꿈을 꾸었는데. 그런데 아무리 찾아보아도 당신 거시기가 없어. 그래서 사람들한테 물어보았지. 이렇게 저렇게 생긴 거시기 못 봤냐고. 그랬더니 누가 그러데. '이 경매장이 그 거시기 속인데요'라고" 했다.

(남자가 접대부로 일하는 단란주점은 논외로 하고) 단란주점을 한 달에 열 번 이상 가는 남자도 있고, 열흘에 한 번꼴로 가는 남자도 있고, 1년에 열 번 가는 남자도 있고, 오버로드/가처럼 1년에 두어 번쯤 가는 남자도 있고, 민우처럼 태어나서 첫번째인가 두번째인가 하면서 가는 남자도 있다. 단란주점에 한 번도 가본 적이 없는 여자도 있고, 가족 단위로 혹은 회사 직원들과 함께 몇 번 가본 여자도 있고, 단란주점에 출퇴근하는 여자도 있다. 단란주점을 직장으로 하는 여자들 중에는, 수연처럼 경력 6개월이라고 말하는 여자도 있고, 진희처럼 이 업계에서 일한 지 열흘 되었다고 말하는 여자도 있다.

"열흘밖에 안 됐다고요?" 오버로드/가는 어떠한 경우에도 존댓말을 사용하려고 노력하는 작자이다. 물론 오버로드/가도 단란주점 같은 데에서 존댓말을 사용한다는 것이 얼마나 어색한 일이지 잘 알고 있었다. 어떠한 경우에도 존댓말을 우리 민족이 사수해야 할 덕목으로 생각하는 오버로드/가 같은 인간은, 존댓말 사용을 우습게 아는 사람들을 만날 때, 존댓말 사용이 무시되는 게 일반적인 공간에 처했을 때, 자신의 존댓말 사용이 얼마나 같잖은 것인지 느끼고는 했다. 하지만 사람에게는 자신만의 철학이 있는 법이다. "정말이에요!" "어디 출신인데요?" "서울요." "거기서 이 촌구석에 뭣 하러 왔대요?" "바다 보러 왔다가." "바다가 붙잡았다, 좋군요."

단란주점은 생전 처음 만나는 사람들이 백 번 하고도 열 번 정도 더 만난 사람들처럼, 화기애애하게(혹은 애매하게) 놀아날 수 있는 장소들 중의 하나일 것이다. 페미니즘을 포함하여, 인류가 그토록 쌓아온 모든 주의, 이념, 사상을 제 이성의 한 축으로 삼는 분들은 분명 당혹해 마지않을 장면이 곧잘 펼쳐지고는 하는 것이다. (물론 조금도 당혹해하지 않고 차분히 합리적으로 설명할 수 있는 능력 있는 분들이 아주 많다는 것을 안다. 오버로드/가의 경우도 그런 적이 있다. 몇 년 전 그는 접대부들이 다짜고짜 손님의 옷부터 벗기는 단란주점에 갔었다. 벌거벗고 놀기가 그 단란주점의 모토였다. 생각해보라. 아무것도 입지 않은 남자 셋, 여자 셋이서 노래 부르고, 술 마시고, 성애하고, 하는 서너 시간을. 오버로드/가는 나름대로 합리적인 추론 과정을 거쳐 이렇게 정의했다. 애니멀리즘! 동물주의라고 번역하신 분들이 있다면, 참고로 국어사전에는, 영어로 하면 폼나는 것이 한국어로 번역하면 폼 안 나는 것처럼 느껴질 때가 종종 있기 때문에 이렇게 번역해놓았는지는 모르겠지만, 수욕주의 혹은 야수주의라고 되어 있다는 것을 밝혀둔다.)

오버로드/가와 민우도 그렇게 놀았다. 제아무리 정확히 묘사해보았자, 합리적으로 해독되지 않을 기호를 발산했다는 것이다. 이렇게만 말해두고 구구하게 관찰 보고서를 꾸미지는 않겠다. 하지만 이 정도는 얘기해두어야겠다. 텔레비전과 영화가 단란주점 하면 그려내는 상투적인 방식과도 다른, 여러분들의 경험에 바탕하여(직접 경험이든 간접 경험이든) 떠오르는 고정관념적인 장면과도 다른, 오버로드/가와 민우, 그리고 진희와 수연, 이 네 사람의 조합만이 그려낼 수 있는 분위기였다는 것. 진희는 실제로 단란주점 열흘차였지만 단란주점보다 더한 곳에서 대략 5년을 보낸 경력이 있었다는 것. 수연은 자꾸 들락날락했는데(다른 방 손님이 퇴장하여 양다리 걸치기를 그만 해도 되었지만 어디에서 그렇게 많이 걸려오는지) 전화를 받기 위해서였다는 것. 민우는 술이 약해서 몇 병 마시지 못했다는 것. 노래도 부를 만큼 불렀는데, 오버로드/가와 민우는 소위 민중가요라고 일컬어지는 노래들을 몇 곡 부르고 학창 시절 데모할 때가 생각난 김에 노래방에 나와 있는 모든 민중가요를 부르려고 했지만, 노래책에 나와 있는 것은 이미 불러버린 그 노래들뿐이었다는 것. 민우와 수연이 다음과 같은 대화를 나누었다는 것. "너, 이렇게 해서 얼마나 버냐?" "몇 탕을 뛰느냐가 문제지." "한 탕에 얼마 떨어지는데?" "5, 6만 원. 요샌 손님이 없어 많이 못 벌어." "돈도 많이 못 벌면서 왜 이런 일을 하냐. 그만두고 내 회사에 와서 경리 해라." "정말 웃기다. 손님들이 다 똑같이 얘기해. 다 경리 시켜주겠대." 그리고 이게 결정적이다. 오버로드/가가 룸에 딸린 화장실에 세 번이나 가는 동안 한 번도 가지 않았던 민우가, 큰 거 보겠다고 룸 밖 화장실을 향하여 나간 뒤, 소식이 끊어졌다는 것.

뭐야, 이거! 놀라지 않을 수 없었다. 하늘이 적들의 공중 유닛들로 뒤덮여 있었다. 지상 유닛이라면 러커를 믿고 적들의 처참한 죽음을 지켜볼 마음의 준비나 했을 것이다. 하지만 공중 유닛이라면 다르다. 무엇보다도 한 번도 겪어보지 못한 사태인 것이다. 익숙하지 못하다는 것은 얼마나 두려움을 주는가.

그렇지, 내게는 스커지 부대가 있어. 오라고, 스커지로 모조리 묵사발을 만들어줄 테니까. 번갯불이 번쩍번쩍하는 것 같았다. 적의 스커지들이, 천 년 전에 헤어진 임과 재회하여 그 감동을 주체하지 못하겠다는 듯이, 오버로드/가의 스커지와, 한 몸이 되자 즉시 터지고 있었다.

오버로드/가의 디바우어러와 적들의 공중 유닛도 한판 멋들어지게 붙고 있었다. 그런데 이 와중에도 쓸모없는 것들이 있었다. 오버로드/가의 가디언들과 졸병 오버로드들이었다. 졸병 오버로드들이야 원래 공격 능력이 없지만, 가디언은 단지 지상 유닛에 대한 공격력만 가지고 있었기에, 공중 유닛들의 공격에 당하여 할 일이 없었다. 있다면 허우적대며 물러나는 일뿐.

빨리 유닛을 증가시켜야 하는데, 죽은 만큼 새로 만들어야 하는데, 어떤 유닛을 만들어야 하지? 가능한 한 빠르게, 될 수 있으면 많은 숫자를. 그런 유닛은 스커지밖에 없지. 자살 특공대에 모든 것을 걸어야 하다니.

희열이 맞는가. 유닛들의 죽음이 동반하고 있는 비명 소리와 붉은 피, 저 소리를 들으며 저 피를 보며 쾌감을 느끼는가. 이 살육전이 그렇게 즐거운가. 스커지를 가능한 한 빠르게, 가능한 한 대량으로 만들어보았지만, 손이 너무 느렸다. 손이 빨랐다고 해도 적의 대공 공격을 막기에는 불가능할 것이다. 그토록 많이 만들어놓은 가디언들이 쓸모없었다는 것이 이렇게 몰리는 치명적인 요인일 것이다.

이제 오버로드/가에게는 가디언도 디바우어러도 없었다. 스커지는 만들어지는 족족 자살을 시도하기 전에 적의 공중 유닛에게 타격당하였다. 남은 것은 러커 수십 마리뿐. 입이 쩍 벌어졌다. 테란 족속의 시즈탱크 60여 대가 포위하고 있었다. 러커가 공격할 수 없는 위치에서 마구 포격을 해왔다. 박살나는 나의 생명체들!

안 돼, 나는 패배할 수가 없어. 나는 인간이야. 인간이 게임에서마저 질 수는 없잖아. 나는 패배하지 않아. 인간이니까. 이렇게 부르짖으며 오버로드/가는 최후의 꼼수를 썼다. 그 어떠한 말로도 설명할 수가 없을 정도로 비겁한 방법이었다. 치졸하고 졸렬한 방법. 게임을 재출발하도록 조작해버린 것이다. 처음부터 다시 시작하도록. 패배했으면서도, 패배했다는 메시지가 떠오르기 전에 재출발함으로써, 자신의 패배를 인정하지 않는, 뻔뻔함의 극치.

뻔뻔한 오버로드/가는 늘 하던 대로 'show me the money'를 열 번 쳐서 미네랄과 가스 보유치를 거의 무한대에 가깝게 해놓고서는, 러커를 수십 마리 만들어 깔아놓는 한편, 히드라리스크를 만드는 족족 전선으로 투입했다. 한마디로 인해전술. 오버로드/가의 분노를 등에 업은 히드라리스크들은 적의 일곱 개 본거지를 하나씩 초토화해나갔다. 오버로드/가의 공격이 너무 빨라서 적들은 방어에 필요한 지상 유닛조차 변변치 못했다. 이것은 전쟁이 아니라 오버로드/가 '제 마음대로'였다. 적들이 할 수 있는 일이란 다가오는 학살을 기다리는 것뿐.

그래, 게임은 이렇게 돼야 하는 거야. 인간인 내가 신이라도 된 것처럼 무소불위의 광기를 펼쳐야 된다고. 자식들, 아까 무서웠어. 감히 인간인 나를 이기려고 들어? 그러나 승리 뒤에, 학살 뒤에 남는 것은, 왜 이따위 게임에 황금과도 같은 시간을 허비하고 있는가 하는 의문뿐. 세상에는 시간이 모자라 있는 시간은 쪼개고 쪼개며, 없는 시간은 만들어서 사는 사람들도 있다던데, 이게 뭣 하는 짓인가. 그런데 대체 녀석은 어디로 갔단 말인가?

민우의 행방이 묘연했다. 확실한 것은 이 단란주점 안에는, 그리고 이 단란주점으로부터 백여 미터 이내에는(단란주점 측 사람들이 어디 술에 취해 널브러져 있는 게 아닌가 하고 찾으러 다녔다) 없다는 것이었다. 당연한 바겠지만 휴대전화에 연락을 시도해보아도 '통화할 수 없다'는 어느 여인의 목소리뿐이었다. 그렇다고 민우의 아내와 자식들이 곤히 잠들어 있을 자택으로 전화를 걸 수는 없는 노릇이었다. 민우의 아내는 제 남편이 상갓

집에 가서 밤샘하고 있는 것으로 알고 있지 않은가. 그러나 민우의 집 전화번호를 알고 있었다면 정말 걸었을는지도 모른다. 단란주점 측의 성화가 자못 대단했던 것이다. 민우의 자택 번호를 모른다는 것이 이렇게 다행일 수가 없었다. 어떤 경우에도 친구의 가정을 폭풍 속으로 몰아넣을 수는 없으니까.

재미난 이야기라며 꿈속의 경매장 이야기를 해주었던 마담을 비롯해서, 시종 유쾌한 얼굴로 놀아주던 진희, 민우가 10년 애인이라도 되는 양 요란을 떨던 수연, 거기다가 웨이터까지, 오버로드/가 하나를 두고, 공갈과 협박의 난무를 보여주었다. 약 30여 분 동안.

오버로드/가가 단란주점 측 사람들로부터 들은 이야기 중 가장 아팠던 것은 이 말이었다. "돈도 없는 놈이 왜 이런 데서 술 처먹어? 방바닥 붙잡고 강소주나 깔 것이지." 10만 원이나 줬는데도 그런 소리를 들어야만 했다. 나머지 술값이 겨우 16만 원인데도, 그런 소리를 들어야만 했다. 하지만 16만 원은 단란주점 사람들이 이렇게 사람 하나 잡을 듯이 나올 수밖에 없을 만큼 거금이기는 했다. 그들이 단돈 16만 원을 벌기 위해, 기울인 노동을 생각해보라.

"어떻게 된 사람이 서른 넘어가지고 카드도 한 개 없어? 직장도 없고." 단란주점 측은 직불카드는 카드로 생각하지 않았다. 그들이 카드로 생각하는 그 카드가 오버로드/가에게도 불과 한 달 전에는 넉 장이나 되었었는데 한꺼번에 모조리 잘라버렸다. 그리고 직업이 없다고, 사기를 쳤다. 직장이 내일의 이 나라를 짊어지고 나갈 중·고등학생의 사교육을 담당하는 학원이라고 차마 대답할 수가 없었다. 새벽 네 시에 가깝다. 이 밤에 돈 좀 빌릴 사람 없을까. 있다면 그게 이상한 일일 터였다.

단란주점 측 사람들은 진정했다. 사실 그들이 그토록 오버로드/가에게 심하게 굴었던 이유는 오버로드/가가 어떻게든 해결 능력이 있을 것이라고 생각했기 때문일 것이다. 그러나 오버로드/가가 진정 해결 능력이 없다는 것을 알자, 진정하는 수밖에 없었을 것이다. 문제는 간단한 것이다. 민우가 나타날 때까지 오버로드/가가 단란주점 안에 있으면 되는 것이다. (파출소 가자는 얘기는 없는 것으로 보아서 단란주점 측도 그다지 가고 싶지 않거나, 선뜻 갈 수 없는 사연이 있는가 보았다.) 민우가 오지 않는 상황에서 해가 뜬다면, 조금만 더 기다려 은행 문 열 때까지 기다리면 될 것이다. 단란주점 측이 카드로 생각하지 않는 오버로드/가의 직불카드에는 돈이 좀 들어 있었다.

해서 오버로드/가는 룸 하나를 차지하고 소파에 누웠다가 앉았다가, 담배를 피우다가 잠들어보려 했다가, 머릿속으로 방어와 학살을, 그러니까 스타크래프트를 해보았다가, 간단히 말해서, 갇혀 있었다. 무슨 생각 같은 것은 하지 않았느냐고? 생각 있는 놈이면 단란주점에 갇혀 있겠냐고 누가 물어볼 것 같아서 되도록 하지 않았다. 하지 않으려고 하는데도 드는 생각은 도통 생각 같지 않은 것이어서 기록하지 않겠다.

민우는 오지 않았다. 막 잠이 들려는 차에 단란주점 측이 깨웠다. 주민등록증, 운전면허증을 맡아놓을 테니 오후 여덟 시까지 돈을 갖고 오라고. 안 나타나면 즉시 고발하겠다고. 진작 그래도 됐을 것을, 단란주점 측이나 오버로드/가나 오지 않는 민우를 너무 오래 기다린 것이었다. 한 시간여만 더 기다리면 현금 지급기가 작동을 시작할 테지만, 단란주점 측도 퇴근을 해야 했으니까 풀어주는 모양이었다.

오버로드/가가 신선한 아침, 일곱 시경의 공기를 한껏 들이켰을 때, 웨이터가 셔터 내리는 소리가 들렸다. 오버로드/가는 맥없이 뇌까렸다. "게임에서는 내가 신이었는데……."

그렇다면 민우는 오버로드/가가 단란주점 그 냄새나는 룸에서 고행하고 있을 때 어디에 있었는가. 자세히 말하기에는 또 엄청난 분량이 필요한 곳에 있었다. 다들 알 만한 곳. 이날 점심때 민우는 무척 미안해 하며 대신 갖다주고 신분증 찾으라며 16만 원을 준 뒤에, 갈비탕을 사주었다. 오버로드/가가 밥 먹다 말고 뭔가 깊게 생각하는 표정을 짓자, 민우가 말하기를, "또 게임 하냐. 작작해라. 머리 삭는다" 했다.

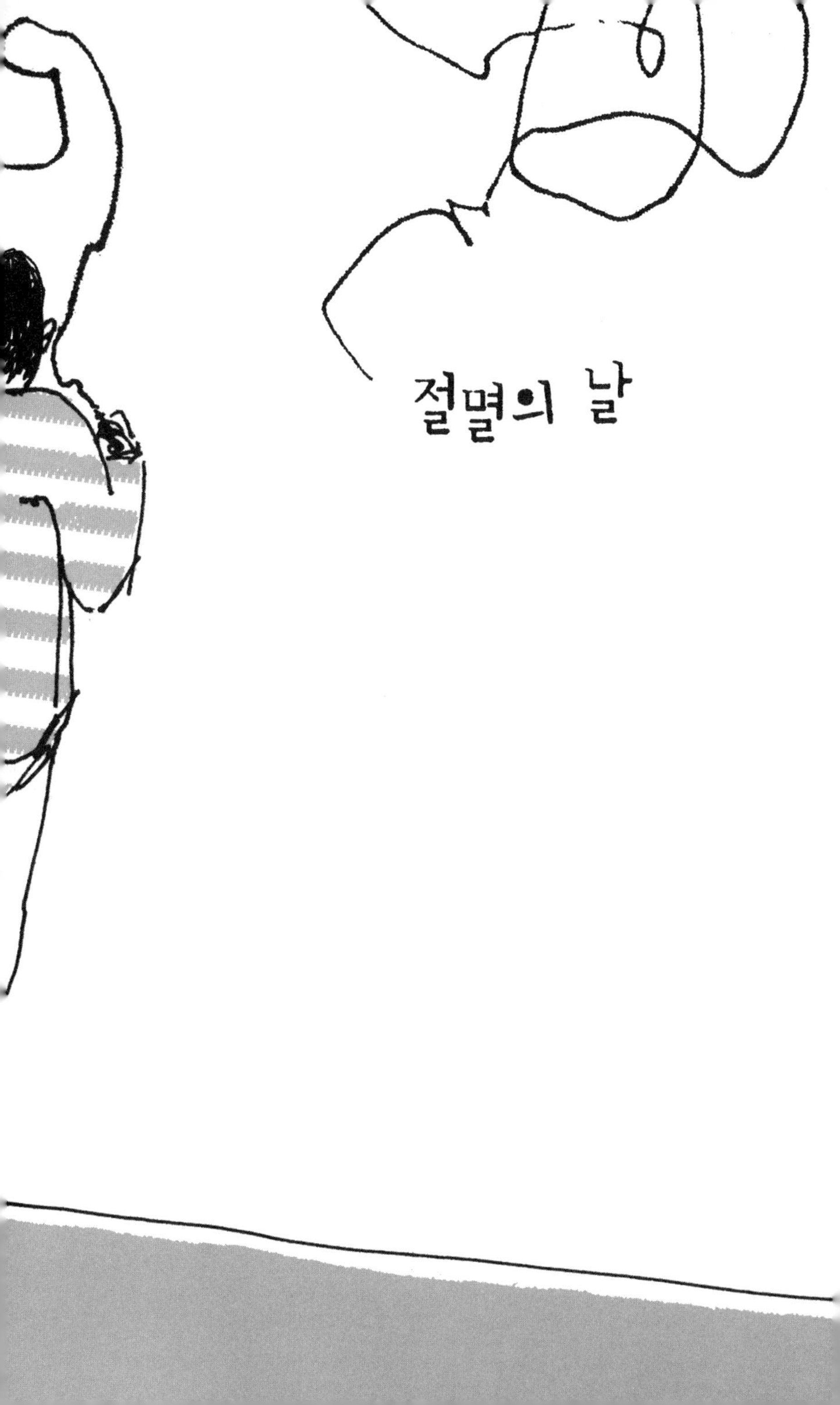

절멸의 날

영업지구 성업(축시)

며칠간의 난리가 있었던 나라인지 의심스러워 보였다. 아무런 불상사 없이 영업은 잘 이루어지고 있었다. 타지 것들은 흥겹게 마시고, 부르고, 쌌다. 자정을 기해 한 떼의 타지 것들이 율려를 빠져나가고, 몇 배 더 많은 타지 것들이 새로 밀려들어 왔다.

영업장사수대는 전시내각에 탄원했다.

"이제 우리 국민의 힘으로 영업장을 지켜낼 수 있는 힘이 성숙되었다고 봅니다. 전시내각은 안심하시고 방위군을 좀 물려주시기 바랍니다. 타지 것들이 방위군 살벌한 모습 때문에 자○가 잘 안 선다고 난리입니다."

전시내각 수상 달똥은 아직 안심할 수 없다며 반대했지만, 축구국장 강한쇠와, 본지 발행인 겸 율려공영방송국 사장 겸 인터넷율려 대표이사 겸 문화국장인 말사기가 찬성하여 영업지구에서의 철수가 결정되었다. 대신 수상 달똥은 공석이 된 안기국장, 경찰국장, 과학기술국장, 교통국장 자리에 자신의 친인척을 앉힐 수 있었다.

02시를 기해 방위군은 영업지구에서 완전히 철수했다.

〈**사진** 거리에서 철수하는 5사단 방위군들〉

색싯집지구(인시)

"뭐야, 저게?"

한 타지 것이 제법 높은 건물의 옥상을 가리키며 소리쳤다. 그것은 횃불이었다. 횃불이 소리쳤다.

"야, 썅년들아! 너희가 그러고도 몸 파는 년들이냐? 우리 몸 파는 년들 신세 좀 고쳐보겠다고 나선 언니, 동생들이 저 수용소(전 율려대학교)에 잡혀 있는데, 웃음이 나와? 너희년들은 매춘부 정신이 없어. 함께 죽고 함께 산다. 이게 매춘부 정신 아냐!"

영업장사수대가 화급히 건물로 올라갔다.

색싯집지구 중심로에 모여 있는 사람들의 눈이 횃불에게로, 횃불에게로 쏠렸다. 횃불의 흔들림은 계속되었다.

"싸우자, 썅년들아. 더 이상은 짐승처럼 못 살겠다. 우리 몸

파는 년들도 인간이다."

아, 그것은 절규였다. 본지 기자의 고막을 쥐어뜯는.

영업장사수대가 횃불에게 가까워지고 있었다. 한순간 횃불이 불덩이가 되었다. 불덩이는 외쳐댔다.

"싸우자, 매춘부들아. 귀족이, 영업장사수대가, 군바리가 우리를 죽이기 전에, 우리가 그들을 죽이자!"

영업장사수대가 불덩이에게 쇠파이프를 들이대었다. 불덩이는 떨어져 내렸다. 하늘에서, 매춘부들의 머리 위로, 불덩이가 꽃잎처럼 내려앉고 있었다. 그 매춘부는 색싯집 선혜청에서 일하는 스물다섯 살 아름꽃이었다.

〈**사진** 불꽃으로 내려앉는 매춘부 아름꽃〉

축구 경기 강행하기로(인시)

축구국은 율려축구리그를 강행하기로 했다. 귀족들의 집단 의사가 반영된 결정이라고 할 수 있다. 이틀간의 경기 중단으로 율려는 막대한 경제적인 손실을 입었다. 주식값은 폭락했고, 코스닥지수도 바닥을 때리고 있었다.

수상 달똥은 반대했으나, 이번에도 축구국장 강한쇠의 말발에 밀렸다. 달똥은, 수상인 자신보다 축구국장인 강한쇠와 문화국장 말사기가 더 힘을 발휘하고 있음을 실감할 수밖에 없었다.

강한쇠는 축구국 직원들을 독려, 축구장을 매춘부 폭동 이전으로 복원시키기 위해 철야 작업을 했다. 또한 수용소의 축구선수들을 석방했다. 축구선수들은 종합병원에서 영양제를 맞은 뒤, 고기 뷔페에서 마음껏 먹었다. 영양제와 고기를 거부한 선수는 강한쇠에게 모질게 맞아야 했다.

〈**사진** 기분 나쁜 기색이 역력한 전시내각 수상 달똥〉

단란주점지구(인시)

단란주점지구에서도 죽음이 있었다.

단란주점 비변사에서 일하는 열다섯 살 목련화에게, 손님은 골 때리는 체위를 요구했다. 목련화는 거부했고, 손님의 채찍질이 가해졌다. 목련화의 피부는 금방 피로 물들었다.

목련화는 죽을 각오로 영업장을 뛰쳐나왔고, 영업장사수대가 뒤쫓아 나와 사정없이 구타했다. 목련화는 "살려줘!"를 부르짖으며 데굴데굴 굴렀다. 타지 것들은 매춘 프로그램으로 오인하고 박수를 치며 환성을 질렀다. 귀족들이 그만 되었다고 손짓했을 때 목련화는 죽어 있었다. 매춘부들의 눈에 핏발이 실룩거렸다.

〈**사진** 눈을 뜨고 죽은 목련화〉

룸살롱지구(묘시)

또 한 명의 매춘부가 분신을 시도했다. 목숨은 건졌으나 3도 화상을 입었다.

4시 23분에는 세 명의 매춘부가 4층 옥상에서 "매춘부도 사람이다!"를 외치며 뛰어내렸다. 둘은 중태에 빠졌고 한 명은 즉사했다.

〈**사진** 혼수상태에 빠진 룸살롱 규장각에서 일하는 누룩꽃〉

매춘굴지구(묘시)

한 매춘부가 "전시내각 퇴진! 영업장사수대 해체! 매춘부 석방!"을 외쳤을 때, 그 외침이 하나의 물결이 되었다. 백여 명의 매춘부가 호응한 것이었다. 그러나 득달같이 몰려온 5백여 명의 영업장사수대에게 하릴없이 짓밟혔다.

〈**사진** 기절한 매춘부를 계속 구타하고 있는 영업장사수대〉

축구 재개 축하쇼(묘시)

각 영업지구의 심상치 않은 분위기와는 달리, 수도지구는 들

떠 있었다. 수도지구의 광장에서는 5천여 명의 귀족, 부동층, 공무원, 방위군, 타지 것, 타지 것을 대동한 매춘부 등이 지켜보는 가운데, 축구국이 개최한 축구 재개 축하쇼가 성대히 벌어졌다.

축구국장 강한쇠는 인사말에서 축구가 우리 율려의 근간임을 강조했다.

"매춘부 폭동은 진압되었습니다. 년들의 함성으로 얼룩져 있던 축구장은 새 단장을 마쳤습니다. 이제 우리는 국민의 열성과 힘을 모아 다시, 축구로, 축구로 나아가야겠습니다."

〈**사진** 초청 그룹 '거지들'의 현란한 춤사위〉

축구장 봉기(진시)

축구국장 강한쇠도 약간은 두려운 모양이었다. 수상 달똥에게 축구 경기 동안 방위군의 무장 경계를 부탁한 것이었다. 강한쇠의 독불장군 행동에 배알이 꼴려 있던 달똥이 시큰둥한 것은 당연했다.

"우리 방위군이 축구국 따까리요?"

"왜 이러시오, 수상. 누구 때문에 수상 자리에 오르셨는데. 섭섭지 않게 주머니에 찔러드리겠습니다. 상부상조합시다."

그런데 강한쇠는 한술 더 떠 방위군도 축구 원칙에 따라 옷을 벗고 입장해야 한다는 것이었다.

"이봐, 정말 해도, 해도 너무하는군. 방위군이 무슨 스트립보이인 줄 알아? 방위군이 군복을 벗는다는 것은 있을 수 없는 일이야. 아니, 발가벗고 총을 들고 있는 게 말이 된다고 생각하시오?"

"수상, 우리 율려에서는 방위군이 먼저가 아니오. 축구가 먼저라는 것을 잊으시면 안 되지요. 축구 경기 아래서는 그 누구도 예외가 있을 수 없다, 이거요."

결국 달똥은 입술을 깨물며 말했다.

"마음대로 하쇼. 그러나 난 축구장에 안 가겠소. 나는 제복을 벗은 벌거숭이 군대를 볼 수 없어. 도저히."

"오든지 말든지."

강한쇠가 나간 뒤에, 달똥은, 본지 발행인 겸 율려공영방송국 사장 겸 인터넷율려 대표이사 겸 문화국장 말사기에게 하소연했다.

"말사기, 너무하잖아. 이게 뭐야 대체."

"뭐가 어쨌다는 건가?"

"내가 수상인데, 실권은 강한쇠랑 너랑 다 잡고 있잖아. 이럴 수가 있는 거야?"

"오해야. 설마 강한쇠가 권력을 독차지하려고 그러겠나. 아직은 귀족들 힘이 막강하니까 견제하려는 거겠지."

"웃기지 마, 영업장사수댄가 뭔가도 네놈들이 획책한 거잖아?"

"오해라니까."

"열 받으면 방위군으로 확 밀어버린다."

말사기는 가소롭다는 듯 웃어버렸다.

축구장은 성황을 이루었다. 이틀간의 경기 공백으로 인한 축구에 대한 타는 갈증이, 며칠간 매춘부를 중심으로 한 혼란을 압도하고 있는 듯했다. 타지 것 5천여 명에, 타지 것과 대동한 매춘부 5천여 명 등 1만 2천여 명의 관중이 입장했다. 황색대륙 조선의 지하철 1호선보다도 더 입추의 여지가 없었다.

총을 들고 서 있는 방위군 1사단 병사들의 적나라한 모습은 경기 시작 전 관중에게 더할 나위 없는 눈요기 서비스가 아닐 수 없었다.

드디어 선수들이 입장했다. 매춘부 폭동으로 연기된 매춘굴지구 실존 클리토리스 대 단란주점지구 허무 페니스의 경기가 치러지게 돼 있었다. 타지 것들과 귀족들이 폭죽을 터트리며 악을 써댔다. 매춘부들도 마지못해 박수를 쳤다.

자○를 덜렁대며 전시내각 축구국장 강한쇠가 페널티킥 시축에 나섰다. 수상 달똥이 집무실에서 텔레비전으로 지켜보고 있다가 이기죽거렸다.

"시발, 좆도 작은 게."

강한쇠가 시축한 공이 골망을 갈랐을 때였다. 약 1천여 명의 매춘부들이 철조망에 달라붙었다. 관중들은 그녀들이 좋아 미칠 지경이 되어서 그런가 보다 했다. 그러나 아니었다. 1천여 명의 매춘부들은 철조망을 절단하거나 타 넘어 축구장으로 뛰어들었다. 그녀들은 총을 가진 방위군을 덮쳤다. 그라운드의 선수들도 강한쇠와 방위군을 덮쳤다.

방위군은 총을 겨누었으나 어디에다 쏘아야 할지 몰랐다.

1천여 명의 매춘부는 "매춘 해방 만세!" "방위군 축출!"을 외치며 방위군과 강한쇠를 비롯한 축구국 직원들을 순식간에 아작냈다.

타지 것들은 서로 다투어 축구장을 빠져나가려고 했다. 그들끼리 서로 짓밟아 질식해 죽기도 했다. 타지 것을 대동하고 왔던 매춘부들은 이 뜻밖의 사태를, 흔쾌히 받아들였다. 관중 중에 섞여 있던 귀족, 부동층, 공무원, 영업장사수대 등은 그야말로 청천벽력과도 같은 사태를 맞아야 했다.

같은 시각 곳곳에서 혁명군이 전시내각 군대를 뒤엎거나 내쫓고 있었다.

〈**사진1** 자신의 이마에 총구를 겨눈 수상 달똥, **사진2** 타지 것들과 섞여 기차에 서로 먼저 올라타려고 발버둥치는 귀족들, **사진3** 율려산으로 도망치는 3사단과 4사단 방위군, **사진4** 혁명을 일으킨 인간해방전선군〉

혁명 주역 푸른아침

룸살롱 속오군에서 일했던 매춘부 경력 15년의 푸른아침은 스무 개가 넘는 계를 이끌어 '계의 황녀'로 불리던 인물이다. 축구선수로 뛴 적이 없지만, 축구선수들 사이에서 가장 규모가 큰 황금축구화계마저 이끌었다.

그녀를 따르는 계원들의 숫자는 약 1천여 명에 달하는 것으로 알려져 있다. 많은 매춘부들의 미래에 대한 대계 중 하나는, 푸른아침의 계에 드는 것이었다. 푸른아침의 계는 규모의 크고 작음을 떠나서 근면하고 신의 있는 사람만을 구성원으로 받아들이는 것으로 유명하다. 따라서 푸른아침의 계에 들었다는 것은, 근면하며 신의 있는 매춘부로 인정받았음을 뜻하는 것이었다.

푸른아침은 계모임을, 단순히 계모임이 아니라 무력 혁명을 꿈꾸는 조직으로 바꿔갔다. 남성노동자조합을 인간해방전선에 합류시키는 데 성공했고, 방위군에도 손길을 뻗쳐 전투기계화사단장을 포섭하는 데 성공했다.

〈**사진** 인간해방전선 사령관 푸른아침〉

인간해방전선 사령관의 대국민 담화(사시)

방송국을 접수한 인간해방전선 사령관 푸른아침이 국민들에게 담화를 발표했다.

"우리 율려는 구제가 불가능할 정도로 썩어 있었다. 매춘이라는 가장 비인간적인 작태가 시책으로 이루어진 사회였으며, 그나마 매춘 당사자인 매춘부는 다만 돈 버는 기계일 뿐, 매춘을 통한 부는 귀족들이 오로지 취하였다. 율려 인구의 5퍼센트에 지나지 않는 귀족은, 수십 년간 나라 전체를 사창가로 만들어 매춘부를 착취, 사리사욕을 채워왔다.

매춘이 과거 우리 율려의 선택의 여지가 없었던 생계 수단이었다는 점까지 부정할 수는 없을 것이다. 그런데 그 어쩔 수 없는 매춘으로 벌어들인 외화로 위정자들은 무엇을 했던가?

매춘으로 벌어들인 외화를, 다시, 매춘 산업에 쏟아 부었다. 인간적인 삶을 육성하는 데 써야 할 돈을, 가장 비인간적인 삶을 키우는 데 쓴 것이다. 기상천외한 발상인 율려축구의 탄생이야말로 그 절정이라고 할 수 있다.

전 세계 사람들이 섹스와 스포츠에 미쳐 있다는 사실을 이용, 섹스와 스포츠, 즉 매춘과 축구의 결합이라는 발상은, 과연 축구에 이성을 상실한 세계인들을 끌어들여 외화를 벌어들이는 데 공헌한 것은 사실이다. 그러나 율려축구의 성공은, 인간으로서의 격과 반비례했다. 율려축구가 발전하는 만큼, 우리의 인격은 퇴화한 것이다.

즉 우리 인간해방전선은, 율려 사람들의 인격 회복을 위해 봉기한 것이다. 인간해방전선은, 율려 사람들을 섹스와 스포츠로부터 구출하기 위하여 봉기한 것이다.

인간법이 제정될 때까지, 인간해방전선은, 의정을 담당하는 인간위원회와, 행정을 담당하는 해방전선을 두어, 율려를 통치할 것이다.

인간위원회는 가능한 한 빠른 시일 내에, 지금의 귀족적이고 반인간적이고 반국민적이고 섹스적이며 스포츠적인 율려법을 대치

할, 진정 인간을 위한 법, 인간법을 제정하게 될 것이다. 인간법에 의하여 새롭고도 진정 인간을 위한 정치체제가 출범할 것이다.

인간위원회는 우선 다음의 사항을 결정했다.

하나, 귀족의 재산을 몰수한다. 아울러 구체제의 공적인 재산과 혼란기 동안 소유자가 상실된 재산도 해방전선이 접수한다.

둘, 매춘 행위를 금지한다. 이제 우리 율려에 매춘부는 없다. 모든 매춘 시설은 인간을 지향하는 산업 시설로 전환한다. 가장 먼저 매춘 사업의 결정체, 축구장을 순화센터로 바꾼다.

셋, 귀족을 비롯한 반인간적인 자는 격리하여 순화센터에 수감하고 순화의 시절을 보내게 한다.

넷, 차차로 개인 소유를 지양하고 공동 소유를 지향한다.

이상이다. 국민들이여, 덧붙인다. 우리 해방전선군은 인간을 위한 군대로서, 인간적인 국민의 재산과 신변에 위해를 가하는 일은 절대로 없을 것이다. 자신이 인간적이라고 자부하는 국민은 안심하고 맡은 바 생업에 열중해야 할 것이다."

〈**사진** 인간해방전선 사령관 푸른아침의 담화 모습〉

매춘부조합, 마지막 회의가 될 것인가?(오시)

색싯집지구 소재 매춘부조합 사무실은 초상집 같았다. 혁명의 감격은 벌써 까마득한 과거가 된 듯했다. 매춘부조합은 인간해방전선에 적극 협조하며 함께 '매춘부 해방 만세'를 외쳐왔지만, 서로의 뜻이 달랐다는 것이 증명되었다.

조합은 매춘부로서 최대한 인권을 확보하겠다는 것이었으나, 해방전선은 매춘부 자체를 없애겠다는 것이었다.

해방전선은 매춘부조합에 일방적으로 통고해왔다. '15시까지 매춘부조합을 해체하라. 율려에 더 이상 매춘부는 없으니, 당연히 매춘부조합과 같은 단체가 있어서는 안 된다.'

"난 할 줄 아는 게 몸 파는 거밖에 없는데 뭘 해서 먹고살라는 거야? 썅!"

"넌 싸움이라도 할 줄 알잖아. 깡패 짓해서 먹고살면 되지. 난 정말 매춘밖에 할 줄 몰라."

"지금 우리가 그런 잡담이나 나누고 있을 땐가? 대책을 세워야지, 대책을."

"우리 1만 매춘부들은 평생 매춘만 해왔어. 매춘에 인생을 걸었고, 미래를 걸었어. 우리에게 매춘을 하지 말라는 것은, 굶어 죽으라는 거나 마찬가지야. 해방전선은 우리한테 죽으라고 말하는 거라고. 그렇다면 우리 매춘부조합은 반대해야지. 매춘부조합이 뭐야? 매춘부를 위한 매춘부에 의한 매춘부의 단체 아냐. 해방전선과 싸워야 해."

"해방전선은 총을 가지고 있어."

"총이 대수인가? 우리 1만 매춘부가 힘을 합친다면?"

"1만 매춘부라고 할 수가 없지. 해방전선의 주축도 매춘부야.

이미 해방전선 쪽으로 기울어진 매춘부들이 3천여 명에 이르고 있어. 그리고 또 1천여 명의 매춘부는 땅신님에 죽고 사는 종교적 무리일 뿐이고. 그리고 우리는 1천여 명에 불과한 방위군한테도 힘없이 무너졌는데, 방위군에 해방전선 소속 매춘부에 남성 노동자까지 가세한 저들한테 무슨 수로 이기지?"

"그런데 난 당최 이해가 안 돼. 해방전선 쪽 매춘부 애들은 뭘 믿고 매춘부 짓 때려치우겠다는 거지? 걔들은 몸 안 팔고도 먹고살 수 있다는 건가?"

"바로 그거야. 해방전선 쪽 매춘부 애들은 매춘을 안 하고도 먹고살 자신이 있는 거지. 그 애들은 대개 푸른아침의 계에 들어 있어. 그 애들은 보통 매춘부처럼 버는 대로 쓰는 년들이 아냐. 그러니 경제적으로도 여유가 있지. 우리 조합에 들어 있던 매춘부들은 솔직히 그날 벌어 그날 쓰는 식으로 방탕한 애들이 대부분야."

"우리가 진정 먹고사는 문제를 고민하는 것이라면 인간해방전선에 적극 협력하는 게 옳아. 해방전선은 아마도 사회주의체제로 가려는 것 같아. 내가 생각해도 사회주의체제 아니면 우리 율려의 구조적인 모순은 타파가 불가능해. 사회주의체제만이 몸을 팔아 먹고사는, 매춘으로 먹고사는 우리들 같은 인생을 소멸시킬 수 있지. 지금의 자본주의체제를 유지하는 한, 매춘을 안 하면 굶어 죽는 우리 같은 인생이 끊임없이 잔존할 수밖에 없어."

〈**사진** 두려움에 떨고 있는 매춘부조합 집행부들〉

말사기 체포되어(미시)

본지 발행인 겸 율려공영방송국 사장 겸 인터넷율려 대표이사 겸 전 문화국장이었던 말사기가 체포되었다. 말사기는 일단 귀족이기 때문에 무조건 해방전선이 규정한 순화 대상이었다.

말사기는 순화센터(전 축구장)에 강제 입소되었다. 순화센터에는 이미 3천여 명(탈출에 실패한 귀족들, 귀족들이 만든 영업장 사수대 행동대원으로 활약했던 부동층, 축구장 전투와 수도지구 전투에서 해방전선군에 생포된 방위군, 원성이 자자했던 공무원 등등)이 땅바닥을 박박 기고 있었다.

정말이지 내 눈이 의심스럽다. 본지 기자는, 본지 발행인 겸 율려공영방송국 사장 겸 율려인터넷 대표이사 겸 전 문화국장이었던 말사기(독자 여러분은, 읽기 힘들게, 본지 기자가, 말사기가 등장할 때마다 그의 직함을 길게 나열하는 것에 대하여 화를 낼지도 모르겠다. 본지 발행인이기 때문에 그런 것만은 아니었다. 본지 기자는 나름대로 의도를 가지고 있었다. 말사기가 율려의 언론권력 그 자체임을 강조하기 위함이었다. 독자 여러분 솔직히, 가슴에 손을 얹고 생각해보셔. 강조 안 해주면 심각하게 안 받아들이잖아. 하여튼 말사기는 왜 그리 직함이 길어 본지 기자를 고생시킨단 말인가)가 이런 신세로 전락했다는 것이 믿어지지를 않는 것이다.

동작이 느려 터져 매질도 남보다 세 배는 더 당하는 저 사람이 진정 말사기란 말인가? 본지 기자는, 세상이 아무리 지각변동을 해도, 언론권력자만은, 언론을 쥔 자만은, 언론만은, 끄떡없으리라 생각했다.

축구장에서 강한쇠가 타살당했을 때에도 '그래, 강한쇠 설치더니 기어이 가는구나!' 했고, 전 수상 달똥이 자살로 생을 마감했을 때에도 '그래, 달똥, 너 그런 식으로 갈 줄 알았어!' 했지만, 말사기만큼은 저 남산 위에 철갑 두른 소나무처럼 요지부동하리라 믿었었다.

인간해방전선이 아니라, 외계인 정권이 들어서도, 언론의 괴수만큼은 무사할 줄 알았다. 그런데 그게 아니란 말인가?

말사기는 낮은 포복 얼차려를 받으면서, 본지 기자에게 말했다.

"텔레비전도, 인터넷도 다 뺏겼다. 남은 것은 신문뿐이다. 사명감을 가지고 신문을 지켜다오. 언론은 쓰러지지 않는다는 것을 보여다오. 설령 내가 죽더라도, 언론은 살아남아야 한다."

"사장님, 신문도 끝났어요."

"신문마저도?"

"이게 '율려언론보' 이름으로 나가는 마지막 신문이에요. 이미 언론사는 해방전선 선전부에 접수됐어요."

"마지막이란 말이지…… 마지막을 처음이라 생각해라. 알지? 내가 늘 강조한 언론 정신. 늘 마지막처럼, 늘 처음처럼."

"그런데 정말이지 전 이해가 안 돼요. 어떻게 사장님이, 언론 그 자체인 사장님이 이 모양으로 피개떡이 될 수 있는 거죠?"

"넌 아직 언론을 알려면 멀었구나. 이 말사기가 끝장난 것이지, 언론권력은 변함이 없다는 것을 알아야지. 해방전선방송국, 해방전선신문, 인터넷해방전선……. 봐라, 언론권력은 빛깔만 달리했을 뿐 그대로잖아? 그대로 국가를 지배하고 있잖아? 언론권력은 절대로 상실되는 게 아니다. 언론권력은 영원히 죽지 않는 불사의 카멜레온이다. 알겠느냐?"

"알 것 같기도 하지만……."

"해방전선이 매춘을 없애고 자본주의를 없애고, 비인간적일 수밖에 없는 너무나도 불쌍한 존재인 인간을 없앨 수는 있어도, 언론만큼은 없앨 수 없다."

이때 해방전선군이 말사기의 늑골을 사정없이 갈겼다.

"이 새끼 겁대가리를 상실했구만. 순화 받으면서도 주둥이를 까? 천상 언론 해 처먹던 놈이구만. 그리고 너 기자 새끼, 빨리 안 꺼지면 너도 순화시켜버린다."

〈**사진** 고난도의 얼차려를 받고 있는 순화 대상자들. 본지 발행인 겸 율려공영방송국 사장 겸 율려인터넷 대표이사 겸 전 문화국장 말사기의 얼굴도 보인다.〉

시위(미시)

축구선수협의회가 포함된 매춘부조합원 1천여 명이 시위를 벌였다.

"혁명 봉기 하루 전까지도 푸른아침은, 율려축구를 더욱 더 키우겠다고, 더욱 발전시켜 월드컵보다 더 남는 장사로 만들어 나가겠다고, 저희한테 맹세했어요. 새끼손가락까지 걸고요. 그런데 봉기에 성공하자 싹 달라진 거예요. 뭐 그런 년이 다 있대요? 인간해방전선? 제년부터 인간이 되어야지. 완전히 사돈 남 말하는 년들이라니까요."

이게 축구선수협의회가 조합과 함께하게 된 이유였다. 다른 매춘부들도 매춘 금지에 반대할 것이다, 일단 시위가 시작되면 다른 매춘부들이 호응할 것이라고 믿었다. 또한 땅신교 신도와 대학생들도 연대해줄 것이라고 믿었다. 늘 그랬듯이.

"매춘부의 생계를 보장하라!"

"매춘부 생존권 짓밟는 해방전선 자폭하라!"

"축구 죽이는 해방전선 회개하라!"

"매춘과 축구 없이, 율려국 없다!"

"매춘부조합 만세!"

"율려축구 만세!"

그러나 시위가 시작된 지 10분도 지나지 않아 오산이었다는 게 증명되었다. 해방전선은 갈등 없이 방아쇠를 당겼다. 해방전선은 시위 주동자인 조합 집행부와 축구선수협의회 전원을 끝까지 추적, 체포하거나 사살했다. 체포된 이들은 순화센터(전 축구장)에 강제 입소되었다. 또 해방전선은 매춘부조합 사무실을 아예 폭파시켜버렸다. 이로써 매춘부조합은 파란만장한 역사를 접었다.

매춘부조합의 기대대로 호응하는 세력이 있기는 했다. 일단의 율려대학교 학생들이었다.

율려대학교 학생들은 두 파(인간해방전선 지지파와 매춘부조합 동조파)로 갈라져 심하게 갈등하고 있었다. 대부분 논쟁으로 그쳤지만 심한 경우 주먹질도 불사했다.

해방전선 지지파는 주로 남성 노동자 출신 학생들이었고, 조합 동조파는 주로 매춘부 출신 학생들이었다. 조합 동조파가 매춘부조합의 시위에 호응하였으나, 역시 해방전선의 무력 진압에 처참한 꼴이 나고 말았을 뿐이다.

땅신교 쪽에서는 전혀 호응하지 않았다. 땅신교 교주 굴껍데기는 아직 사태 파악조차 못하고 있었던 것이다.

〈**사진** 잿더미로 변한 매춘부조합 사무실〉

종교 금지(신시)

인간해방전선은 모든 종교를 '인간의 사상을 유린하는 좀비'로 규정했다. 바다교, 땅신교, 샤머니즘 등 모든 종교를 박멸하겠다고 선언했다.

"모든 종교는 자진해서 집회처를 폐쇄하고, 종교적 상징을 불태워라. 땅신교는 교당을 폐쇄하고 땅신을 기리는 모든 상징을 불살라라. 바다교는 율려사 등 모든 사찰을 무너뜨리고 목탁 등 모든 제의 기구를 화해라. 샤머니즘은 율려소나무를 베어라.

인간해방전선은 기회를 준다. 인간이 될 기회를 준다. 해방전선은, 스스로의 의지에 의하여 종교를 버리고 종교를 응징하고, 좀비로부터 해방된 국민을, 인간으로 인정할 것이다. 반대로 이후로도 종교로부터 자유로워지지 못한 자는, 인간해방전선에 반대하는, 비인간, 즉 인간의 적으로 규정할 수밖에 없다. 비인간에게는 응징이 있을 뿐이다."

정치에 무관심해 보이는 것이 큰 특징인 바다교 신도들도 경악했다. 있는지 없는지 잘 드러나지 않는 샤머니즘주의자들도 분노하는 것이 눈에 보였다. 그러나 땅신교 신도들의 광적인 흥분에 비하면, 아무것도 아니었다.

〈**사진** 분노로 이글이글거리는 교주 굴껍데기의 눈깔〉

불타는 매춘부자격증(유시)

인간해방전선은 행정구역을 개편했다. 율려역지구와 단란주점지구는 사랑재로, 율려산지구와 룸살롱지구는 평등재로, 매춘굴지구와 율려항지구는 자유재로, 색싯집지구와 수도지구는 인간재로 바뀌었다.

인간해방전선은 사랑재, 평등재, 자유재, 인간재 이상 4개 권

역의 명칭이 매춘 율려의 추악한 과거를 깨끗이 덮는 도배지와 도 같다고 말했다.

또 인간해방전선은 곳곳에 장작불을 지폈다. 해방전선은, 매춘부자격증을 소지하고 있는 자는 과거 매춘부 신세를 동경하는 비인간, 즉 해방전선의 적으로 규정하겠다고 밝혔다. 그러니까 장작불은, 매춘부자격증을 스스로 불태우라는 해방전선의 명령이었다.

매춘부들은(이크, 본지 기자가 미쳤다. 세상이 바뀌었는데), 아니, 참인간으로 거듭난 참여성들은 과거의 매춘부자격증을 선뜻 장작불에 던졌다. 거의 모든 여성들이 매춘부자격증을 불살랐다. 인간해방전선은 "과거 매춘 여성들은 해방전선을 온몸으로 지지한다. 저 인간이 되어가는 모습을 보라!" 하며 좋아라! 했지만, 정말 그런 걸까.

굳이 매춘부자격증을 만들어 매춘부들을 통제하려 했던 과거 귀족들만큼이나, 굳이 매춘부자격증을 스스로 태우도록 내몰아 여성들의 지지를 확인하려는 인간해방전선은, 현상에 현혹되어 있는 것이 아닐까.

매춘부자격증을 받아 든 매춘부들이 귀족들의 의도처럼 복잡한 생각을 하지 않았듯이, 매춘부자격증을 불태우는 여성들은 인간해방전선처럼 복잡한 생각을 하지 않고 있는 것이다. 여성들은 단순히, 장작불에 자격증을 태우는 것에 재미 들렸다고 보는 것이 옳다.

과거 매춘부였던 여성들은 너무 심심한 상태였다. 인간해방전선은 매춘부를 해방시켰지만, 해방된 여성에게 일자리는 아직 주지 못한 상태였다. 인간해방전선은, 참인간이 어떤 존재인지에 대해서는 아주 잘 아는지 모르겠지만, 인간에게 노동이 꼭 필요하다는 것은 잘 모르는 것 같았다.

매춘으로부터 해방된 여성에게 노동을 주지 않는 한, 인간해방전선은 진정한 지지를 받기 어려울 것이다.

〈**사진** 황색대륙의 옛 분서갱유를 연상케 하는 매춘부자격증을 태우는 현장〉

내전(술시~)

인간해방전선은 1천 5백여 명의 의용군을 받아들여, 3천 5백여 명의 병력을 확보했다. 해방전선은 2천 5백여 명의 병력으로 율려산을 겹겹이 포위했다. 해방전선은 율려산의 육상방위군들에게 최후통첩을 냈다.

'무장을 해제하고 자진 하산하지 않으면, 인간의 적으로 간주, 짓밟아버리겠다.'

그러나 인간해방전선이 규정한 '인간의 적'은 국가 안에 있었다.

땅신교 2천여 명의 신도 중에는 총을 쏠 줄 아는 자들이 다수 있었다. 기본적으로 그들에게 총만 주어진다면 엄청난 집단으로 변모할 수 있는 것이다. 그들에게 총을 대준 것은 전 안기국장 바위섬이었다.

바위섬은 안기국장 시절, 율려에서는 아무도 모르고 세계에서도 아는 사람이 극히 드문 극비 사실을 알아냈다. 혁명 시에 타지로 간신히 탈출한 바위섬은 타지 것들의 실세와 접촉, 그 극비 사실을 담보로 인적, 물적 지원을 보장받는 데 성공했다.

바위섬과 타지 것들의 목표는 율려에서 사람의 발자국을 없애는 것이었다. 극비 사실은 다름 아니라, 율려 자체가 하나의 거대한 유전이라는 것이었다.

바위섬은 다시금 율려에 몰래 숨어 들어와 인간해방전선에 이를 박박 갈고 있는 땅신교 교주 굴껍데기와 접촉하는 데 성공했다.

"당신은 땅신교 국가를 만들 수 있게 됩니다. 당신이 그렇게도 원하는 땅신의 제국을."

"본 교주는 이성을 잃은 상태요. 무조건 무기를 받을 거요. 그러나 한 가지 물어봅시다. 당신은 무엇을 가질 거요?"

"나도 땅신교의 종이 되고 싶습니다. 교주님, 진실로 땅신님께서는 인간을 긍휼히 여기십니까? 저 같은 것도 품어주십니까?"

"농담을 하시는군. 땅신님은 당신 같은 사람은 받아들이지 않소. 왠지 아시오? 당신 같은 사람은 땅신님의 실체를 꿰뚫어 보기 때문이오. 종교의 실체를 꿰뚫어 볼 수 있는 사람은 둘 중에 하나요. 나처럼 교주가 되거나, 종교를 사기로 단정하거나. 그러니 땅신님을 사기꾼으로 보는 당신이 땅신님의 종이 될 수 있겠소?"

바위섬과 타지 것들은 준비된 무기를 땅신교에 전했다. 땅신교 신도들이 가장 먼저 공격한 것은 순화센터(전 축구장)였다. 교주 굴껍데기는 순화센터에 강제 입소되어 있는 각계각층의 국민들을 구출하여 응원군으로 만들 수 있다고 판단한 것이었다.

굴껍데기의 생각은 옳았다. 순화센터의 인간해방전선군 5백여 명은 미친 늑대처럼 덤벼드는 땅신교 신도들에게 변변히 대응도 못 해보고 궤멸했다. 순화센터에서 인간으로서 참기 힘든 고통을 당하고 있던 각계각층 3천여 명은 반인간해방전선군으로 변모했다.

놀란 율려산 자락의 인간해방전선군은 급히 내려왔다.

총을 든 양대 세력은 평등재(구 룸살롱지구) 고샅에서 부딪혔다. 피아간의 득실 혹은 전세를 논할 수 없는 살육전이, 평등재에서, 깊어가는 밤을 붉게 물들이고 있었다.

방위군은 인접한 왜가리국을 끌어들인 상태였다. 앉아서 죽느니 남의 나라 군대를 끌어들여서라도 살아봐야지 않겠는가. 왜가리국 사령관은 좋아서 입이 찢어지려 하고 있었다. 와보니 잘하면 손 안 대고 율려를 통째로 먹어 삼킬 기회가 아닌가. 저희들끼리 저렇게 죽이고 죽다니.

어부지리를 기다리는 자들이 또 한 무리 있었다. 백색대륙의 마피아, 황색대륙의 야쿠자 등 살인과 학살을 전문으로 해온 자들 2천여 명이 율려로의 진입을 준비하고 있었던 것이다. 세계 유수의 석유 재벌들이 율려 전 안기국장 바위섬에게 제공한 용병 부대였다.

본지 기자는 탈출의 장도에 올랐다. 본지 기자는 기자답게 일신의 후일을 도모할 줄 알았다. 본지 기자가 마지막 관문을 넘었다. 높은 산등이어서 율려가 한눈에 보였다. 율려 도처에서 총성과 불꽃이 치솟았다. 전선이 평등재에서 율려 전체로 번질 것을 알 수 있었다.

본지 기자는 눈물이 났다.

감상에 젖어 있는 본지 기자 앞에 귀신의 형상을 한 자가 불쑥 나타났다. 놀랍게도 그는 말사기였다. 본지 발행인이며, 율려공영방송국 사장이었으며, 인터넷율려 대표이사였으며, 전시 내각 문화국장이도 했던 바로 그 사람, 언론 그 자체였던 그 사람, 이 작자는 불사신이란 말인가?

"뭘, 그렇게 놀라나. 사장님을 봤으면 인사부터 해야지."

"어떻게 살아오셨습니까?"

"매춘부조합장도 죽고, 축구선수도 죽고, 다 죽었지만, 난 죽지 않아. 다 죽어도 나는 죽지 않아. 나는 언론이거든. 섹스와 스포츠 따위는 내 앞에서 젖먹이에 불과하지."

"사장님, 하지만 이제 모두 끝났잖습니까? 율려가 없는데, 언론이 어떻게 있을 수 있습니까? 제아무리 언론이라도 율려, 즉 나라가 없다면, 사람들이 어울려 살고 있는 공간이 없다면, 무슨 의미가 있습니까?"

"나라는 없어지지 않아."

"보십시오. 서로 죽이고 난리가 났습니다. 누군들 살아남겠습니까?"

"너처럼 도망치는 것들이 살아남지. 또한 나처럼 교활한 작자들이 살아남지. 아무리 많이 죽어도 누군가는 생존하게 돼 있어. 그들 생존자들은, 다시금, 자신들을 스스로 지배하기 위한 체제를 만들 것이고, 자신들의 사상을 흐릴 언론을 만들겠지. 인간은, 자신들이 스스로 만들어낸 체제와 언론에 지배당하지 않고서는 불안해서 살 수 없는 족속이거든. 저 총성과 불꽃은, 또 다른 지배체제가 만들어지는 필연적인 과정일 뿐이야."

"하지만 바위섬처럼 나라 자체를 석유공장으로 만들려는 작자도 있습니다."

"바위섬 그놈이 너한테 사기를 쳤군. 석유는 없어."

"없다니요? 바위섬은 석유를 근거로 세계의 악덕 테러리스트란 테러리스트는 다 끌고 왔습니다."

"석유에 눈이 뒤집힌 타지 것들이 바위섬 그놈한테 속은 거야."

"하지만 정말 석유가 있을지도 모르지 않습니까. 우리의 발밑에."

"그래, 석유가 있다고 하자. 그래서 율려가 하나의 거대한 석유공장이 된다고 하자. 달라진 게 있나? 매춘공장이 석유공장으로 가면을 바꿔 썼을 뿐인 거야. 우리 언론은, 나라와 국민이 그 어떤 가면을 쓰고 있든, 그들 사상의 좀비가 될 것이고."

"답답하네. 그럼 아직도 사장님은 율려에 미련이 있단 말입니까?"

"기자, 너한테는 두 가지 선택이 있을 뿐이다. 사표를 내고 꺼지든가, 아니면 계속해서 율려의 민주 언론을 구현하기 위해 매진하든가."

〈술시에는 사진을 전혀 찍지 못했다. 독자 여러분도 알다시피 너무나도 복잡하게 돌아가는 정국을 쫓아다니느라, 사진까지 찍을 엄두를 내지 못했다. 독자 여러분의 너그러운 이해를 부탁드린다. 본지 기자의 마지막 부탁이다. 본지 기자는 사표를 썼다.〉

오늘의 쟁점과 국민 동향 — 인간해방전선과 내전

모든 계층들이 첨예하게 얽혀 서로를 적대시한 하루였다. 본지의 본문에 계층들의 동향이 잘 드러났다고 자체 판단했다. 이에 오늘은 따로, 이 코너에서 부언하지 않기로 했다. 기사가 넘치기도 했다.

말, 말, 말

〈축시, 영업장사수대의 요구로 철수하게 된 육상방위군 5사단 병사 자갈치, 아쉬워하며〉"물 좋았는데."

〈인시, 분신자살한 색싯집 선혜청에서 일하던 아름꽃의 유서 중에서〉 "매춘은 노동이 아닙니다. 노동으로서의 가치가 없기 때문이 아니라, 노동에 대한 정당한 대가를 받지 못하기 때문입니다. 매춘이 진정한 노동이 되는 미래를 위해, 저는 목숨을 바칩니다."

〈묘시, 축구 재개 축하쇼에서 축구국장 강한쇠의 연설 중 한 문장〉 "우리는 내일 지구가 망하더라도 오늘 축구를 해야 합니다."

〈진시, 전시내각 수상 달똥이 자살하기 직전, 백색대륙에 유학 중인 막내딸과의 통화 내용〉 "아버지가 웬일이세요?" "거두절미하고, 딸아, 아버지가 죽으면 너는 어떻게 살래?" "아버지 죽으면요? 남자랑 살죠. 세계는 넓고 남자는 많아요. 제 걱정은 마세요. 저는 인기 짱이라, 따먹을 사내놈들 수두룩해요." "철없는 것." "아버지의 권력욕에 비하면 철이 있는 편이죠." "권력? 다 끝났다." "왜 그런 나약한 말씀을 하세요? 아버지답지 않게. 아버지는 나약해지시면 안 돼요. 저 이제 겨우 석사과정 땄는데, 박사 따고 결혼할 때까지는 밀어주셔야죠. 국민들을 착취해서 제 보○에 쑤셔 넣어주어야죠. 그게 아버지의 사명이란 걸 잊으셨어요?" "딸아, 너는 늘 네 생각만 하는구나." "누가 낳으랬어요?"

〈사시, 인간해방전선 인간위원 빠른달팽이, 본지 기자가, 아무리 개차반 짓을 하는 인간이더라도 인간은 인간이지 않느냐고 묻자, 동문서답하는 식으로〉 "인간도 나름이 있다 이겁니다. 우리는 그 나름을 구분하자는 겁니다."

〈신시, 인간해방전선으로부터 종교 금지 통고를 받은 땅신교 교주 굴껍데기의 기도문 중에서〉 "땅신님이시여, 저들에게 피의 불벼락을 내려주소서!"

〈유시, 하늘울타리꽃, 매춘부자격증을 장작불에 던지며〉 "이런다고, 매춘이 사라지나. 이런다고, 내가 매춘부가 아닌가."

〈자시, 축구 재개 축하쇼에서 놀라운 공연으로 대성공을 거두었던 신세대 댄스그룹 '거지들', 율려를 떠나겠다며〉 "우리는, 춘추전국시대 세계를 떠돌았던 공자님처럼, 우리의 예술을 받아들일 준비가 되어 있는 사람들을 찾아 지구 끝까지라도 걸어갈 겁니다."

〈자시, 본지 기자가 함께 탈출하자고 권유했으나 자신은 미쳤기 때문에 아무도 건드리지 않을 것이니 걱정 말라는 노인 막막한감동, 왜 미치셨냐고 묻자〉 "이 미친 나라에 살면서 어떻게 안 미칠 수 있겠나? 만약 자신이 미치지 않았다고 주장하는 놈이 있다면, 그놈은 필시 남보다 곱빼기로 미쳐 있을 것이네."

광고와 구인

〈본지의 광고주인 매춘영업장 소유주들이 영업을 못하게 되었다. 유시까지 우리 율려의 통치 세력이었던 인간해방전선은 매춘을 박멸하려 했고, 술시에 시작된 내전으로 인하여, 앞으로 우리 율려를 지배할 세력은 불투명하다.

따라서 독자 여러분의 뜨거운 사랑과 서늘한 혐오를 받았던 매춘 영업장 광고는 다시는 실리지 않을지도 모르며, 다시 실릴 수도 있다. 내전의 최후 승리자, 즉 앞으로 우리 율려를 다스리게 될 세력의 사상에 따라, 광고는 빛깔을 달리하게 될 것이다.

아무튼 그래서 오늘은, 구인은 아예 없으며 광고는 하나뿐이다. 본지가 율려언론보의 이름으로는 마지막으로 내보내는, 율려언론보 최후의 광고가 될 가능성이 높다.〉

〈광고〉

우리의 이념은, 첫째도 민주 언론, 둘째도 민주 언론, 셋째도 민주 언론이어요. ―율려언론보.

쇠북공기전
망징패조편

1차 구조조정

쇠북공기는 2021년 6월, 1차 구조조정을 했다. 2백여 명이라는 너무 많은 인원 때문에 경영이 부실해졌다고 판단, 70여 명을 잘라버렸다. 물론 공식적으로는 명예퇴직이었다.

한국의 구조조정은 왜 예외없이 '사람 인에 벨 도'일까. 그 방법밖에 없는 것일까? 내가 알기로 인력 감축은 그다지 효과 있는 구조조정 방법이 아니다.

행정적으로 직원들에게 쓰는 돈(급여, 상여금, 식대, 복리후생비 등)이 노무비다. 보통 기업에서 손익계산을 할 때 총매출액에서 노무비, 일반 경비, 상품 원가 등을 빼서 돈이 남으면 이익, 마이너스면 손실이라고 한다. 이러한 매출액 계산에서 노무

비가 차지하는 비중은 20퍼센트가 넘지 않는 것이 보통이다. 즉, 직원 자르기 구조조정은 최고로 쳐주어도 20퍼센트 효과밖에 없는 짓거리다. 하기는 꼴통 경영진이 남들 다 하는 자르기 말고 달리 무슨 방법을 생각해낼 수 있을 것인가.

이렇게 말하고 나니, 사방에서 들려오는 듯하다. 20세기 말 아이엠에프 때(내가 여덟 살 때던가? 참 까마득한 옛날이 돼버렸구나)부터 지금까지 20여 년 동안 구조조정을 밥 먹듯이 해온 수백 수천의 기업 경영진 여러분들이, 너같이 어린 게 뭘 안다고 어떠니저떠니 나불거리냐고 지탄하는 소리들 말이다.

내가 이래 봬도 법 냄새 팍팍 풍기는 인간 한번 돼보겠다고 몇 년 동안 법전 끌어안고 살았던 청년이다. 게다가 종종 적을 두었던 회사들마다 법적으로 문제가 많았던 덕분에 사노법(사용노동법의 약칭. 2008년 신정권은 '노동법'을 '사용노동법'으로 개악했다) 공부도 꽤나 한 몸이다. 결론적으로 나도 알 만큼은 알아요!

이렇게 구시렁대보기는 했지만, 음, 인정할 것은 인정해야 할 것이다. 아무려면야 노동자들의 목숨을 건 투쟁에도 불구하고, 그 숱한 구조조정을 밀어붙였던 어르신들이 잘 알지, 나 같은 사회 졸병이 알면 얼마나 알겠느냐 말이다(모르면 또 얼마나 모르겠냐 싶기도 하지만). 뭐, 그럼, 구조조정 어쩌고 운운했던 건 취소!

어쨌든 그 구조조정 후, 쇠북공기는 그나마 끌어안고 있던 고객들을 조금씩조금씩 잃어가게 되었다.

트로이카체제에 대한 소고

2011년에 보배산소, 2012년에 바람산소가 창립되었다. 이 두 산소는 거대 기업의 계열사 형식을 띠었으며, 전국 대도시에 여러 지점을 가지고 있었다. 또한 새로운 시대의 총아인 디지털판매소를 운영했다. 이에 반해서 그들 두 산소의 10년 선배인(20세기에 10년 선배는 그렇게 까마득한 선배가 아니었던 모양이다. 그러나 21세기에 10년 선배는 증조할아버지쯤 되는 선배다. 옛말을 빌려서 빗대자면 세상이 눈 깜짝할 사이에 바뀌는 당대이니까) 쇠북공기는 모기업도 없고, 지점도 없고, 디지털판매소도 운영하지 않았다.

쇠북공기가 최초로 디지털판매소를 운영했다고 말하는 사람들이 있다. 맞는 말이다. 하지만 열었다가 곧 닫았다. 운영이 본 궤도에 오르기 직전, 그때까지의 사업을 갑자기 백지화했던 거다.

왜? 여러 가지 유언비어가 나돌았는데 내가 생각하기에 가장 정설에 가까운 유언비어는 다음과 같다. 디지털판매소의 등장에 몹시 겁을 집어먹고 있던 유력한 공기판매점 대표들이 쇠북공기의 창업자(현 경영주의 아버지)를 찾아가 애걸복걸했다.

"디지털판매소, 그거 되면 우리는 죽습니다. 제발 좀 살려주십시오."

병석에 누워 있던 창업자는 아들을 불러 딱 한마디 했다고 한다.

"하지 마라."

믿거나 말거나지만, 하여튼 그래서 하루아침에 백지화했고, 이후로 다시 추진하지도 않아, 쇠북공기는 이제나저제나 디지털판매소도 없이 달랑 가게 하나라는 것이다.

보배산소와 바람산소는 어떻게 해서 그토록 짧은 기간에 공기판매계를 장악할 수 있었나? 모기업으로부터 계승받은 경영마인드를 가지고 모기업이 대주는 막대한 자금을 아낌없이 퍼부었기 때문이다.

그들 두 산소는 돈을 처바르다시피 해서, 공기판매소를 공기도 사지만 먹고 놀기도 하는 유흥장소로 바꾸어버렸다. 새로운 시대의 새로운 소비자들은 공기밖에 없는 쇠북공기에 가지 않고, 공기 말고도 놀 거리 볼거리가 다양한 보배산소와 바람산소로 갔다. 돈 앞에 장사 없다는 말은 공기업계에서도 진리였던 거다.

기존의 자잘한 공기판매점은 뚝뚝 떨어지는 매출을 견디지 못하고 하나둘씩 문을 닫았다. 하지만 두 산소의 탁월한 장사 솜씨와 무지막지한 돈도 쇠북공기만큼은 무너뜨리지 못했다. 하여 2010년대 한국 공기판매계는 쇠북공기와, 두 산소의 트로이카 시대였다.

기적이었다. 시대의 흐름에 발맞추는 행위를 전혀 하지 않은 쇠북공기가 2010년대에도 내내 강자로 군림했다는 사실 자체가. 그러한 기적적인 버팀을 가능하게 했던 어떤 힘들이 분명히 있었을 거다. 그런 힘 중의 하나는 유능하고 숙련된 직원들이었다.

그러한 훌륭한 직원들을 절반 가까이 구조조정해버리자, 쇠북공기는 직원 서비스마저도 개판인 곳이 되었고, 정말이지 이제 남은 것은 그놈의 잘난 20년 역사밖에 없게 되었다. 디지털 판매의 발달로 그러지 않아도 줄어들던 매출액은 더욱 뚝뚝 떨어졌다. 쇠북공기가 어렵다는 소문이 돌기 시작했고, 그 소문은 공기회사 대표들을 긴장하게 만들었다.

신규 사원 채용

2021년 10월, 쇠북공기는 신규 사원을 대거 채용했다. 그러니까 구조조정이 있은 지 불과 넉 달만의 일이다. 경영진이 근시안적이고 즉흥적이고 무계획적이라는 것을 단적으로 보여주는 사례가 아닐 수 없다. 아무튼 덕분에 나도 입사할 수 있었다. 서른다섯번째로 면접을 보고 다섯번째로 직장을 얻은 거다. 드디어 내가 등장했다. 그러나 나는 주인공이 아니다. 이 글의 주역은 엄연히 쇠북공기다.

나는 다닌 지 한 달도 못 돼서, 쇠북공기인이라는 자부심을 명품 바바리라도 되는 양 걸치고 다니게 되었다. 자부심이 아니라 허영심인지도 모르겠다. 그러나 쇠북공기는 자부심인지 허영심인지는 많이많이 주었지만, 월급은 아주 조금 주었다. 월급을 대체 얼마나 받았기에 앓는 소리를 하느냐?

나는 똥통 대학으로 불리지만 않으면 다행인, 자랑할 것이라고는 교정을 둘러싼 아름다운 풍광밖에 없는 지방대학 출신이다. 그 지방대학 졸업 동기들 사이에서 최소 연봉자였다. 3류 이하 대학 출신이 서울 바닥에 들어와 받으면 얼마나 받겠는가? 그런데 그 받아봤자 쥐꼬리만큼 받을 녀석들에게 "너, 바보냐?"라는 소리를 들을 정도로 월급이 적었다. 딱 부러지게 얼마라고는 기어이 말 못하겠다. 쪽팔려서. 나만 쪽팔리면 그만인데 그렇게 적은 월급을 준 나의 사랑하는 쇠북공기도 쪽팔릴까봐, 차마 말 못하겠다는 거다.

원투펀치의 등장

두 인물이 새로이 경영진에 합류했다. 둘 다 창업자 가계와 인척이었다. 서모 부사장은 직계, 차모 이사는 방계. 이 두 사람은 며칠 지나지 않아 원투펀치로 불렸다.

전국공기노조 쇠북공기지부는 산별노조였으며, 모든 직원이 채용됨과 동시에 노조원 신분을 가지는 유니언 샵이었다. 한마디로 말해서 직원이 곧 노조원이었다.

쇠북노조는 2006년 '직원의 채용, 전보, 퇴사 등의 경영진의 고유 권한이라 인식되는 인사권에도 노조가 관여할 수 있다'는 단체협약을 체결했다. 살아봐서 다 아시겠지만 2000년대는 '노'의 피눈물을 먹고 '사'가 회생하던 때였다. 노동자가 일방적으로 몰리던 시절이라 그 단체협약은 노동자들의 입장에서는 매우 기념할 만한 성과로 회자되었다. 때문에 그러한 단체협약을 일궈낸 쇠북노조가 강력한 노조로 명성이 드높은 것은 당연했다.

원투펀치는 입사 첫날부터 그 막강 노조를 한 달 안에 깨겠다고 호언하고 다녔다. 공공연히.

원투펀치가 주도하는 경영진은 다음과 같은 정책들을 제시했다. 근무 시간을 연장한다. 임시직(아르바이트)의 업무 비중을 확대한다. 특판영업을 활성화한다.

특판영업은 많이 팔아서 조금 남기자는 거다. 할인마트의 경영 전략과 유사하다. 구체적으로 말하자면 공기를 대량으로 구매하여 산소방Oxygen bar이나 산소 레스토랑에 헐값으로 팔아 넘기자는 거다. 공기 거래는 타 물품 거래에 비하여 마진율이 극히 낮다. 그 낮은 마진율은 특판영업을 거치면 더욱 낮아지게 되어 있다. 즉 특판영업은 영업이 잘되면 잘될수록, (매출액은 높아지지만) 순이익은 낮아지게 되어 있다. 잘돼도 본전을 챙길까 말까 한 장사라, 장사꾼들이 당최 애용할 방법이 아니다. 그래서 보배산소도, 바람산소도, 공기 제조회사들도 안 한다. 그런데 원투펀치는 그 특판영업을 쇠북공기 재도약의 전주곡으로 삼자는 거였다.

하나같이 직원들이 반발하지 않으려야 않을 수 없는 정책들이었다. 노조집행위는 모든 정책에 대하여 반대를 분명히 했다.

그런 직원들을 향하여, 원투펀치 경영진은 선전포고를 날렸다. 2022년 1월 급여를 제날짜에 지급하지 않았던 것이다. 나는 이상한 회사를 많이 다녀봐서, 월급이 제날짜에 안 나오는 것은 돈 나눠주시는 분이 까먹으셨나 보네, 며칠 늦어지는 건 으레 그러려니, 한 열흘 넘기는 것은 그럴 수도 있지 뭐, 보름이 넘어가서야, 우아 샹! 욕 나오네, 할 수 있었는데, 다른 직원들은 그렇지가 않았다.

다음 날 오전, 태업의 열풍이 거세게 몰아쳤다. 직원들은 월급도 월급이지만 설명이 따르지 않았다는 데에 더 분개했다. 월급을 제날짜에 못 받은 적은 있어도, 그에 대한 설명을 못 들은 적은 없었다.

오후에 직원들의 계좌로 월급이 들어갔다. 태업 열풍은 금세 잦아들었다. 원투펀치 경영진은 월급이 왜 하루 늦어졌는지 한마디도 설명하지 않았다. 쇠북공기는 오랫동안 노사 간의 애정어린 대화로 만사를 풀어왔다. 그런데 사 측이 신뢰에 금을 내버리고는 말을 않는 거였다.

나는 총무과 직원

나는 경영진의 핵심 참모 부대라 할 수 있는 총무과 소속이었다. 양주임과 나 둘이서 실무를 책임졌다. 즉 신삥인 내가, 직원들의 평균 재직 연수가 10년이 넘는 회사의 행정 실무의 반을 오로지했던 것이다. 내가 잘났다는 얘기가 아니다. 행정력이 미약한 회사였다는 얘기다.

나는 사장, 부사장, 이사 등과 맞대면할 때는 직원들의 대변인이라도 되는 양 떠들었다. 그러나 내가 무슨 힘이 있으리오, 경영진의 막무가내적인 정책을 시키는 대로 입안하였고, 또 시키는 대로 실행에 옮겼다. 그러고는 노조회의에 참석해서 꿀 먹은 벙어리로 있었다.

총무과는 경영진(회사 측)의 앞잡이라는 것이 보통 사람들의 인식이다. 그래서 한국 기업들의 회사 앞잡이들(총무과 직원)은 십중팔구 노조원이 아닌 모양이다. 그런데 쇠북공기는 직원이 곧 노조원이어서 나도 입사와 동시에 노조원이 되었고, 회사를 그만두지 않는 이상 노조를 탈퇴할 수도 없었다.

노조회의에 참석할 때마다, 다른 노조원들의 따가운 시선 속에서 '저, 회사 앞잡이 왜 왔어? 염탐하러 왔나?' 같은 문장을 읽을 수 있었다. 내가 그만한 눈치는 있는 놈이다. 망징패조(망하거나 결딴날 징조)에 휩싸인 회사에서 노조원이 노조회의에 참석하지 않는다고 해서 무슨 큰 불이익이 있겠는가. 그럼에도 불구하고 나는 가능한 한 노조회의에 참석했다. 염탐하기 위해서? 물론 아니다. 나도 노조원이고 노조의 편이기 때문이다.

나는 노와 사를 잇는 무너지기 직전의 다리 한가운데에 서 있는 거였다. 내가 성격이 더러웠거나 사교성이 뛰어나지 않았다면, 나는 이쪽저쪽에서 욕을 바가지로 얻어먹고 다녔을 거다.

연휴 대결

상여금을 목 빠지게 기다리고 있던 명절 즈음의 직원들에게, 경영진은 회사에 돈이 없다는 걸 공식적으로 선언했다. 상여금을 줄 수 없을 뿐만 아니라, 연휴 내내 출근하라고 했다. 악착같이 한 푼이라도 더 벌자는 경영진의 일방적인 선포였다.

지난달에 월급이 하루 늦게 나온 것은, 직원들의 반응과 대응력을 살짝 떠보기 위한 원투펀치 경영진의 유치한 고의라고 생각했었는데, 꼭 그런 것만은 아닌 모양이었다. 정말로 돈이 없어서 헬렐레하고 있는 것은 아닐까? 작년 6월 구조조정으로 잘라버린 전 직원들에게 아직도 명예퇴직금을 지급하지 않고 있는 것을 봐도 그래. 과거 직원들의 인내심과 분노를 시험하기 위해서만은 아닐 거란 말야. 정말로 그들에게 줄 돈이 없는 게 아닐까.

노조는 단체협약을 준수하지 않는 경영진을 비난하며, 모든 직원은 쇠북공기 노동자로서의 자존심과 권리를 사수할 것임을 천명했다. 즉 노조와 협의하지 않은 연휴 근무에 동참할 수 없다는 거였다.

이럴 경우 잘 돌아갈 여지가 있는 집안이라면 이런 수순을 밟았을 거다. 대승적 차원에서 양쪽 모두 대화 테이블에 앉고 본다. 양쪽이 조금씩 양보한다. 경영진이 진정성을 보여준다면, 노조는 예상보다 더 많이 양보할 수도 있을 거다. 사실 노조도 회사가 어렵다는 것은 인정하고 있는 바이니까.

노조는 어려운 회사를 구하기 위하여 자발적으로 '한 시간 일 더하기 운동'을 벌였었다. 아홉 시에 닫던 가게 문을 열 시까지 열었던 거다. 원투펀치 경영진은 이 직원들의 자발적인 운동을 공식적으로 만들어서 근무 시간을 연장시켜버렸다. 남의 돈 받고 일해본 사람들은 다 알겠지만, 자발적으로 한 시간 더 일하는 것과, 졸지에 한 시간 더 일하게 된 것은, 완전히 다르다.

그런데 어차피 한 시간 더 일하던 것이라, 공식적이 돼서 못하겠다고 하기도 그렇고, 열 시까지 열었던 가게 문을 다시 아홉 시에 닫을 수도 없고, 노조집행위는 적절한 대응을 못한 채 그 모호한 상황을 감수했다. 이때부터 경영진은 노조집행위를 만만히 보았는지도 모르겠다.

아무튼 잘될 여지가 있는 집안이라면, 양쪽이 조금씩 양보해서, 상여금은 전액일 수는 없더라도 섭섭하지 않을 만큼은 지급되는 것으로 하고, 설날까지는 안 열더라도 나머지 이틀은 2개 조로 하든 4개 조로 하든, 당연히 여는 방향으로 했을 것이다.

그러나 양쪽 모두 대화를 원하지 않았다. 경영진의 "일하기 싫은 놈들은 나오지 마!"라는 대갈에, 노조는 "그래, 너희놈들끼리 한번 일해봐!"라고 일성했다. 덕분에 내가 한 이틀 정신 못 차리게 바빴다. 설날을 포함해서 연휴 3일을 송두리째 일하겠다는 아르바이트를 가능한 한 많이 구해야 했던 거다.

결국 내가 하루 반나절 동안 이리 뛰고 저리 뛰어서 구한 아르바이트 스무 명쯤, 거기에 경영진 측이라고 말할 수 있는 간부급 여남은 명, 그리고 정식 사원이 못 되어서 노조원도 못 된 수습사원들 몇 명, 해서 40여 명 정도가 연휴 동안 공기를 팔았다. 하지만 실적은 없다시피 했다. 그들이 공기를 파는 솜씨가 서툴렀기 때문이라기보다는, 서울에 사람이 없었기 때문이다.

노조는 어이가 없었다. "당신, 간부들끼리 팔아보셔. 얼마나 힘드신가" 하고 뻗대면, 경영진이 못 이기는 척 대화적 자세로 나올 줄 알았는데, 아르바이트를 구한다고 보란 듯이 설치다니. 노조도 계속 강경하게 나갈 수밖에 없었다. 전 노조원이 연휴 동안 서울 쪽으로는 오줌도 누지 않았던 것이다.

내 얘기를 덧붙이자면, 나는 경영진과 함께 공기를 팔 아르바이트를 한 명이라도 더 구하겠다고 발버둥치다가, 열나게 서둘러, 가까스로 서울역에 도착할 수 있었고, 한 달 전에 미리 끊어놓은 차표를 자랑스럽게 흔들며, 기차에 몸을 실었다. 그리고 쇠북공기에서 파는 그 어떤 산소보다도 질 좋은 우리 동네 공기를 사흘 동안 마음껏 들이켰다.

아르바이트

서모 부사장은 매장 직원의 상당수를 아르바이트로 교체할 의도를 역력히 드러내며, 내게 명령했다. 너도나도 아르바이트를 하겠다고 쇠북공기로 몰려오게 할 방법을 찾아내라고. 나는 그 자리에서 반대했다.

"이제까지 그래왔듯이 필요할 때 필요해서 쓰는 게 아르바이트입니다. 그런 아르바이트를 직원들 대신 쓰겠다는 것은 정말 한 치 앞을 못 내다보는 발상이라고 생각합니다. 제가 아르바이트 많이 해봐서 아는데요, 아르바이트는 저 하기 싫으면 무작정 안 합니다. 자기가 매장에 안 나오면 매장이 난리가 날 걸 뻔히 알면서도, 전화도 없이 안 나옵니다. 또 아르바이트는 직업 정신이 없기 때문에 서비스 정신도 없을 거고, 때문에 싸가지 없이 고객을 상대할 것이고, 결국 매출이 떨어지게 됩니다. 또 아르바이트를 쓰면 그 아르바이트 관리하는 인력이 따로 필요하게 될 겁니다. 아르바이트 뽑아가지고 가르쳐가지고 일 좀 할 만하다 싶으면 그만둬버리니까, 다시 뽑고 다시 가르치고, 이러다 보면, 하루에도 그만두는 애, 새로 들어오는 애, 교육받는 애. 아, 그건 가게가 아니죠. 아르바이트 교육소가 되는 거죠. 그리고 또 아르바이트는……."

"그만, 그만! 그래도 아르바이트는 노조원이 될 수는 없잖나. 그거면 돼, 나는."

"그래도 아르바이트는 회사로서 너무 손해입니다. 아시다시피 우리 쇠북공기 직원들은 공기사관학교생이라고 불릴 만큼 다들 일을 잘합니다. 우리 쇠북공기에서 영업 배워갖고 공기 관련 회사 차린 분들이 한둘입니까? 우리 쇠북공기에 있다가 공기업계로 스카우트되어 간 직원들을 쭉 줄 세우면 강남을 한 바퀴 돌고도 남습니다. 작년 구조조정 때 잘리신, 아니 명예퇴직하신 분들도, 다 좋은 데 들어가서 특급 대우를 받으면서 일한답니다. 거의 완벽한 일꾼들이니까. 그런 일꾼들을 왜 쫓아내고 대책 없는 아르바이트를……."

"대책 없는 아르바이트 말고 대책 있는 아르바이트를 뽑으면 될 것 아닌가."

"그야 그렇죠."

"그 방법이 있을 거 아냐?"

"있겠죠 뭐."

"뭐가 있는데?"

"최고의 조건을 만들어주면……."

"그걸, 해 오란 말이야. 최고의 조건!"

"아르바이트는 안 됩니다!"

"가서 일하든지, 이 자리서 사표 쓰든지! 더 이상 나불거리면 주둥이를 찢어버릴 거야."

돈 때문이 아니라, 쇠북공기인이라는 자부심을 계속해서 누리고 싶었던 나는, 가서 일했다. 서모 부사장이 '이렇게 아르바이트를 쓰느니 가게 문을 닫겠다. 그냥 기존의 직원을 쓰는 게 낫겠다' 하고 찢어버릴 만한 기획을 했다.

월급제 급여에, 주 1회의 휴무에, 월차와 보건휴가에, 중식과 석식 제공에, 하루 여섯 시간을 기본 근무 시간으로 잡고 30분 초과할 때마다 1.5배의 시간외 수당을 쳐주고…….

서모 부사장은 내 기획안을 훑은 뒤에 말했다.

"좋았어, 이거야!"

발령

쇠북공기는 강남의 매장과, 북한산 자락 물류센터의 이원체제였다. 물류센터에는 공기제품을 입고하고 반품하는 인수처와, 특판이나 도매 등을 담당하는 영업부서가 배치되어 있었다. 그런데 원투펀치 경영진은 강남의 매장 직원들을 대거 물류센터로 발령 내버렸다. 물론 노조와 아무런 사전 협의도 거치지 않았다.

아닌 밤중에 홍두깨처럼 발령을 얻어맞은 매장 직원들은, 입사 후 계속 매장에서만 근무한 판매 직원이었거나, 근무 태도가 좋지 않았거나(경영진이 판단하기에. 어느 경우에는 동료들이 보기에도), 강성 노조원이었다.

매장에서만 근무해온 직원에게 물류센터로 가라는 것은 그만

두라는 얘기나 다름없었다. '근무 태도가 좋지 않다'와 '강성 노조원'이라는 것은 몇몇 직원에게는 거의 동의어였다. 판매 직원들을 대거 쫓아내다시피 한 자리에 임시직(아르바이트)이 들어왔다. 경영진은 이번 인사로 그들의 정책(임시직 업무 비중 확대)과 장담(노조 파괴)을 불도저처럼 밀어붙인 것이었다.

노조는 그 발령을 무시했다. 단체협약에 위배되는 발령이므로, 즉 사노법을 위반하는 발령이므로, 일하던 자리에서 계속 일했다. 이에 대하여, 경영진은 징계로써 화답했다. 발령 받기 전의 자리로 계속 출근하는 직원들에게 감봉, 정직 등을 마구 때린 거였다.

단체교섭권

'2006년 단체협약'이라는 위대한 승리를 경험한(구인류 세대라고 불리는) 경력 10년 이상의 3, 40대 몇몇이, 경력 5년 미만의(초인류 세대라고 불리는) 20대 초반들을 간신히 모아놓고, 그들의 중간에 해당하는 신인류 세대의 미적지근한 보좌를 받아 성사된 집회는, 투쟁가를 부를 때조차 한목소리를 내지 못했다.

전국공기노조 쇠북공기지부의 투쟁력은 세상 사람들이 예상했던 것에 비하여 매우 약했다. 10년 세월은 쇠북공기의 20년 영광을 무말랭이로 만들어버렸을 뿐만 아니라, 막강 노조를 종이호랑이로 만들어놓은 모양이었다.

노조는 쟁의했으나, 끝내 노조가 사용할 수 있는 가장 강한 무기인 파업만은 사용하지 않았다. 파업을 하면, 그러지 않아도 어려운 회사가 그대로 끝장이 날 것이라는 위기의식이 상당했던 것 같다.

노조는 발령을 받아들이는 조건으로 '징계 취소'를 얻어냈다. 발령 받았으나 원래 일하던 자리로 출근하는 직원들에게 내려졌던 징계 말이다. 즉 노조는 얻어낸 것이 아무것도 없었다.

앞에서도 말했지만 발령 받은 데로 가라는 것은, 즉 강남 매장에서만 일해온 직원들에게 북한산 물류센터로 가라는 것은 그만두라는 얘기였다. 그것을 누구보다 잘 알고 있는 노조집행위가 경영진과 타협해버렸다. 발령 받은 자들은 완전히 낙동강 오리알 된 거다. 직원이 곧 노조원. 모두가 노조원. 모두가 한 몸. 이렇게 말해왔지만 결정적인 순간에는 그게 아니었다. 발령 받은 자와 발령 받지 않은 자가 있었을 뿐이다.

아무튼 발령 받은 자들의 몇 명은 노조집행위의 결정에 따라 그 출근하기 어려운 북한산으로 출근하였고, 몇 명은 더럽다고 사직서를 썼으며, 또 몇 명은 사직서를 쓰지 않은 채 무단결근했다.

이러한 발령 받은 자들의 최종 결론을 직원들이 씁쓸히 지켜보고 있는 사이에, 노조집행위는 단체교섭권을 전국공기노조에 위임하자고 나왔다. 민주주의의 위대한 원칙, 다수결에 따라 투표를 했다. 나는 반대에 표했지만, 대부분의 직원들은 찬성에 표했다. 곧 단체교섭권 위임이 이루어졌다. 어떻게 이토록 쉽사리 단체교섭권을 넘길 수 있을까. 나는 두 가지로 생각해보았다.

첫번째 생각. 단체교섭권은 노조의 목숨과도 같다. 목숨을 과연 누구에게 맡길 수 있을까? 형? 아니 아버지 정도는 되어야겠지. 전국공기노조를 아버지로 믿지 않는다면, 그런 목숨과도 같은 단체교섭권을 함부로 넘길 수는 없다. 노조원은 집행부를 신뢰하였고, 노조와 집행부는, 쇠북노조는 전국공기노조를 신뢰했다. 사세가 다급하여 목숨을 아버지에게 맡긴 거다.

두번째 생각. 노조집행위는 발령 받은 자를 구하지 못했다. 우리도 발령 받은 자들과 같은 꼴을 당했을 때 노조집행위를 믿을 수 없다. 그런데 노조집행위는 우리들의 대표다. 우리들이 우리들의 대표를 못 믿는다는 것은, 우리들이 우리들 자신을 믿지 않는다는 거다. 그러므로 우리는 없다. 노조도 없다. 없는 것이나 마찬가지인 우리가 단체교섭권 따위를 가지고 있어봐야 무슨 소용이 있겠나. 전국공기노조를 믿을 수 없지만(이 상황에서 누가 누구를 믿을 수 있단 말인가), 없는 거나 마찬가지인 우리가 가지고 있는 것보다는 낫겠지. 즉 자포자기의 상태에서 밑져도 본전이라는 생각으로 그냥 내준 거다.

어쨌든 이제 전국공기노조가 싸움판에 들어섰으니, 쇠북공기 그 막가파 경영진 따위는 한칼에 베어버릴 수 있을 것인가?

원펀치 잠적

원투펀치 중의 원펀치 서모 부사장이 돌연 퇴임했다. 퇴직서 한 장 달랑 써놓고 종적을 감추어버린 것이다. 원펀치와 늘 붙어다니던 투펀치 차모 이사도 5분간 입을 쩍 벌리고 기막혀했을 정도로 완벽한 잠적이었다.

막가파 경영으로 위세 드높던 경영진은 두목을 잃은 막가파 졸개들처럼 좌충우돌했고, 적을 잃어버린 직원들은 군사독재자 박정희가 막상 죽어버리자 어찌할 바를 모르고 우왕좌왕하다가 전두환 일당의 쿠데타를 성공하게 만들었다던 20세기 말 어느 해 봄의 정치인들 같았다. 이미 뒤집어져 있던 회사는 혼란이 더욱 가중되었다.

언젠가는 망했겠지만 그 원펀치 서모 부사장이 그 시기를 10년은 앞당겼다는 것이 직원들의 공통된 의견이었다.

후에 쇠북공기가 최종 부도를 맞았을 때, 수많은 똑똑하신 분들이 자기 일 아니고 남의 일이기 때문에 편안한 마음으로 쇠북공기는 왜 망할 수밖에 없었는가를 고찰하였다. 그때 나온 얘기들은 다 맞는 얘기다.

강경한 노조와 경영진 간의 대립 때문에, 창업자 가족 간의 갈등 때문에, 디지털판매소의 등장으로 야기된 출혈 할인 때문에, 쇠북공기는 망했다. 망해버렸다. 하지만 서모 부사장이 없었다면, 그런 막가파식 경영이 없었다면, 10년은 더 버티었을 것이다.

그때 모두가 입이 달린 동물이라는 것을 증명하기 위해 한마디씩 했을 때, 아무도 서모 부사장 얘기는 하지 않았다. 아니다, 하기는 했다. 강경한 노조와 경영진 간의 대립은 곧 노조와 서모 부사장의 대립을 말하는 것이겠고, 다들 인척 관계이면서도 한마음으로 일하는 게 아니라 그때그때 목소리 커진 놈이 나서서 자기만의 방법을 선보이는 작태는 창업자 가족 간의 갈등에서 빚어진 필연일 거고, 그 필연이 마침내 서모 부사장의 막가파 경영을 탄생하게 만들었을 테니까.

단체교섭권을 넘겨받았던 전국공기노조가 꼬리를 내리고 뒤로 빠져버렸다. 전국공기노조는 쇠북노조의 아버지이기를 거부했고, 형도 되기 싫고, 친구도 되기 싫다고 도망가버린 거다.

전국공기노조로서도 겁이 나기는 했을 것이다. 쇠북공기 사태는 예상보다 심각했고, 까닥하다가는 전국공기노조 전체가 휘말려들 것이라고 판단했을 것이다. 아니, 모르겠다. 공기노조가 왜 그렇게 잽싸게 발을 뺐는지. 매장을 돌아다니며, 직원들의 손을 굳게 잡고 힘껏 흔들며, "우리는 할 수 있습니다, 힘냅시다. 쇠북공기를 우리의 것으로 만듭시다"라고 힘차게 말했던 전국공기노조 간부가, 원펀치 서모 부사장처럼 어느 날 갑자기 모습을 감추어버린 이유를.

단체교섭권이 돌아왔지만 환영해주는 직원이 없었다. 쇠북공기에는 노조가 없는 것이나 마찬가지가 돼버렸기 때문이다. 단체교섭권이 돌아왔든 돌아가셨든 나하고 무슨 상관이냐는 분위기였다.

소문의 힘

2022년 3월, 급여가 나오지 않았다. 설명과 함께 월급이 늦어진 적은 있었지만, 지지난달에는 설명 없이 월급이 하루 늦어지기도 했었지만, 월급이 아무런 설명도 없이 아예 안 나와버린 것은 입사하고서 처음이라고, 평균 재직 연수 10년의 직원들은 말했다.

쇠북공기가 위태롭다는 소문은 서울 바닥에 이미 파다했다. 어쩌면 소문이야말로 역사를 움직이는 진짜배기 힘인지도 모르겠다. 쇠북공기 때문에 먹고산 전력이 있는 공기회사들은 냉정하게 쇠북공기를 압박했다.

과거에는 많은 공기회사들이 쇠북공기를 찾아와 자기네 공기를 매장에 놓아달라고 사정사정했었다. 그런데 입장이 완전히 바뀌어 현재에는 쇠북공기의 영업 직원들이 공기회사를 찾아가 제발 우리 쇠북매장에 공기 좀 위탁해달라고 사정사정했다. 대개의 공기회사들이 옛일은 다 잊었다는 듯이 들은 척도 하지 않았다. 외려 채권을 즉각적으로 회수하려 했으며, 현금을 받지 않고는 공기 깡통 한 개를 내주지 않았다. 쇠북공기는 오늘 판 공기값으로 내일 팔 공기를 사 와야만 가게 문을 열 수 있는 지경에 처한 거였다. 그러나 현금 거래는 한계가 있는 법이다.

불과 몇 년 전만 해도 없는 공기가 없었던 가게는, 이제 구멍가게에도 꼭 있는 베스트셀러 공기가 없는, 묘한 가게가 되어버렸다. 이런 상황에서 임대료를 비롯한 일반 경비들을 무슨 수로 감당할 것인가? 내가 알기로 경영주 서사장이 가산을 팔아서 감당해왔다. 월급이 나왔다면 그게 더 이상했을 것이다.

경영진 약사

쇠북공기의 창업자는 세기말에 물로 크게 성공한 사람이었다. 사람들이 물을 사 먹게 되리라고는 꿈에도 생각 못했을 때, 물을 사 먹는 시대를 예견하여 준비하였고, 마침내 물이 음료수보다 잘 팔리는 시대가 도래하자 많은 돈을 모았다. 창업자는 물로 번 돈을 공기에 투자했다. 서울 강남 한복판에 대형 공기판매점을 연 거다.

몇몇 회사가 공기를 상품화했다는 것이 특별한 뉴스가 될 만큼, 대개의 사람들이 '우리가 지금 물을 사 먹고는 있지만, 설마 공기까지 사 마시기야 하겠어. 아, 물론 그런 세상이 기필코 오기는 하겠지만, 우리가 사는 동안에는 아닐 거야'라고 생각할

때의 일이어서, 한국 사람들에게 한바탕 웃음을 제공한 창업이었다.

그런데 순식간에 공기를 물처럼 사 마시는 세상이 와버렸고, 일찌감치 준비하고 있었던 쇠북공기는 한 3년간 공기판매계의 독재자로 군림할 수 있었다. 비로소 공기가 돈이 된다는 것을 안 사람들이 공기시장에 다투어 뛰어들 때, 창업자는 덜컥 쓰러졌고 자리보전을 하게 되었다.

평생 공부만 하고 살아온 서사장(창업자의 장남)이 회사를 맡게 되었다. 그런데 창업자는 성공하기 전까지 전적으로 가계 사람들에게 자금 지원을 받았다. 가계 사람들이 투자한 자금은 쇠북공기에 대한 지분으로 바뀌어 있었다. 서사장은 가계 사람들에게 시달리면서까지 총대를 메고 싶지는 않았다. 그래서 서사장은 처음부터 전문 경영인 체제로 나갔다.

박이사는, 서사장이 찾아낸 바로 그 사람이었다. 전문 경영인 박이사는 창업자의 '독재 시대'를 이어받아 쇠북공기의 '황제 시대'를 열었다. 2010년대에는 돈을 퍼부어대는 보배산소와 바람산소에 맞서, 위축되기는 했지만, 그래도 트로이카체제를 형성하며 쇠북공기를 굳건히 했다.

박이사가 가정적이며 사적인 이유로 회사를 떠난 것은 2017년 여름이었다. 자식 교육을 세계적으로 시켜보겠다고 미국으로 이민을 간 거였다.

하지만 내가 생각하기에는 필시 이면이 있었다. 박이사가 강력히 추진했지만, 번번이 창업자 가계가 거부하여 실현되지 못한 일이 세 차례 있었다.

아주 많은 사람들이 쇠북공기의 소유라고 오해하는 두 건물은 둘 다 쇠북공기의 소유가 아니었다. 쇠북공기는 이제나저제나 두 건물을 임대하여 쓰고 있을 뿐이었다. 쇠북공기가 돈을 너무 벌어서 정신을 못 차릴 때, 두 건물의 소유주는 이참에 건물을 아예 사라고 권했다.

박이사는 보배산소의 성공을 보고 시대의 추이를 간파했다. 때문에 쇠북공기가 앞으로도 영광의 세월을 이어나가기 위해서는 보배산소처럼 킹콩의 몸뚱이를 가져야 한다고 생각했다. 해서 두 건물 소유주의 제의를 적극적으로 받아들였다. 하지만 창업자 가계가 성의 없는 태도로 일관하여 결국 실현되지 못했다.

또 한 번의 기회. 새로 생긴 보배산소가 성업 중이고 바람산소가 아직 생기지 않았을 때의 일이다. 대기업 바람은 돈은 많이 벌었지만 이미지가 투명하지 않았다. 새로이 어마어마한 건물을 지은 바람은 그룹 이미지를 일신하기 위하여, 그 어마어마한 건물의 1, 2층에 쇠북공기가 들어와줄 것을 청했다. 그러나 역시 창업자 가계는 바람의 제의를 일언지하 거절했다. 더러운 돈지랄의 선전용으로 전락하느니 문 닫겠다는 거였다.

마지막 기회는 박이사 스스로 만들었다. 박이사는 국내 최초로 디지털판매소를 열었지만, 누워 있는 창업자의 말 한마디로 사업이 백지화되었다. 이렇게 되자, 박이사는 쇠북공기에 대한 애정과 미련을 버리고 깨끗이 떠난 것이 아닐까.

이후로 경영의 주체가 된 인물들은 이런 공통점을 가지고 있었다. 창업자의 친인척이다. 근시안적이고 무계획적이고 즉흥적이다. 반년을 못 버텼다. 그 공통점을 가지고 이런 추리를 할 수 있다.

경영을 너무 잘하는 박이사가 건재하는 동안에는 가계 떨거지들이 감히 경영진에 들어올 수 없었다. 들어올 수는 있어도 떠들 수는 없었다. 박이사가 사라지자 가계 떨거지들의 시대가 열렸다. 이미 들어와 있던 자는 위치를 확고히 하려 했고, 아직 못 들어갔던 자들은 이리저리해서 한자리씩 꿰찼다. 이렇게 가계적으로 꾸려진 경영진은 한 사람씩 총대를 멘다. 목소리 큰 순서대로.

나서는 자마다, 잘난 듯이 박이사가 쌓아올린 방식을 무시하고, 새로우면서도 혁명적인 경영을 선보인다. 그로 인해 야기된 사태에 허둥지둥 대처하느라 몇 개월을 바쁘게 살다가, "나는 더 이상 못하겠소!" 스스로 물러나거나, 다른 자들의 "때려쳐!" 하는 악다구니를 견디다 못해 도중하차한다. 그 가계의 결정판이 바로 서모 부사장인 거다. 나는 정말이지 서모 부사장을 만나면 물어보고 싶다.

"대체 뭔 생각을 갖고 사신대유?"

쇠북공기 역사상 최초로 급여가 안 나왔던 달, 가계 인물들은 거의 남아 있지 않았다. 다 어디로 갔는지 모르겠다. 남아 있는 사람은 자신에게는 아무런 잘못도 없음을 강조하면서 딴전을 피웠다. 원펀치 서모 부사장과 원투펀치를 형성했던 차모 이사가 그 대표적인 인물이다. 그는 요즘 입에 바느질을 한 모양이다.

그래서 아이러니하게도 실질적인 경영주이면서도 한 번도 실질적으로 경영해본 적이 없는, 해보려고 한 적도 없는, 늘 남에게 떠맡기고 뒤에서 놀았던 서사장이 침몰 직전의 타이타닉을 이끌게 되었다.

박이사를 떠나게 만들고, 박이사가 떠난 이후에는 경영권을 가계 인물들의 쟁탈전이라는 시궁창 속에 방치한 것은, 분명 서사장이 뿌린 씨앗이었다고 할 수 있다. 그리고 이런 파국은 뿌린 대로 거두는 것이니, 뿌린 대로 거둔다는 속담은 서사장을 위하여 준비되어 있던 말 같았다.

그러나 그런 속담보다는 이런 속어구가 더 어울리지 않을까. '혼자서 덤터기 쓰다' 여기에 동의하는 직원들이 많아, 서사장은 '불쌍한 사람'으로 통하기 시작했다.

하지만 직원들은 이 '불쌍한 사람' 역시 핏줄은 못 속이는 사람이라는 것을 곧 깨달았다. 그동안 서씨 가계의 인물들이 대개 그렇듯이 서사장도 고집이 셌고, 실무자들의 말을 개소리로 취급했으며, 직원들의 말들은 더더욱 귀담아듣지 않았으며, 남들이 보기에는 죽어도 안 되리라 싶은 것만 골라, 홀로 막연히 될 것이라고 기대하고 주장했다.

2차 구조조정

회사가 어떻게 돌아가고 있다는 것을 잘 알기에, 그 어떤 직원도 2022년 4월 급여가 나오리라고 생각하지는 않았지만, 그래도 체불된 지난 3월 급여는 나오지 않을까, 다는 안 나오더라도 절반은 나오겠지, 내심 기대했던 직원들은, 한 푼도 나오지 않자……, 아아, 차마 그들의 모습을 어찌 형용할 수 있으리오.

월급도 안 나오는 판에, 서사장이 주도하는 경영진은 2차 구조조정안을 발표했다. 스스로 퇴직하면, 즉 명예퇴직하면, 밀린 임금을 지급하고 퇴직금을 3개월로 분할 지급해주겠다는 것이었다. 위로금 30만 원과 함께. 여기까지도 많이 웃기지만 진짜로 웃긴 것은 절차의 신속함과 간소함이었다.

4월 20일에 구조조정안이 만들어지고, 24일에 공고되고, 27일에 지원자 접수가 마감되고(저녁때까지 지원 접수자가 서른 명도 안되자, 일방적으로 전 직원을 지원자에 넣어버렸다. 결국 공고니 접수니 하는 절차를 거쳤지만, 그거 다 무시되고, 회사가 골라서 자르는 게 돼버렸다), 그다음 날 28일에 명예퇴직자 명단이 나붙었다. 번갯불에 콩 구워 먹는 수작이 아닐 수 없었다.

20세기 말 아이엠에프 이후 한국에는 헤아릴 수 없이 많은 구조조정이 있었다지만, 쇠북공기보다 기이한 예는 찾아보기 힘들 것이다. 그런데 불현듯 걱정이 된다. 쇠북공기 정도는 '기이

한'의 '기'에도 못 미친다고 시시해하는 사람들이 있을까 봐. 있을 거야, 아마도. 구조조정이 좀 많았어야지.

아무튼 서사장의 마지막 카드는 바로 '매각'이었다. 인수 대상자는 이름을 대면 한국 사람 열에 아홉은 알겠다고 고개를 끄덕일 모 쇼핑몰의 주인이었다. 그런데 그 인수 대상자는 다음과 같은 무시무시한 조건을 내걸었다. 현재 120명 선인 직원을 70명 선으로 정리해라. 즉 서사장은 인수 대상자의 말만 믿고, 구조조정이라는 미명 아래 50여 명을 잘라버린 거였다.

그나저나 나는 왜 들어가는 회사마다 이 모양인지 모르겠다. 내가 다닌 다섯 개의 회사가 다 이런 식이었다. 툭하면 구조조정한다고 겁주고 툭하면 월급을 안 주었다. 그래서 더럽고 아니꼽고 치사해서 스스로 사표를 날린 적도 있었다. 이번에도 사표를 날리고 싶은 마음이 하루에도 열두 번 일어났으나, 쇠북공기에서 일하고 있다는 자부심이 그렇게 하지 못하게 했다. 나 말고도 많은 직원들이 쇠북공기인의 자부심 하나로 나날을 버텼다. 침몰하는 타이타닉은 명성 하나로 많은 청년들을 붙잡고 있었다.

나는 신청자 명단 중에서 최이지라는 낯익은 이름을 발견하고 한참을 웃었다. 최이지는 아르바이트였는데, 내가 정식 사원이 되게끔 다리를 놓아준 직원이었다. 4월까지 해서 수습 3개월을 마친 최이지는 드디어 소원하던 정식 쇠북공기인이 되었는데, 이렇게 명예퇴직에 자기 이름을 올린 것이다. 세상에 이런 구조조정도 있나. 수습 3개월 경력을 가지고 명예롭게 관두겠다니. 하지만 세상에 이런 구조조정은 쌔고쌨다고 말하는 사람도 있을지 몰라.

어쨌든 52명의 직원이 명예퇴직했다. 3개월 된 수습사원에서부터, 경력 1년 미만의 사원이 대개이고, 어쩌다 입사 15년차의 노조 부위원장이 포함된, 그런 구조조정이었다.

인수되는 그날까지 공기는 팔아야겠기에, 명예퇴직자의 자리를 아르바이트로 채웠다. 그런데 매장 직원은 아르바이트로 금방 대체가 가능했지만, 나머지 팀에서는 그렇지가 않았다. 그래서 전날 명예퇴직한 경력자와 실무자들의 대부분이, 다음 날부터는 아르바이트로 출근하는 진풍경이 벌어졌다.

나도 그런 이들 중의 하나였다. 작년 10월에 입사한 나는, 쇠북공기의 최후까지 쇠북공기인으로 남고 싶었지만 결국 명예퇴직한 나는, 나 없으면 일이 안 되는 총무과를 위해서, 명예퇴직한 다음 날에 아르바이트로 출근했던 거다.

1차 부도

쇠북공기를 인수하겠다고, 그 선결 조건으로 50명을 자르라고 했던 곽모 사장, 그가 돌연 인수 포기 선언을 했다. 우리 쇠북공기의 경영주, 가업을 이어받은 자, 서사장은 곽모 사장 말을 철석같이 믿고, 수습사원 3개월을 겨우 마친 최이지 같은 애까지 자진 퇴직하게 하여, 약속을 지켰는데, 그랬는데…….

쇠북공기 경영진들이 웅거하고 있는 7층의 사무실 하나를 차지하고 앉아, 틈만 나면 매장을 순시하며 벌써부터 쇠북공기의 새로운 주인이라도 되었다는 듯이 어여쁜 아르바이트들에게 흐뭇한 웃음을 지어주던 그 곽모 사장. 땅값이 비싸기로 유명한 북한 땅에 그렇게나 큰 쇼핑몰을 세웠을 정도로 이재에 밝은 사람이니 며칠 만에 파악했을 거다.

부채 백억 원에 매달 1억의 적자가 발생하고 있는 쇠북공기를 인수하느니, 보배산소나 바람산소 같은 것을 하나 세우는 게 더 낫겠다는 것을.

곽모 사장은 장난이었다 해도 서사장은 장난이 아니었을 것이다. 그는 정말로 쇠북공기를 팔 생각이었다. 그래서 2차 구조조정이라는 미명 아래 50여 명의 목을 자르고, 부동산을 팔아가며, 이제까지의 부채는 그렇다 치더라도, 더 이상의 부채를 막아보려고, 발악을 했다.

나는 지난 두어 달간 쇠북공기의 경영이 매각에 초점을 맞추고 진행되어 왔다는 얘기를 하는 거다. 그래서 인수를 약속했던 자가 사라지자, 쇠북공기는 더 이상 뭘 어떻게 해볼 수가 없는 풍비박산 상태가 되었다는 얘기를 하는 거다.

2022년 5월 말일 1차 부도가, 즉 "너희들 한 번만 더 어음 안 막으면 끝장이다, 정신 차려!"라는 은행 측의 경고가 있었다. 이제 쇠북공기에게 남은 건 하나뿐이다.

그것은 최후!

오늘도 나는 최후의 날을 기다리며 아르바이트에 매진하고 있다. "정식 직원일 때보다 더 열심히 일하네, 돈 거 아냐?"라는 소리를 들어가며. 그러나 하하, 나는 옛날 옛적 가전의 형식을 흉내내어 쇠북공기의 전을 짓고 있었다.

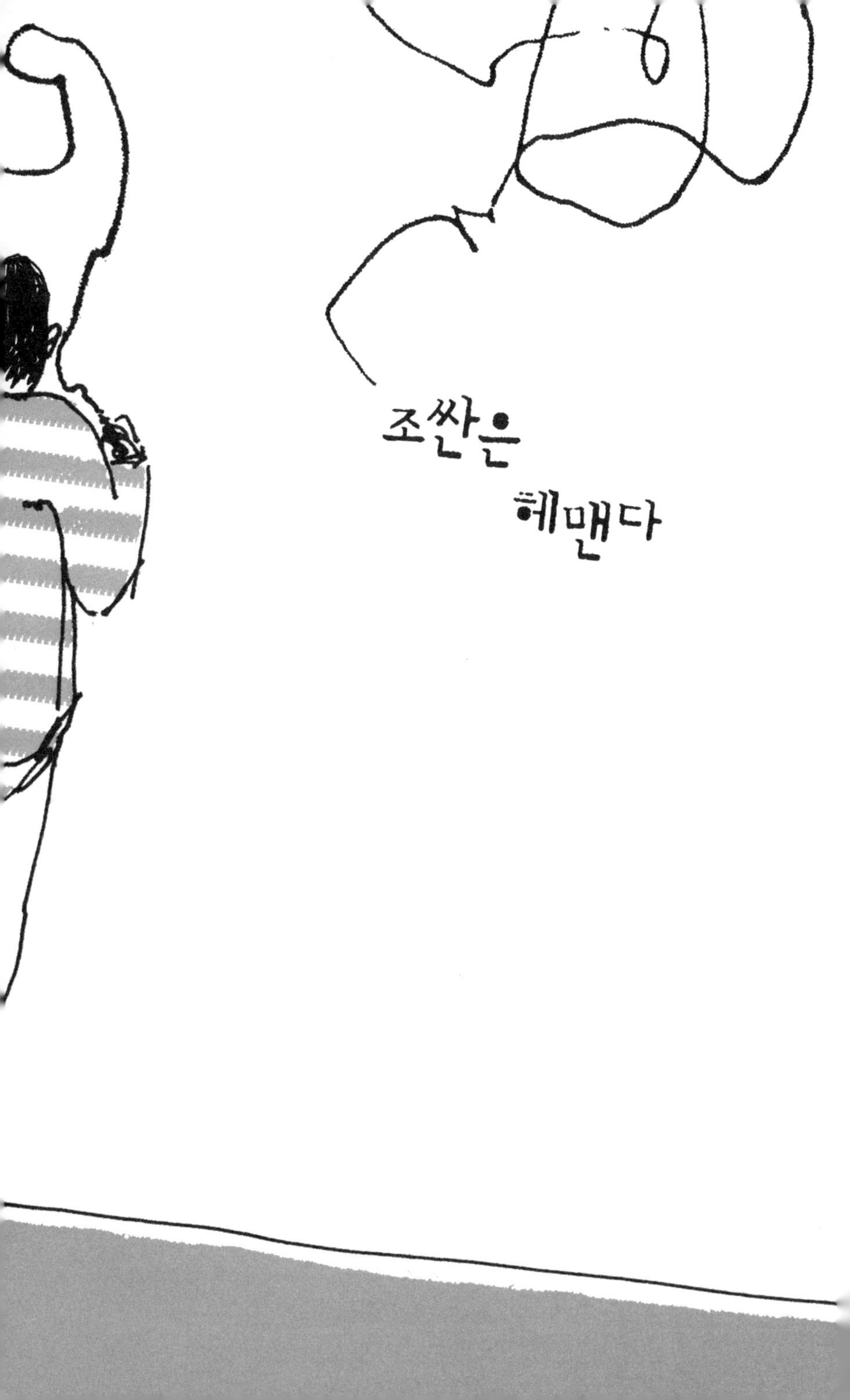
조싼은
헤맨다

가

조은기(58세)는 직함을 여러 개 가지고 있었다. 기독초등학교총동창회 부회장, 기독면정의실천협의회 회장, 기독중학교총동창회 회장, 기독면자율방범대 대장, 혼주시 정책자문위원, 혼주고등학교총동창회 간사, 혼주시민고충상담위원회 이사, 혼주문학회 부회장, 혼주경제인회의 자문, 시이혼(시민이 이끌어나가는 혼주) 회장, 혼주시민연대 발기인, 혼주출판인쇄자회의 사무국장, 혼주인쇄소 사장. 이상이 명함에 찍어가지고 다니는 바였고, 명함에 밝히지 않은 직함도 20여 가지는 되었다.

조은기는 기독면 현음리 출신으로 기독면의 네 개 초등학교 중, 집에서 가장 가까웠던 기독초등학교와, 기독면에 하나밖에 없는 기독중학교를 다녔다. 혼주시에 있는 네 개의 고등학교 중, 실업계와 인문계가 복합되어 있던 시절의 혼주고등학교를 다녔다. 대학은 다니지 않았지만 방송통신대학교 졸업장을 땄다.

그의 아버지와 형들은 조상 대대로 전해져 온 기독면의 산과 전답을 팔아 혼주 시내로 나온 이래, 다섯 가지 업종에 손을 대었는데, 족족 성공을 거두었다. 아버지와 형들이 사업에 분골쇄신하는 세월 동안, 막내 조은기는 마음껏 지랄을 떨었다.

소규모 폭력 조직의 좌장 노릇을 하기도 했고, 입산수도하다가 사찰을 풍비박산으로 만들기도 했고, 전국을 돈으로 맥질하며 떠돌기도 했고, 수많은 여자를 상대로 화간과 강간을 되풀이했으며, 그중 몇 명의 여자와는 풍전등화 같은 살림을 살기도 했다.

그는 자기 힘으로 돈을 번 적이 없었지만, 무슨 일을 하든, 돈은 다 자신이 부담했으므로, 늘 상당한 자금이 필요했는데, 집안의 돈을 훔치거나 아버지와 형제들을 핍박하여 얻어내고는 했다.

아버지와 형제들로부터는 개망나니 취급을 받았고, 그에게 달라붙어 실컷 뜯어먹은 사람들에게는 화수분 방임 금고였고, 그의 집안에 대해 입방정깨나 떠는 시민들에게는 그 집안의 오점으로 낙인찍혔다.

그러던 차에 아버지와 형제들이 몇 년 사이에 모두 불귀의 객이 되었다. 졸지에 그는 집안의 모든 것을 떠안게 되었다. 어떤 시민들은 개망나니가 졸지에 돈방석에 앉아버렸으니 그 집안은 수삼 년을 지탱하지 못할 것으로 내다보았다. 그 집안의 재산은 먼저 줍는 자가 임자라고 말하는 사람도 있었다. 하지만 그들이 간과한 것이 있었다. 개망나니 세월이 그를 키웠다는 것.

그는 무수한 이들로부터 집요한 공격을 받았지만, 수삼 년 동안 끈질기게 막아냈다. 그러자 이제까지 불리로 작용했던 것이 크나큰 자산으로 바뀌기 시작했다. 복잡다단했던 과거 시절에 사귀었던 사람들이 적대자 혹은 노리는 자에서, 우호적인 자들이라는, 인맥의 저변으로 변질되어버린 것이다. 이후로 그는 탄탄대로를 달렸다. 재력만 따져서 혼주시에서는 으뜸 버금을 다투었고, ○○ 남도에서는 열 손가락에 꼽히기에 이르렀다.

그가 정치와 만난 것은, 공자님이 논어에서 일컫기를 천명을 알았다는 나이였다. 30년 만에 치러진 지방 의회 선거에 입후보한 것이었다. 이때는 자의보다 타의가 컸다. 주위의 유지들이 내남없이 권하고 추켜세웠다. 주소를 고향인 기독면으로 옮겼으며, 출마했고, 기독면과 인근 2개 면을 대표하는 시의회 의원이 되었다. 부활된 지방 의회는 국가에서 임명한 자치단체장이 존속하는 상황이었기 때문에 아직은 유명무실했다. 하지만 시의원 자리는 누릴 만한 것이었다.

그는 4년 뒤에 상향 조정하여 도의회에 입후보했다. 하지만 형편없는 득표로 낙선했다. 이듬해에는 국회의원 선거에 나섰다가 꼴찌 득표를 했다. 이후에도 몇 번의 보궐 선거에 얼굴을 내밀었지만, 성과를 얻지 못했다. 혼주 시민들은 앞으로 있을 거의 모든 선거에 그가 단골 낙선자 노릇을 해줄 것을 의심하지 않게 되었다. 이제 그의 인생은 돈이 목표가 아니라 선거에서 승리하는 것이 목표가 되었다.

나

혼주고등학교 사회 교사 정호채(36세)는 클릭하고 또 클릭하는 나날을 보내고 있었다. 소위 네티즌이 된 지 아홉 달째였다. 직장에서는 틈만 나면 클릭하였고, 귀가하여서는 웬만한 일이 아닌 한 보고도 못 본 척하고 거의 늘 클릭만 해대었다. 직장에서는 1분 1초를 아까워하는 정신으로 교과 지도 연구에 여념이 없다고 칭찬을 받기도 했지만, 가정에서는 결혼 생활 8년 동안 열 번도 발생하지 않았던 잡음들이 동시다발적으로 터졌다.

아내는 곧 알게 되었다. 인터넷이 남편을 빼앗아갔다는 것을. 딱 하나의 증거만 들어보면, 남편이라는 작자가 새벽이 밝아오거나 말거나 졸려 쓰러질 때까지 인터넷에 줄곧 눈과 귀, 심지어는 코까지 처박고 있었기에, 일주일에 적어도 두 번은 가졌던 잠자리가 한 달에 한 번도 간신히 할 정도로 줄어들었다.

호채는 가정의 위기를 충분히 감지했으면서도 클릭을 멈출 수가 없었다. 그는 인터넷의 바다에서만큼은 신출귀몰이었다. 교과와 관련된 바를 산지사방에서 끌어다가 추스르는가 하면, 바둑 사이트에 들어가 승급을 위한 처절한 승부를 치르고 있었고, 이름난 사이트에 들어가 전국 진보적 지식인들의 글을 검색하였고, 나아가 자신의 주장을 게시하였고, 경품 사이트에 들어가 퀴즈를 풀거나 소비자 의견을 적고 있는가 하면, 이 신문 저 신문 가릴 것 없이 발췌독하고 있었다.

그러던 어느 날 호채는, 조싼이 혼주시에 반입될 예정임을 충분히 예측할 수 있는 기사를 보았다. 그 기사는 모 중앙일간지에 열몇 줄, 그리고 ○○ 북도 언론군일보에 반면 가량이 나왔는데, 둘 다 한 달 전 것이었다.

두 신문에서는 이렇게 언급하고 있었다.

'○○ 북도 언론군에서 추진하고 있는 조싼 타도 이적사업에 네 개의 업체가 사업계획서를 제출했는데, 그중 ○○ 남도 혼주시의 ㅎ실업이 설계 평가 1위를 받았다. ㅎ실업이 명시한 대체매립장은 입찰 서류에 확장 이전이 명시됐고, 주민들의 동의서까지 첨부돼 심사위원 18명 전원으로부터 1위를 받아 절차상 적법성을 인정받았다. 드디어 언론군의 암 덩어리, 도의 경계를 넘어 수도권에까지 악명을 드날리고 있는 조싼이 처리될 전망이다.'

조싼이라니! 조싼이 온다니. 호환 마마보다 더 무서운 것이라고 소문이 난 그 조싼이 온다니!

여기서 잠깐, 오해하실 분들이 있을 것 같아 '조싼'의 어원을 밝혀두기로 한다. ○○ 북도 언론군에서 기존의 엽기매립장은 포화 상태가 되고, 새로운 엽기매립장은 구하지 못해, 나날이 배출되는 엽기를 할 수 없이 어딘가에 임시로 매립하게 되었다. 임시가 계속이 되어 엽기는 수년간 한없이 쌓였다. 멀리서 보면 마치 사내의 성기를 닮은 산 같을 정도로. 그래서 길게 말할 땐 '좆대가리 (같은) 산', 짧게 말할 땐 '대가리 같은'이 빠지고 '좆산'이라 불리게 되었다. 긴 말은 공공연하게 일컫기에는 비속하다 하여 안 쓰이게 되었다. 비속하기는 마찬가지이지만 '좆산'에서 'ㅈ'이 탈락되고 된소리되기 현상이 일어나 '조싼'이란 말로 정착된 거였다. 언론군은 새로운 매립장을 기어이 구하기는 했지만 조싼까지 거둘 수 있을 만큼 크지가 않았다. 때문에 언론군은 조싼을 보낼 곳을 찾아 헤매고 있었던 것이다.

호채는 분노로 심장이 팔딱팔딱 뛸 만큼 격앙된 채 혼주시 시청에서 개설한 시민 게시판으로 달려가 썼다.

'갯벌의 대부분을 간척공사에 바쳐왔고, 화력발전소를 가지고 있는 것도 모자라 아름다운 앞바다에 둥둥 떠 있는 23개의 섬들 중에서도 가장 괜찮다고 소문난 섬 중의 하나인 무슨 섬에 원자력발전소를 유치하려 하였다가 전국적인 우스개를 당하였으며, 댐이다 뭐다 해서 환경을 이야기할 때 어디 가서 얼굴을 내밀 자격이 없는 혼주 시민들이여! 이번에는 엽기가 오고 있다. 조싼은, ○○ 북도 언론군의 거대한 엽기 산더미 조싼은, 국가적으로 호가 난 지극히 더러운 것이다. 듣지도 못하였는가? 그 어떤 외압과 회유에도 굴하지 않고 앙앙 울어대던 아이도

'조싼'이란 말 한마디에 뚝 그친다는 세기말판 속담을. 그 조싼이 혼주의 땅으로 오려 하고 있다. 혼주 시민들만 모르고 있다. 조싼은 우리 혼주 시민들이 잠들어 있는 시각에 슬그머니 다가와 우리의 숨통을 막아버릴 것이다. 혼주 시민들이여, 깨어나라! 깨어나서 조싼을 막아내자.'

그리고 한 시간쯤 뒤에 조금 진정된 국면에서, 자신이 검색해낸 기사를 게시판에 올렸고, 또다시 새로운 장문의 글을 게재했다. 또한 그것들을 복사하여 혼주신문 사이트, 혼주시민연대 사이트에도 올렸고, 인근 타 도시의 유력한 신문에도 올렸다.

호채가 겨우 멈추고 정리하는 의미에서 바둑이나 한판 두고 잘까 했을 때는 일요일 오전 여섯 시쯤이었다. 그때까지 뜬눈으로 뒤척이고 있던 아내가 서재로 건너오더니 모니터를 들었다. 호채가 멀뚱멀뚱하는 사이, 아내는 베란다 창문을 열고 모니터를 던져버렸다. 이어서 컴퓨터 본체도 내다 던졌다. 어안이 벙벙해진 호채에게, 아내는 말했다.

"당신이 내 남편이야? 조싼 같은 놈. 나가! 나가서 인터넷하고 살아."

아내는 유치원 다니는 딸에게서 '조싼 같은 놈'이라는 욕을 배웠다.

다

장영선(49세. 기독면 평의리에서 30년 역사를 지닌 무슨무슨 교회의 목사로 봉직 중): 일찌감치 땅 팔아버리고 외지로 떠버린 사람들 도장을 받아다가, '주민들의 동의서까지 첨부돼'라고 사기를 때려? 하나님한테 좀 맞아야 될 놈들이구만.

박경림(52세. 산장리 이장이며 논 다섯 마지기와 밭 4백 평을 짓고 있다. 기독면 이장협의회 회장): 꼭 그렇지만은 않을 겨. 나라도 누가 돈다발 내밀고 동의서에다 사인해달라고 하면 쉽사리 거절 못할걸. 아무리 못해도 한 여남은 명은 진짜로 동의했을 겨.

김구문(45세. 원내리에서 백여 마지기를 짓고 있으며 한우 50마리 사육. 기독면 후계자농업인 모임의 회장): 그런디 까마득히 몰랐슈. 그 애물단지가 벌써 기한이 다 차버렸다니. 6년 되었나, 7년 되었나.

박경림: 그쯤 되었을 거이다. 그때 참 시절 좋았지. 목사님은 잘 모르시겄네.

김구문: 좋기는 뭐가 좋았슈. 내가 그놈의 엽기장 때문에 화증 쌓아온 것을 생각하면 미국이다 테러한 애들마냥 겁나는 짓거리 안 저지르구 살아온 게 용타니께유.

박경림: 하기사 자네는 그때도 반대파였지. 소를 키웠시니께.

김구문: 그류, 나 같은 게 환경까지 생각하며 반대했겄슈. 엽

기장 들어서면 소 키우는 게 겁나게 힘들어버릴 게 뻔했잖유. 아니나 달러유. 내가 그때도 백 마리 넘게 키웠는디, 6, 7년간 죽을 고생을 해가며 간신히 쉰 마리를 버팅기구 있을 뿐유. 하여튼지 간에 우리 집 소들한티 이런 막말하기는 거시기하지만서두유, 제대로 크는 놈을 못 봤슈. 당연허겄지유. 다른 동네서는 해마다 대풍이라구 또 쌀값 떨어지겄다구 걱정들을 하는디두, 이 근방서는 태풍이 대여섯 번 휩쓸고 간 논바닥마냥 소출이 형편없었잖유. 그 논바닥서 난 볏짚을 먹고 큰 것들이 무슨 살이 찌겄슈.

박경림: 자네 생각만 하지 말구, 다른 사람들두 좀 생각을 혀봐. 자네처럼 좀 많이 가진 사람도 몇몇은 있지만 예나 지금이나 대부분 겨우 몇 마지기 가지고 있는 사람들이거나, 논뙈기는 커녕 밭뙈기도 못 가진 사람들도 많았어. 농사져서는 답이 안 나오는 인생들이었제. 어떤 동네는 탄광이란 게 있었고, 또 어떤 동네는 해수욕장을 끼고 있고, 해튼 뭐 하나씩은 끼고 있어서 농사 아니더라도 어떻게 살아볼 방도가 있었어. 그란디 우리 동네는 아무것도 읎었어. 그란디 엽기매립장이 들어선다고 혔던 거여. 인정할 것은 인정해야 더. 그 엽기매립장 때문에 우리 면이 그래도 한 3년은 돈이 굴러다녔제.

김구문: 대신 동네가 절단났잖유. 산 버리고 물 버리고 땅 버리고. 심지어는 인심도 버렸쥬.

박경림: 누가 아니래나. 처음엔 그랬단 말이지.

장영선: 형님, 형님은 대체 반대유, 뭐유? 하도 알쏭달쏭하게 말해서 진의가 무엇인지 모르겄네.

박경림: 엽기매립장 확장에 반대하고, 조싼 이전에 대해서도 결사 반대햐.

김구문: 그런디 왜 그렇게 엽기매립장 편역을 들어유?

박경림: 이놈아, 세상일이라는 게 딱 부러지는 게 아니다.

이청락(42세. 농민. 혼주시 농업경영인회 사무국장): 하지만 집단행동에 나설 때에는 딱 부러질 수밖에 없습니다. 기면 기고, 아니면 아니고.

박경림: 기라니께요. 엽기매립장은 이제 버려야 될 유산이겄쥬.

차이괄(35세. 혼주신문 기자. 시민연대 사무국장): 엽기매립장이 마을의 경제나 복지에 더 이상 도움이 안 된다는 것은 여러 자료를 통해서도 증명할 수 있습니다. 게다가 조싼은 이 마을은 물론이고 혼주시 전체적인 차원으로 보았을 때도 경제적인 이익을 전혀 기대할 수 없는 무익한 것일 뿐입니다. 운송업체나 조금 이익을 볼까 모르겠습니다.

이청락: 필시 시장과 운송업체 간에 밀실 합의가 있었을 겁니다.

차이괄: 조싼은 좀비보다 비열하고 드라큘라보다 잔인하고 야차보다 끔찍한 해악 덩어리입니다. 그게 만약 우리 혼주시에 들어온다면, 그러지 않아도 미군 공군 비행장이다, 화력발전소다

뭐다 해서, 사람 살기 버거운 땅이 더더욱 버겁게 될 것입니다.

박경림: 우리 혼주 땅이서 거시기 뭐시기 운동한다는 사람들은 툭하면 화력발전소를 걸구 넘어지는디, 그것 때문에 혼주시가 먹구산다는 것도 인정은 혀야지. 환경이야 안 좋겄지만.

차이괄: 앞으로의 시대는 무조건적인 개발을 지양하고, 있는 그대로를 효율적으로 활용해야 합니다. 간척지를 탐하기보다는 갯벌을 살려 새로운 부가가치를 창출해야 하고, 들판과 임야에서도 작정 없는 개간이나 혐오 시설을 유치한다든가 하는, 눈앞의 것만 생각하는 사업보다는…….

박경림: 됐어. 됐구만. 그러니께, 뭐여. 조싼을 막아내자는 거 아녀. 그리고 이참에 엽기매립장을 완전히 문 닫게 해버리자는 거 아녀.

장영선: 좋습니다. 좋아. 그러면 의견들이 통일됐다고 보구, 이제부터는 조싼을 막아낼 구체적인 방안을 내봅시다.

라

기독면은 열한 개의 리로 이루어져 있었다. ㅎ실업이 운영을 맡고 있는 엽기매립장은 행정구역상 계옥리에 소재했다. 계옥리는 엽기매립장 건설 공사가 한창일 때는 때 아닌 문전성시로 연일 난리법석이었으나, 공사가 끝난 후에는 사람들이 거의 살지 않게 되었다. 원래 산골짜기에 인접한 땅이라 볼만한 농토가 드물기도 했었지만 그나마 없어지자 대개 마을을 등질 수밖에 없었던 것이다.

계옥리를 둘러싸고 있는 산장리와 용황리는 계옥리와 피차일반의 형편이었고, 이들 마을의 아래쪽 도에서 세번째, 네번째 하는 기독저수지라고 제법 큰 호가 있었는데, 그 저수지 건너편에 밀집된 천향리, 평의리, 현내리가 기독면의 최대 곡창지대라고 할 수 있었다. 들판을 벗어나서 국도가 지나가는 길 중 기독면의 중심에 자리 잡은 곳이 원내리였다. 이 원내리가 면소재지가 되었고 경제적으로 보나 문화적으로 보나 또 무엇으로 보나, 기독면의 중심지가 되었다. 이런 식으로 소개하면, 시골 면 단위 주제에 최대 곡창은 뭐고, 경제적, 문화적은 또 뭐냐고 눈꼴셔 하는 분이 많겠다.

그런 분들을 위해서, 송구스럽다는 말 한마디 여쭙고, 뻔뻔하게 이어나가자면, 그 원내리의 마을회관에서, 날씨가 갑작스럽게 추워진 어느 날 면민 긴급 대책회의가 열렸다.

대책회의가 성사된 데에는 선거에 목숨 걸고 산다는 소문이 자자한 조은기의 힘이 가장 컸다. 조은기가 동참하기 전에는 매우 비관적이었다. 장영선, 박경림, 김구문 등은 영향력 있는 지역 유지들, 이장들, 크게 농사짓는 사람들 등을 대상으로 설득에 나섰지만 대개 시큰둥하였다.

저수지 건너편에 있는 엽기매립장은 대개의 면 사람들에게 강

건너 불로밖에 여겨지지 않는 듯했다. 엽기매립장이 저수지를 크게 망쳤고, 그 영향으로 기독면의 논농사가 현저히 위축되어 왔으며, 대기까지 오염시켜 야산의 수목은 병들어왔고, 조싼이 더해진다면 이전까지 있었던 피해의 수십여 배에 달하는 피해가 뻔하다는 식의 설명은, 면민들에게 피부로 와 닿지 않았다. 기독면의 엽기매립장은, 기독면민들에게 너무 멀리 있었다.

주동자들은 선거에 목숨 걸고 산다는 소문이 자자한 조은기를 끌어들이기로 했다. 조은기는 주동자들의 환경 강의를 두어 시간쯤 묵묵히 들은 뒤에 흔쾌히 말했다.

"이 사람이 무슨 힘이 있겠습니까만 발 벗고 나서보겠습니다. 왜 하필이면 우리 혼주시에 조싼이 온단 말입니까? 또 하필이면 우리 기독면입니까. 저도 정치를 하는 사람이라 지역 일에 민감하고 밝다 보니까 엽기매립장에 대해서 잘 압니다. 우리 기독면 사람들은 손해를 보아가면서 엽기매립장을 껴안고 살아왔습니다. 희생이었죠. 이제 희생할 만큼 희생했다고 생각합니다. 기독면민의 권리를 찾을 때가 온 것 같습니다."

조은기의 기독면 선거운동 조직이 움직이자 단박에 상황이 달라졌다. 사람들은 모이기만 하면 엽기에 대하여 토론했으며, 조싼을 성토했고, 조싼을 끌어들이려고 하는 자들을 격렬히 비난했다. 주동자들은 갑자기 역전되어 전도양양한 분위기에 흥분하면서도, 사람들의 표리부동함에 깊이 회의하는 이율배반에 시달렸지만, 이미 붙은 불이었다. 혼주신문이 기독면의 술렁거림을 보도한 날, 드디어 긴급 대책회의가 개최되었던 것이다.

대책회의는 활발하게 진행되었다. 신속히 의견이 통일되었고, 그에 따른 대책이 원활하게 논의되었다. 자금 동원 방법에 대한 이야기가 나왔을 때는 이런 장면이 연출도 없이 만들어졌다.

계옥리 이장 정원명(50세)이 한구석에 처박혀 있는 양동이를 끄집어내더니 발언권을 요청했다.

"구질구질하게 놀지 말고 화끈하게 놉시다. 많이 있는 사람은 조금 많이 내고, 여유 있는 사람은 여유 있게 내고, 부족한 사람은 부족한 대로 내고, 없는 사람은 없는 대로 냅시다. 내가 먼저 시범을 보이겠소."

지갑을 꺼내더니 만 원짜리 열몇 장을 양동이에 떨어버리고 들어가는 것이었다. 마을회관은 백여 명 넘게 가득 차 있었다. 몇 사람이 단상에 나와 양동이에 돈을 넣자, 대부분 너도나도 내겠다고 일어섰다. 어느 결엔가 양동이가 사람들 사이로 들어갔고, 양동이는 붕붕 떠다니면서 돈으로 살찌워졌다.

마

전투경찰 박민욱(21세)은 아스라하게 펼쳐진 혼주시 전경에 마음을 빼앗기고 있었다. 시청이 산 중턱에 위치하고 있어, 올망졸망한 시가지가 훤히 내려다보였다. 시가지 너머로 시야를

넓히니 들판과 갯벌이었다. 저 너머에 바다가 있겠군. 바다 본지 참 오래되었다. 이번에 휴가를 나가면 꼭 바다를 만나러 가야지. 혜정아, 이제 20일 남았다. 조금만 더 기다려다오.

"야, 개새꺄. 너 또 계집애 생각했지. 이 엄중한 분위기에 혼자 쪼개구 있슈. 내 참 기가 막혀서."

고참은 민욱의 정강이를 워커 발로 깠다.

"이제 겨우 신병 티를 벗은 게 감상에 빠져 있슈. 에라 한 대 더 맞아라! 새꺄, 긴장 좀 해!"

박민욱은 얼굴로는 바짝 정신을 차린 척했지만, 속으로는 고참에게 욕을 삼태기로 퍼부어주었다. 사실 긴장이 되지 않았다. 진압의 매너리즘에 빠졌다고나 할까. 격렬한 몸싸움과 시위자들의 돌멩이질을 견뎌야 하는 살벌한 때도 간혹 있었지만, 비디오나 뉴스 화면에서 본 옛날에 비하면 애들 장난하는 것이었다. 그리고 대부분은 집회 참여자들과의 육체적 마찰이 거의 없었다. 긴장이 될 건더기가 없었다. 그나저나 이렇게 조그만 고장에서마저 시위 진압이니, 한반도 어느 고장인들 조용할까.

지난 5개월 동안 얼마나 잦은 출동을 나갔던가. 쌀값 보장을 요구하는 농민들, 러브호텔 추방을 외치는 아주머니들, 지방 고유사무에 대한 국회의 감사를 거부하는 공무원들, 화학무기 폐기시설 철회를 부르짖는 어민들, 생존권 보장과 이주 보상 대책을 주장하는 철거민들, 월급제를 촉구하는 택시 기사들, 교육정년 1년 연장과 교원 성과상여금제를 반대하는 교사들, 중초

교사제에 반발한 교대 대학생들, 뭐가 불만인지 잘 모르겠는 의사와 약사들, 그리고 한총련 소속 대학생들…….

별의별 일로 별의별 집회와 시위가 창궐했다. 이번엔 뭐랬더라. 엽기처리장 문제라고 했었지. 소대장의 간단한 설명에 따르면 엽기처리장 확대를 불허해달라고 요구하는 시위라고 했다. 이젠 엽기까지! 정말 엽기적인 사태군. 한때는 집회를 지켜보면서 생각을 하기도 했었다. 집회 참여자들이 정당한 것인가, 집회가 발생하도록 만든 누군가들이 정당한 것인가 하는 문제들을.

그러나 지금은 그따위 생각을 하지 않았다. 생각할수록 골치만 아팠다. 집회 참여자들이 옳다 싶을 때가 많았지만, 깊게 생각해 들어가면 그게 아닌 것 같을 때도 많았던 것이다. 더욱 깊게 생각하면 이것도 저것도 아닌 것 같고, 더 깊게 생각하면 뭐가 뭔지 마구 헛갈리면서 머릿속만 어질어질했다. 시나브로 아무 생각 없이 방패나 붙잡고 있는 게 최선이라는 것을 알게 되었다. 분명히, 군부독재의 개 노릇 하는 데 생때같은 청춘을 허비하고 있다고 자괴하거나 분노할 수 있는 시대의 전투경찰이 아니었다. 참 난감한 시대의 전경이었다.

소대장의 무전기가 자글자글 끓었다.

"애들아, 이제들 오신단다. 저번에처럼 내 명령 없이 경거망동하는 놈 있으면 그냥 멱 따버린다."

지난번 노동자들의 집회 때 고참 하나가 노동자들의 욕질에 흥분하여 곤봉을 무작정 휘둘렀다가 몇몇 노동자에게 합쳐서 전치 10주의 상해를 낸 적이 있었다. 부대 자체적으로도 과잉 진압이라는 판단이 내려졌다. 고참 당사자는 영창에 다녀왔고, 소대장도 어지간히 속깨나 썩었었다.

어떤 소리가 처음엔 아스라하더니 시나브로 커져왔다. 징과 꽹과리와 장구와 북과 소고가 만들어내는 소리였다. 민욱은 저 소리가 끔찍이 싫었다. 그는 이 세상의 집회를 단 두 가지로 구분했다. 저 끔찍한 소리가 있는 집회와, 없는 집회.

저 소리를 무척 좋아하며 즐기며 '민족의 뭐뭐', 운운해가며 떠받들며 하는 사람들이 많다는 것을 알고 있었다. 그래서 한국인이며 농촌의 아들임에도 불구하고 농악을 싫어하다니 난 근본도 신명도 없는 놈이 분명해, 자괴한 적도 있었더랬다. 하여튼 간에 귀를 철갑으로 싸 바르고 싶게 만드는 농악 소리가 이젠 손에 잡힐 듯했다. 마침내 농악대가 모습을 드러내었다.

이어서 '결사 반대' 혹은 '단결 투쟁' 혹은 '엽기 추방' 혹은 '농민 만세'라고 씌어진 머리띠를 하나씩 두른 사람들이 꾸역꾸역 다가오고 있었다. 플래카드와 팻말들도 여기저기서 불쑥대고 있었다. 거기엔 이렇게들 적혀 있었다.

'돈은 엽기 업주가 벌고 청소는 시민이 하나?'

'언론군 엽기 기독면 이전 결사 반대'

'만세 혼주시 어디로 가고 엽기 혼주시 웬 말이냐!'

'죽어가는 물고기, 퇴보하는 기독면 누가 책임져!'

'나는 엽기가 싫어요. — 기독면 청결 소년'

'오염물 집합소 혼주시, 기네스북에도 오르겠다'

'관광 수입 포기하고 엽기 수입 챙길 텐가'

'엽기매립장은 가라, 핵폐기물도 같이 가라'

농악대는 전투경찰대가 저지선을 친 정문 앞에서 빙빙 돌았다. 사람들은 팔꿈치를 추켜올려가며 노래하였다. 메가폰을 가진 사람이 구호를 선창하자 모두들 제창하였다. 민욱은 시끄러워서 돌아버릴 지경이었다. 으이구, 내 팔자야. 휴전선에 떨어졌으면 얼마나 조용했을까. 사람들 위로 얇디얇은 눈발이 내려앉고 있었다. 민욱이 올 겨울 처음으로 보는 눈이었다.

바

혼주시청의 성주는 10여 년이나 정을 들였던 시청을 떠나려 하고 있었다. 하늘에 좋은 자리가 났다. 성주는 그간 모아온 돈에 시청 판 돈을 합쳐, 그 하늘의 자리를 사기로 했다. 여러 잡스러운 것들 중에서 해수욕장 앞에 조그맣게 떠 있는 섬 다보도의 신이 가장 높은 가격을 제시했다. 계약금을 주고받기로 한 날이었다.

다보도의 신령은 화가 욱일승천해서는 들이닥쳤다.

"오늘같이 좋은 날 표정이 왜 그랴? 또 어떤 싸가지 없는 놈들이 다보도에다 폐기물을 버리기라도 했나?"

"성님은 저 소리가 안 들류? 계약은 파깁니다. 파기."

"뭔 소리인가?"

"내가 왜 그 좋은 다보도에서 떠나려고 하는 겁니까? 시끄러워서 아닙니까? 옛날엔 해수욕 철만 넘기면 살 만했는디 지금은 겨울이도 겁나게 시끄러워서 살 수가 없으니께 떠나려는 거 아닙니까? 성님이 해수욕장 끼구 살아보셔야 이해를 허실 겨. 시도 때도 없이 터뜨려대는 그놈의 폭죽도 죽겄다니께, 요새는 오토바이까정……, 으이구 끔찍혀. 그렇게 시끄러운 데서 못 살겄으니께 이사 갈려구 하는 건디, 성님이 내놓으신 시청이, 해수욕장보다 더 시끄럽지 않습니까? 성님이 날 속이신 거유."

"저놈의 데모 때문에 그러는 거였구먼. 저거, 오늘 하루만 하고 마는 거여."

"그걸, 성님이 워칙히 알아유. 제가 다 알아봤슈. 저게 그놈의 조싼 때문에 하는 데모라면서유? 조싼이 해결 안 되면 데모는 계속될 거 아뉴? 하여튼 난 더 조용한 디를 찾아볼라요."

다보도의 신령은 설득해볼 겨를도 주지 않고 횡허케 돌아가버렸다. 다 이긴 바둑 덜컥 한 수에 패망한다더니. 시청의 성주는 기분이 나쁘기는 했지만, 시청을 살 신들은 얼마든지 있기에 참기로 했다. 그러나 인터넷에 접속해보고는 안색이 질렸다. 시청의 시세가 뚝 떨어져 있었으며, 그런 시끄러운 시청을 고액에 팔아넘기려고 한 성주를 사기꾼으로 매도하는 글들로 게시판이 도배되어 있었다. 성주는 지금까지 쌓아온 명망과 인기를 한순간에 잃고 만 것이었다.

성주는 울분이 끓느라 부글부글하는 가슴을 안고 시장을 찾아 나섰다. 점심때였다. 시청 직원들은 아무 일도 벌어지지 않고 있다는 듯이, 줄을 섰다가 밥을 타서는 아귀아귀 먹으면서 지지배배 떠들어대고 있었는데, 정문에서 벌어지고 있는 사태에 대해서 심각해하는 자는 아무도 없는 것 같았다.

시위대도 식사를 하고 있었다. 자장면 아니면 짬뽕이었는데, 일부는 후루룩 쩝쩝 먹고 있는 가운데, 시내에 있는 10여 개의 중국음식점에서 출발한 오토바이, 승용차, 심지어는 트럭이 계속해서 시청에 당도하는 중이었다. 항의하는 차원으로 시청 구내식당에서 집단적으로 먹자는 안도 있었으나, 보기도 싫은 것들하고 밥까지 같이 먹다가는 체한다는 쪽이 우세하여 그리되었던 것이다. 소주, 고량주, 맥주도 빠지지 않았다. 동네잔치하는 것 같았다. 전투경찰들은 김밥과 찐빵을 먹고 있었다.

그렇지, 다 먹자구 하는 일인데 먹으면서들 해야겠지. 그럼, 시장놈두 어디서 배를 채우고 있을 것인데, 이렇게 안 보이는 것을 보면 시청을 빠져나간 게 틀림없어. 그래 보았자 내 손바닥 안이다. 시청 성주는 시장이 갈 만한 식당을 붕붕 날아다녔다. 시내에서 발견하지 못하고, 성주산 자락의 여러 가든에서도 머리꼭지를 보지 못하고, 결국 해수욕장의 횟집에서 찾아냈다.

성주는 다짜고짜 시장의 이마빡을 때렸다.

"이놈아, 내가 못해준 게 뭐냐? 뭐가 섭섭해서 시청을 저따

위로 만들어놨어. 그러고도 물고기가 넘어가냐?"

시장은 불퉁거렸다.

"성주님은 아직도 군부독재 시대인 줄 안다니께요. 지금은 시장 마음대로 하는 시대가 아니라구요. 그런 시대면 무슨 문제가 생기면 시장이 전적으로 책임지면 되겄지요. 그러나 지금은 시장 지 마음대로 하는 시대가 아니니께, 저 혼자 책임두 못 져요. 그러니께 나만 때리지 말구 다 때려유."

"입은 살아서. 그래, 대관절 워칙히 해결할 셈이야?"

"그렇지 않아도 지금 의원님하구 상의 중이었슈. 성주님, 오늘만 참아줘유."

시장과 마주 보는 자리에 앉아 있는 자가 혼주시의 국회의원이었다. 두 사람 외에 열 명 정도가 도미회를 먹고 있었는데, 다들 정치판과 관계가 깊은 자들이었고, 그중에는 기독면민 긴급회의를 개최하는 데 주도적인 역할을 한 조은기도 있었고, 기독면 계옥리의 엽기매립장 운영주이기도 한 ㅎ실업의 사장도 있었다.

"야, 시장! 저 두 놈이 왜 함께 있어? 저놈들은 서로 적이잖아?"

"그 엽기매립장이 그렇게 쉬운 문제가 아뉴. 대화와 타협이 필요하쥬."

시청 성주는 거기에 모인 자들이 나누는 대화를 주의 깊게 듣고 열심히 해석을 해보았으며, 시장에게 연신 물어보기도 했지만, 머리만 어지럽고 가리사니가 닿지를 않았다. 하여튼 인간들은 복잡하다니께. 혀를 끌끌 차며 시청으로 돌아올 수밖에 없었다. 손님이 와 있었다. 조싼의 신령이었다.

"잘 만났네. 자네 때문에 내가 미치겄어. 왜 있던 자리나 가만히 지키구 앉었지, 남의 땅을 넘봐서 정신 사납게 하는 겨?"

"말도 마셔유. 재수가 없을라니께 그런 문제 많은 엽기장을 맡게 돼갖구, 날마다 하는 일이 신세타령이요, 틈나면 하는 일이 워디 발붙일 디 있나 기웃거리는 일이요, 철마다 하는 일이 조싼 때문에 싸우는 인간들 땜시 귀청 터지는 일여유. 보니께 이 동네도 들어가기는 힘들겄네유. 성님은 이런 삐까번쩍한 시청을 맡구 계시니 참 부럽습니다."

"팔 겨. 하늘로 갈라구. 자네가 살라나?"

"10원도 없어유. 단돈 10만 원이 없어서 제가 새로운 거처를 못 구하고 조싼에 묶여 있는 신센디유. 해튼 삼남 일대 신령들 중에서 내가 가장 재수 없을 거라구유. 거, 미국 쌍둥이 빌딩이 다 테러한 놈들 말유, 우리 조싼이다두 한 방 멕여주면 좀 고마울 텐디."

"그럼 자네두 죽잖여?"

"신령이 죽어봐야, 또 한 번 죽기밖에 더허겄슈."

사

눈발은 내내 고만고만하였다. 오후에 들어서도 바람은 잠잠하여 포근하였고, 시위대는 흠씬 달구어져 있었다. 기독면 농민 다섯 명이 연설을 했고, 이청락(42세. 농민. 혼주시 농업경영인회 사무국장)과, 차이괄(35세. 혼주신문 기자. 혼주시 시민연대 사무국장)이 지원 연설을 했으며, 사이사이에 구호가 외쳐졌고, 노래가 불려졌다.

시위대는 오후 두 시까지도 응답이 없으면 시장실을 점거에 나서겠다고 포고하였다. 두 시 조금 넘어서부터 반 시간 가량 격렬한 몸싸움이 벌어졌다. 시위대는 시장실을 점거하지는 못했지만, 시장이 면담에 나오겠다는 약속을 받아냈다.

기독면의 대표단은 시장에게 요구했다. ㅎ실업의 엽기장매립 확장 불허를 각서로써 약속하고 시위대, 즉 기독면민들 앞에서 공언하라. 확장이 불허되면 그 엽기장은 더 이상 매립에 쓰일 수가 없고, 자동적으로 ○○ 북도의 조싼은 혼주시에 들어올 수가 없게 되는 것이었다. 시장은 면민들이 원하지 않는 확장 허가는 절대로 내주지 않을 것이라고 했다. 그러나 면민들 앞에 나서는 것과 각서 쓰기는 거부했다. 대표단은 재차 시장실 점거를 시도하겠다고 선언했다. 시장은 마음대로 하라고 했다.

대표단의 일원인 조은기는 이 정도면 충분하다고 말했으나, 나머지 사람들은 귀담아듣지 않았다. 시위대가 다시 진입을 시도했다. 치고받는 가운데 몇 명의 전경과 10여 명의 농민이 작은 부상을 입었다. 아무도 병원에 실려갈 정도는 아니었다. 시위대는 네 시쯤 시장실을 점거하는 데 성공했다. 아울러 시위대는 정문을 넘어 민원 접수실 앞에 진영을 갖추었다. 대표단에게 혼주시 국회의원이 내려와 있다는 정보가 입수되었다. 시위대는 국회의원도 불러오라고 방방 떴다.

다섯 시께 시장이 시위대 앞에 섰다. 시장은 엽기가 지방자치단체의 행정을 위협하는, 전국적인 현상을 거론하는 것으로써 서두를 삼았다. 혼주시의 공무원들은 혼주시의 엽기 문제를 해결하기 위하여 불철주야 열심히 노력하고 있음을 강조했다. 주민들의 의사를 충실히 반영하고 있으며, 주민들의 전체적인 합의에 반하는 무모한 행정은 삼가고 있고, 피치 못한 경우에 당한 주민들에게는 합당한 보상으로써 누구에게나 득이 되는 길을 찾아가고 있음을 부언했다.

시장이 문제의 초점을 회피하며 빙빙 둘러대고 있다고 느끼는 면민이 많았다. 면민들의 야유가 음산한 메아리를 불러왔다. 시장은 기독면의 엽기매립장은 아직도 5년 정도는 더 매립할 수 있다, 그러므로 확장 허가를 내주어도 별 무리는 없다고 말했다. 면민들은 펄쩍펄쩍 뛰며 더욱 거센 야유를 퍼부었다. 시청 건물이 달달달 흔들릴 정도였다.

시장은 땀을 뻘뻘 흘리며, 그러나 면민이 원하지 않는다면 허가를 내줄 수 없는 일이라고 토를 달았다. 면민들이 한 목소리로 외쳤다.

"각서 써라!"

시장은 잽싸게 연단을 내려와 민원실로 들어가버렸다. 몇몇 면민이 쫓아 들어가는 것을 전경들이 막아냈다.

조은기는 다른 대표들을 적극적으로 설득하려고 들었다. 할 만큼 했고, 충분히 성과를 얻었다. 이제 정리를 하자. 다른 대표들은 각서가 씌어지기 전에는 끝난 것이 아니다, 시작했으면 뿌리를 뽑아야 된다며 반대했다. 조은기는, 이렇게 막무가내로 나가다가는 여러 사람 피 본다, 나아갈 때와 물러설 때를 헤아려야 된다, 지금은 그쳐야 할 때다, 라며 성깔을 냈다.

다른 대표들은 한마디로 '결사 항전'이라고 했다. 조은기는, 참 무모한 사람들이다, 나는 당신들처럼 막가는 사람들과 일 못 한다, 난 빠지겠다. 잘들 해보시라, 했다. 다른 대표들은 외려 기꺼워하는 눈치였다. 조은기는 시위대에서 자신의 세력을 송두리째 뽑아내서 철수하려고 했다. 그런데 자신의 세력이라고 믿었던 사람들은 조은기의 말을 듣지 않았다.

그들은 다른 면민들과 시위를 준비하고, 종일 시위를 벌이고 하는 동안, 엽기 문제의 심각성을 깨달아버렸고, 특히 조싼이 얼마나 무서운 존재인가를 절감해버렸고, 해서 조싼을 막겠다는 취지에 흠뻑, 거의 스스로 세뇌당해 있었다.

따로국밥들로 있을 때는 대개, 의중이 모호하고, 주장이 갈지(之)자를 그리고, 행동이 뜨뜻미지근하기 마련인데, 셋이 뭉치고 열이 뭉치고 백이 뭉치고 천이 뭉치고 하여 집단이 되면, 매우 달라져, 의중이 확고해지며, 주장이 한일(一)자를 달리고, 행동이 맺고 끊는 맛이 있는 게 일반적인 경향일 터였다.

조은기는 오로지 자신, 즉 개인만을 생각하는 자이라, 자신의 선거운동원쯤으로 여겼던 이들이 집단으로 변모하는 것을 통찰할 수가 없었던 것이다. 괜히 자기만 우스운 꼴이 나버린 조은기는 아껴두었던 카드를 꺼내었는데, 대책위원장 장영선 목사를 협박한 것이었다. 장영선은 몇 년 전에 무슨 사업을 하다가 망하는 과정에서 석연치 못한 구석이 있었고, 그 부분에 대하여 몇몇이 구태여 걸고넘어진다면 구속되기가 쉬웠다. 장영선은 조은기를 대표단에서 퇴출시키는 것으로써 대답을 대신했다.

시장은 끈질기게 각서 쓰기를 거부했다. 일개 면 단위 주민들의 실력 행사에, 각서까지 쓴다는 것은, 시정을 책임지고 있는 자로서, 체면을 스스로 박차버리는 행위이다. 자신을 뽑아준 10만 시민들을 볼 낯이 없게 된다. 10만 시민의 시장이지 일개 면 단위의 면장이 아니질 않는가. 면민들의 요구를 충분히 수렴하여 충실한 답변을 내놓지 않았는가. 대책위원회가 더 이상의 것, 각서 쓰기 같은 것을 요구한다면, 이건 다른 9만 몇천 시민에 대한 모독이다. 뭐, 이런 말들을 중언부언해대었다. 대책위도 말은 믿을 수 없으니 종이쪽을 달라는 요지를 되풀이해대었다.

시장과 국회의원과 경찰서장은 전화로 강경 진압을 협의했지만 불가하다는 결론을 내렸다. 국회의원이 도망치듯이 혼주시를 떠났다는 정보가 시위대에게 입수된 것은 여덟 시께였다. 밤이 되자 겨울날은 진면목을 보였다. 일부 면민이 화톳불을 피우자고 했으나 대부분 경우에 없는 짓이라고 반대하였다.

대책위는 시장의 각서 받기를 포기하겠다고 했다. 대신 혼주시청 게시판, 혼주신문, 혼주유선방송 등 혼주시의 유력한 기관에 기독면의 엽기매립장 확장 허가를 불허하겠다는 내용을 내일까지 천명할 것을 약속하라고 했다. 시장은 구두로 약속했다. 면민들은 내일까지 시청의 약속이 성실히 수행되지 않으면, 그 다음 날 2차 시위를 가질 것을 결의하고, 해산하였다.

시청이 아주 조용해진 것은 열 시께가 돼서였다.

소설 속의 말, '발화'의 정치학

최 성 실

1. 소설 속의 말, 그리고 목소리 '들'

한국 문학에서 이야기적 성격이 강한 소설을 써온 작가들이 있다. 아마도 1930년대 김유정부터 이문구, 성석제 그리고 김종광 등이 여기에 포함되지 않을까. 소설 언어를 메시지 전달의 문장 차원에서가 아니라 이야기 층위에서 구사했던 일련의 작가들은 자신들만의 언어적 아비투스를 만들어왔다.

김종광은 전작 『모내기 블루스』에 실린 「서점, 네시」에서 "불릴 '자(滋)'와 맛 '미(味)'가 어울려 '자미(滋味)'라는 말이 만들어졌고, 거기에 'ㅣ'모음이 붙어 '재미'가 되었다"라고 썼다. 모름지기 "소설전사(戰士)"가 되고자 했던 그에게 있어, 소설이란 언어를 향유하고 즐기면서, 서로 소통 · 교감하는 난장(亂

場)이었던 것이다. 그리고 지금 김종광은 이 난장을 실험할 수 있는 소통 전략으로, 발화로써 소설 텍스트의 가능성을 새롭게 열어가고 있다.

김종광 소설 『낙서문학사』는 이전의 『경찰서여 안녕』 『모내기 블루스』 『71년생 다인이』와는 다른 차원에서, 다중적인 발화들에 의한 소음으로 만들어가는 일종의 게임 텍스트를 닮아 있다. 발화 주체의 말 '들'이 만들어내는 풍경은 재미있는 말놀이와 냉소적인 작가의 유머 속에서 김종광 소설의 독특한 매력을 발산한다.

발화란 문장과 달라서 대화적 계기, 즉 주어진 맥락이 필요하다. 그리고 발화 주체인 개인은 이 맥락으로부터 자유롭지 못하다. 개개인이 내는 목소리의 불일치는 소음을 일으키며, 그 자리에서 말의 정치적 전략과 맞물리는 언어적 분열증을 야기시킨다. 또한 기호가 아닌 말이 중요한 상황과 다가올 미래에 맞추어져 있는 시간의 흐름은 현재와는 다른 층위에서 흘러간〔가는〕 시간의 의미를 반추하고, 복수 화자들이 뿜어내는 소음들은 중심 사건을 안에서부터 내파시키는 고도의 서사적 전략으로 작용한다.

김종광 소설에서 시끄럽게 떠드는 목소리들은 소설적 담화의 대상이 아니다. 각자는 독자적인 담화 주체로 존재하며, 자신의 의식 속에서 스스로 분열하고, 갈라지며, 어긋난다. 이러한 이산적divergent 발화가 만들어놓은 언어의 난장은 이전 소설에서 보여주었던 근대적 주체와 모더니티에 대한 비판 및 로컬리티에 기반을 둔 하위문화적 언술이 아니라(이에 대해서는 졸고, 「하위문화적 상상력과 새로운 글쓰기」(『육체, 비평의 주사위』(문학과지성사, 2003))에서 구체적으로 언급한 바 있다), 더 심층적인 차원에서 말, 사유, 지식 등 사회적 의사소통 형성 과정이 어떻게 개개인의 입장을 표현하는 복수성과 밀접한 관련이 있는지, 그리고 어떻게 자본의 흐름 속에 포섭되는지에 대한 구체적인 사유를 보여준다. 김종광은 육체와 부딪치는 물질적인 노동뿐만 아니라, 비물질적인 노동을 둘러싼 자본의 흐름과 이에 대한 성찰, 그리고 근대 문학 탄생 이후 반복되어온 미적 모델의 생산 과정, 사회적 소통까지를 아우르면서 '지금' 한국 문학에 새로운 과제를 던져놓고 있는 것이다.

2. 불평, 소음 '들'— 중심을 해체시키다

「율려탐방기」는 율려국, 그러니까 홍길동이 이상국을 세웠다는 율려제도에 닿아, 온갖 돈을 모은 허생이 세운 나라를 혼주지리나라 15명의 원생이 탐방하고 남긴 여행 기록이다. 왜 하필 율려국인가. 혼주지리나라 물주의 딸인 아롱이가 다른 나라들은 다 가봤는데, 율려국만 가보지 못했다는 것. 그러니 힘없는 원장인 박태균으로서는 탐방의 목적지로 율려국을 선택할 수박에 없었다는 것이다. 결국 율려국을 진심으로 탐방해보고 싶어서가 아니라 학원을 운영하는 원장의 입장에서 '자본'의 흐름을 거스를 수가 없어서 율려국 탐방을 결정했던 것이다. 그렇다면 원장 박태균은 어떠한 인물인가. 가난한 부모 밑에서 태어나 신혼여행을 제주도로도 가지 못하고 자동차 끌고 경주로 간 사나이다. 그 사나이가 15명의 원생과 "발랑 까진 청소년 하나와, 소설가 하나"(p. 12)를 데리고 율려국 탐방에 나선다. 율려국이란 어떤 곳인가?

"……율려(律呂)는 육률(六律)과 육려(六呂)를 아울러 이르는 말입지. 즉 음악입지. 음악은 불평등하고 파란곡절이 끊이지 않는 인간 세상을 구원할 최고의 가치로 알려져왔습지. 때문에 율려가 충만한 땅이 바로 태평천국이며, 무릉도원이며, 별천지라는 것이었습지. 여기에 안치되어 있는 다섯 독재자는 그 율려를 이 땅에 실현한 위대한 분들입지……."(p. 20)

한마디로 율려국이란 태평천국과 무릉도원, 별천지를 꿈꾸었던 이들에 의해서 만들어졌다는 것. 그런데 이 땅을 다스린 자들이 독재자였다는 것이 문제적인 국면으로 나타난다. 여기서 드러나는 의식의 복수성은 율려국이 세워진 동기와는 무관하게 결국은 그것이 환상의 공동체에 불과하다는 사실을 폭로하고 있다. 그렇기 때문에 율려 당국은 끊임없이 통치자에 대한 신화를 만들었고, 온갖 국가적 기념비를 곳곳에 세웠다는 것이다. 율려국 안에 성을 짓기 위해 수천 명이 죽었다는 사실에 비추어본다면, 율려국은 홍길동을 조상으로 둔 파라다이스가 아니라 개인과 국가의 문제를 더욱 첨예하게 예각화하는 공간일 뿐이다. 여기서 김종광 소설의 예민한 촉수가 어디에 닿아 있는가를 짐작할 수 있지 않은가? 좀더 구체적으로 율려국을 탐방하고 있는 아이들의 목소리를 들어보자.

김창호(12세)는 율려국이 아름답다고 감탄을 연발하는 어른들이 도저히 이해가 되지 않아 힘들어 죽을 지경이다. 그는 율려국에는 관심이 없으며, 자기가 좋아하는 아이와 붙어 있는 남자 녀석만이 신경 쓰일 뿐이다. 거기에다 박아롱(11세)은 어떠한가. "난 무얼 보아도 놀랍지 않아"(p. 26)라고 말하며 어른들 눈에는 다르게 보이는 것들이 있는지 모르겠지만 자신의 눈에는 다 똑같다고 생각하는 아이다. "내 시선이 무조건 옳"(p. 26)다고 생각하고 있기 때문에 아무리 율려국의 상징적 의미를 설명해도 동일시가 이루어지지 않는다. 전쟁기념관까지 둘러보았음에도 불구하고 11살 아롱이는 아무것도 배울 것이 없으며, 단지 뛰어다닐 수 있어 신이 날 뿐이다. 그런데 재미있는 것은, 그렇게 열심히 놀다가 자신을 남기고 간 팽이 때문에 울자, 이를 지켜본 가이드 아저씨가 전쟁이 나면 아이들이 저렇게 울 것 아니냐는 둥, 그러면 얼마나 가슴이 아프겠냐는 둥 하면서 과장 섞인 목소리로 떠드는 데 있다. 아롱이는 자신을 왕따시키는 계집

애들과 여고생 언니에게 치약으로 복수하면서 하루 일과를 접는다.

그렇다면 우리의 청소년들은 어떠한가, 그들은 과연 율려국에서 무엇을 배우고 느꼈는가? 이해민(19세)은 자칭 졸부의 딸이다. 그러므로 "난 막무가내로 써도 돼. 그런데 네놈들은 그러면 안 되잖아. 가난한 새끼들이 왜 외화 낭비를 해. 씹새끼들"(p. 44)이라고 말한다. 그리고 여기에 한 가지 덧붙여, "친구들이 율려에 가서 뭘 보고 느꼈냐고 물으면 뭐라고 대답할까"(p. 44)라는, 그야말로 할 이야기가 없다는 사실에 대한 고민만이 남아 있을 뿐이다.

이것이 아직 철들지 않은 청소년들의 경박스러운 행위일 뿐이라면, 그럼 이번에는 완숙한 숙녀분의 이야기를 들어보자. 조미경(32세)은 여행 경험이 많아 숙련된 여행가라고도 할 수 있는 사람이다. 그녀는 퇴직 기념 겸, 다른 지부 선생들과 만남을 가져볼 겸 여행에 참가했다. 목적이 분명한 그녀는 율려를 배운다는 이유로 땅굴까지 들어가서 구경하고 싶지는 않았다. 하지만 모든 한국인들이 들어가는 바람에 어쩔 수 없이 땅굴까지 들어간다. 그런데 이를 본 사람들의 반응은 그녀의 상황, 판단과는 전혀 다른 쪽으로("그것 봅지. 가슴이 아무리 커도 상관없습지"(p. 34)) 흘러가고 만다.

투어가이드 서성철(39세)의 입장은 어떠한가. 그는 관광객의 취향과 율려국의 독려 사이에서 관광지를 택하는 데 많은 어려움을 겪고 있다. 성철이 보는 율려국은 매춘공화국에 지나지 않는 곳이다. 독재자의 지휘 아래 남자들은 여자들이 벌어 온 돈으로 먹고살며, 잉여분을 매춘시스템에 투자하면서 한 번의 침체기도 없이 초고속 성장을 한 나라일 뿐인 것이다. 가이드는 원래 투어 대상 국가에서 산전수전 다 겪었기 때문에 불만이 많다고?

어찌되었건 율려국 탐방을 하는 이들의 공통분모가 있다면 율려국이 만들어놓은 허상의 이데올로기에 아무런 관심이 없다는 것이다. 율려국이라는 공간을 공유하는 이들을 묶을 수 있는 어떤 봉합의 지점들이 생겨나지 않는다. 율려국의 의미는 개인의 입장에 따라서 아무것도 아닌 무엇으로 전이된다. 인물들의 발화는 절대로 봉합되지 않으며, 특정한 사건의 계기를 만들어 소설을 얽어가는 매개로 작용하지도 않는다. 낯선 서사 형식에 의해서 더욱 낯선 방식으로 의미가 치환되는 것은, 만들어진 율려국의 정체성인 것이다. 이들의 발화를 통해 율려국의 실체가 해체되면서 각자의 처해 있는 위치에 따라 다르게 인식되는 '상황논리'가 더욱 부각된다. 작가는 이데올로기를 들먹이거나 유토피아는 없다는 계몽적인 언사를 늘어놓지 않으면서, 개개인 안에서 자유분방하게 터져 나오는 '개인적 불평'들로 율려국을 해체시키고, 기억 속에서 지워갔던 것이다.

3. 악센트의 복수성—상호작용의 한복판에 서게 하다

「낙서문학사 창시자편」과 「낙서문학사 발흥자편」은 일종의 연작소설로 작가, 재생산, 수용이라는 미적 모델에 대해 비판적으로 접근하고 있는 전무후무한 소설이다. (일찍이 벤야민은 19세기 말 이후 예술적 생산과 재생산이 어떻게 집단적인 형식을 띠게 되었는지 구체적으로 분석한 바 있다.) 김종광 소설에서 낙서문학은 낯설지 않다. 처음으로 낙서문학이 등장한 것은 『모내기 블루스』(창비, 2002)에 실려 있는 「언론낙서백일장」에서였다. '낙서백일장'은 조범종이 돼지꿈을 꾸고 복권을 긁을까 하다가 혹시 몰라 문학회 선배를 따라간 곳으로, 그곳에서 매우 열심히 낙서를 한 조범종이 대상까지 거머쥐었던 추억을 떠오르게 한다. 백일장에서 수상을 하면서 범종은 자신도 모르게 낙서문학의 열렬한 추종자가 되어갔다. 그런데 문인들의 야심에 의해서 낙서문학이 신봉되자 범종은 낙서문학의 현실을 고민하고 장래를 걱정하게 되었던 것이다. 따지고 보면 「낙서문학사」는 그 낙서문학의 창시자와 발흥자를 중심으로 '낙서'의 사적(史的) 기원을 밝히고 있는 셈이다.

먼저 낙서문학의 창시자인 유사풀의 출생과 유년기의 신화 속으로 들어가보자.

그를 낳아준 어머니 박첫예는 어린 시절 돈 때문에 광산촌 포주에게 팔려가, 결국 광산촌 작부가 되었다. 그러던 중 유가인가 하는 단골과의 관계에서 아이가 생기게 되었는데, 그 아이가 바로 유사풀이다. 하지만 그녀는 유사풀이 죽고 유명해진 지금, 그의 아내를 찾아가서 내가 유사풀을 낳아준 어미라고 말하고 싶지 않다는 입장을 고수한다.

유년 시절의 친구 이기운에게 유사풀은 어떻게 기억되고 있는가. 그는 유사풀을 작부년 새끼라고 놀리지 않은 유일한 친구이다. 탄광 사고로 다리를 못 쓰게 된 아버지를 대신해 가족을 먹여 살리려고 작부 노릇을 했던 옆집 누나의 동생이, 작부년 동생이라는 놀림을 받고 자살한 이후, 그는 사풀이를 놀리지 않았다고 한다. 그의 기억 속에 유사풀은 자신보다 글씨를 몰랐고 고양이와 새를 무서워했다는 정도로 남아 있다. 반면 초등학교 동창 최미주에 의하면, 유사풀은 공부를 잘하는 우등생이었으며, 그의 새엄마인 자신의 큰언니는 그런 유사풀을 자랑스러워했다고 한다. 그녀가 기억하는 유사풀의 특이한 점은 이름이었는데, 그의 아버지가 말라 죽어가는 풀을 보고 자기 신세 같다고 느껴서 이름을 사풀이로 지었다는 것이다. 물론 이런 증언만 있는 것은 아니다. 청라초등학교 도서관 사서를 도맡았던 조관순은 어려서부터 그가 글쟁이가 될 것이라고 생각했다. 왜냐하면 그는 엄청난 양의 책을 읽었으며, 심지어는 더 이상 읽을 책이 없어 도서관에 오지 않겠다고 했기 때문이다.

여기까지 증언을 종합해보면, 유사풀은 낳아준 어머니와 길러준 어머니가 다르며, 어려서부터 공부를 잘했고 책을 좋아했다는 것을 알 수 있다. 그런데 어쩌다 소위 말하는 낙서문학가가 되었을까. 좀더 다른 목소리를 들어보자. 중학교 동창 박호현에 의하면 유사풀은 『이상 시 전집』을 읽은 이후로 '낙서'라는 것을 쓰기 시작했다고 한다. 그 후 유사풀은 10년간 낙서에 푹 빠져서 살았는데, 그의 낙서를 시나 소설로 오해하는 사람들이 대부분이었다. 그가 최초로 쓴 낙서는 「작부년 새끼」로, 내용은 작부가 아이를 낳아서 키웠다는 이야기인데, 자신이 "시 좋다"라고 하자 유사풀은 "이건 시가 아니라 낙선디"(p. 58)라고 했다는 것이다. 그러나 박호현의 이야기는 진실이 아니었다. 그가 40년 전의 일인데도 불구하고 상세하게 이야기할 수 있는 이유는, 너무도 많은 사람들이 찾아와서 물으니 자신도 모르게 긴가민가한 이야기를 지어내어 진짜처럼 하게 된 것이었다. 그는 오히려 유사풀이 그렇게 이름이 날 것이라고는 생각하지도 못했으며, 아직도 유사풀을 개잡놈이라고 기억하고 있다. 왜냐하면 누나를 망쳐놓았다고 생각하기 때문이다.

이즈음이 되면 슬슬 그의 인간성이 궁금해지지 않을 수 없을 터. 고등학교 동창 김배인은 유사풀을 싫어했다고 고백한다. 유사풀이 이상 문학을 낙서문학이라고 주장하면서, 이상의 낙서문학을 모독하는 행위가 늘어만 가고 있는 현실적 상황을 신랄하게 비판한 것이 도저히 이해가 되지 않았다는 것이다. 자신은 낙서가 문학이라고 생각하지 않으며, 낙서는 낙서일 뿐이라고 믿고 있다고 했다. "그런 낙서 나부랭이를 문학의 경지로까지 끌어올리고, 찬양하고, 유사풀 낙서문학상 같은 것을 만들어놓고 사기극을 벌이는 자들!"(p. 61)을 저승사자는 왜 안 잡아가는가가 의문사항이라는 것이다.

이 동창들의 의견을 종합해보면 유사풀이란 인물은 우연히 화장실에서 『이상 시 전집』을 읽은 후, 이상을 추종하면서 그의 문학을 낙서문학이라 규정하고 자신도 비슷한 낙서를 했다는 것을 알 수 있다. 그리고 유사풀 본인도 자신의 글을 시가 아니라 낙서라고 했음에도 불구하고, 사람들이 문학상을 만들고 어쩌고 난리를 치고 있다는 것이다.

여기까지 읽고도 도저히 유사풀의 진정성을 찾을 수 없으니, 이즈음 독자들은 실망하고 낙망하여 유사풀을 마음에서부터 접고 싶은 생각이 간절해질 것이다. 그런데 또 이런 이견이 있어 귀를 솔깃하게 한다. 고등학교 동창 이복재가 기억하는 유사풀은 술 마시고, 담배 피우고, 빨갱이 책으로 불리는 금서를 읽는 등 선생들이 하지 말라는 것은 다 했던 인물이었다. 또한 유사풀과 중국음식점이나 제과점에서 만나 학교 교육의 문제를 비판하고, 문학을 이야기하고, 사랑에 대한 성찰까지 했다는 것이다. 뿐만 아니라 『서투른 비상』을 같이했던 서옥순에 의하면, 목소리가 제일 큰 유사풀의 의견대로 이름 붙여진 『서투른 비상』은 두 달에 한 번 문집을 냈는데, 특히 전교조 결성과 합법화를 위해 지난한 길을 걸어가야 하는 선생님들이 지대한 관심을 보였다는 것이다. 또한 그는 유사풀이 경제 사정은 고려하지 않고 지면과 분량을 늘리자고 하여, 그가 돌았다고 생각하기도 했다고 털어놓는다. 『서투른 비상』을 같이했던 이주영에 의하면, 유사풀은 자신의 문학을 무조건 낙서라고 우겼다고 한다. 그는 카프카나 유사풀처럼 끝까지 우겨야 위대한 사람이 되는 것이라고 열변을 토하기도 했다. 한편 문학과 10년 선배 양우석에 의하면, 10대들이 판치는 문화판에 비해 너무도 폐쇄적이었던 문학판에서 유사풀은 세 개의 백일장에서 장원을 했고, 다섯 개의 문예공모에서 입상을 했다고 한다.

대학 시절을 회상하는 목소리에 의하면 유사풀은 의식이 있는 젊은이였을 뿐만 아니라 글 쓰는 재능도 뛰어난, 다시 말해서 낙서문학이 무엇인지는 모르겠지만 상당히 유능한 인재라는 생각이 들기도 한다. 발화자가 어디에 중심을 두고 이야기하느냐에 따라서 유사풀이란 인물이 모두 다르게 인식되는 것이다. 도대체 유사풀은 누구인가. 이제 유사풀의 공적인 삶에 대해서 말고, 사적인 삶에 대한 증언을 들어보자.

대학 동기 조미연에 의하면 유사풀은 어떤 여자든 두 번만 만나면 사랑에 빠졌다고 한다. 그런데 대학 시절 미스코리아 대회에 나갈 정도로 쭉쭉빵빵이었던 자기에게는 사귀자는 말을 하지 않아 기분이 나쁘기도 했다는 것. 한편 그녀가 유사풀과 섹스한 것은 그저 우연이었는데, 유사풀이 자신을 본 순간 "먹어보고 싶다는 생각"을 했고, 자신도 남자를 먹어봤지만 "시인을 먹어본 적은 없었"(p. 81)다는 것이 맞물려 일어난 일이었다. 그녀는 또한 일찍 죽은 탓에 문단에서 인정받은 그가 부럽다는 말을 하기도 했다.

유사풀의 유일한 혈육 유하늘을 낳은 홍예지는 노조를 하면서 유사풀을 만났다고 한다. 그녀는 숫처녀의 몸으로 그와 몸을 섞은 후, 동거를 시작했다. 그 당시 세상 밖에서는 민주화가 되었다고 외쳤지만, 민주화는 노동계급을 제외한 자들의 것일 뿐 노동자의 입장에서는 그렇지가 않았다. 그래도 유사풀은 근면성실해서, 학원 강사로 일하며 새벽 늦게까지 낙서를 썼다. 그들은 아이도 낳았는데, 그 아이가 유사풀의 유일한 혈육 하늘이다. 고3 때 책을 내기도 했고 신춘문예로 최고의 등단 코스도 거쳤지만, 유사풀은 어느 날부터인가 자신의 문학에 대해서 회의하기 시작했다. 그리고 그것은 그가 자신의 삶에 대해서도 회의하기 시작했다는 것을 의미했다. 그는 마시고 또 마시면서 "죽어야 한다. 그래야 내 문학이 살아나고 낙서문학이 위대해진다, 나는 죽어야만 한다"(p. 92)고 말했고, 결국 소원대로 죽어버렸다. 자신이 죽은 뒤에 벌어진 '우상화 작업'을 예견한 것처럼. 유사풀의 작품이 잘 팔리게 되어 홍예지는 갑부가 되었는데, 갑작스러운 돈벼락에 하늘이가 제대로 적응을 하지 못할 정도였다.

이렇게 유사풀의 덕을 본 사람이 또 있으니 바로 평론가 김성연이다. 그에 의하면, 유사풀은 책만 남긴 것이 아니라 '낙서'라는 개념을 남겼다고 한다. 그의 가족을 만나 유사풀의 원고를 받은 김성연은, 유사풀을 낙서문학의 창시자로 자리매김함으로

써 낙서문학 평론가의 최고봉이 되었다. 2009년의 한반도 통일보다 더 획기적인 문서번역시스템이 완벽하게 갖춰진 2015년, 유사풀 문학은 전 세계적으로 알려지게 되었고, 자신은 전 세계적인 평론가가 된 것이다. 유사풀 낙서문학상 제정자 강수철도 만만치 않은 사람이다. 그는 오랜전에 죽은 유사풀이 순전히 자신을 위해서 존재했던 사람이라고 말한다. 문학상의 상금을 올리자 그의 작품이 더 많이 팔렸다는 것이다.

이처럼 유사풀이 어떻게 작가가 되었는가에 관한 이야기는 발화자의 입장에 따라 다 다르며 개인이 어디에 악센트를 두고 이야기하느냐에 따라서 전혀 다른 의미로의 전이가 일어난다. 재미있는 것은 이 상황 논리들을 조합해서 유사풀이란 작가를 역으로 추정하는 일이 생각보다 쉽지 않다는 것이다. 유사풀에 대한 주변 사람들의 이야기를 추렴하면 할수록 유사풀이란 존재는 오히려 오리무중으로 빠져버리고, 시끄러운 소음만이 남게 된다. 발화 주체의 입장에 따라서 다른 가치 판단의 의미는, 그 모든 것이 유사풀의 실체를 구성하는 것이면서 역으로 모두 아닐 수도 있다는 이중적인 모순에 빠지게 한다. 다른 소설들 「절멸의 날」 「조싼은 헤맨다」도 이와 밀접한 관련이 있다.

「절멸의 날」은 매춘 근절이란 사건을 놓고 바라보는 입장이 경험의 차이에 따라서 얼마나 다르며, 이들이 부딪치면 얼마나 시끄러운 소음이 일어나는가를 통해, 궁극적으로 인권 사수란 무엇인가에 대한 질문을 던진다. 입장이 달라지면 사수할 것도 달라지는 법. 그야말로 "말, 말, 말"(p. 263)들의 세상이다. 사회적 계층에 따라서 가치 평가가 다른 언어들의 난장은 윤리 기준의 가치가 무엇인가를 깊이 생각하게 한다. 말은 끊임없는 가치 판단을 동반하며, 개인을 규정하는 여러 가지 사회적 관계를 드러낸다.

「조싼은 헤맨다」에서 조싼의 실체는 분명하지 않다. 때문에 조싼에 대항해 싸우는 사람이나 이에 대항하는 자들을 저지하는 자들이나 입장이 불분명해서, "생각할수록 골치만 아팠다. 집회 참여자들이 옳다 싶을 때가 많았지만, 깊게 생각해 들어가면 그게 아닌 것 같을 때도 많았던 것이다. 더욱 깊게 생각하면 이것도 저것도 아닌 것 같고, 더 깊게 생각하면 뭐가 뭔지 마구 헛갈리면서 머릿속만 어질어질했다. 시나브로 아무 생각 없이 방패나 붙잡고 있는 게 최선이라는 것을 알게 되었다"(p. 318)는 것이다. 이 소설은 「절멸의 날」보다 더 혼란스러운 윤리적 가치의 문제를 다시 한 번 상기시킨다. 과연 절대적인 사회적 윤리란 존재하는가. 이제 남겨진 소음이 드러내는 것은 개인이 아니라 사회적 소통 과정과 형식이다.

「낙서문학사 발흥자편」은 본격적으로 사회적 소통 과정과 형식 속에서 어떻게 언어적 생산물이 관리되고, 조작될 수 있는가를 보여주고 있다. 「낙서문학사 발흥자편」에 등장하는 아주 예전에 잘나가던 소설가 이만금의 이야기를 들어보자. 성철호는 새창조라는 동인을 만들어 낙서문학상을 제정하고, 두 번 만난 이만금에게 상을 주었다고 한다. 낙서문학상 첫번째 수상자인 이만금은 성철호를 딱 한 번 만났을 뿐인데, 아는 놈이 아는 놈에게 준 것이라는 말이 돌아 더 이상 소설을 쓸 수 없었다.

한편 대학 문학 동아리 선배 류석판은 한참 상류층 문화에 대해서 관심이 많은 사람이었다. 그때 상류층이었던 성철호가 동아리 방으로 찾아온 것이다. 그가 성철호에게 실제로 겪은 상류와 이야기 속의 상류는 얼마나 다르냐고 묻자 성철호는 "농민에게, 자신이 실제로 겪고 있는 농촌과, 이야기 속 농촌이 얼마나 같고 얼마나 다르냐고 묻는 거와 진배없군. 농민은 그런 질문하는 놈 입에다 농약이라도 뿌려줄 텐데. 나는 상류층이니까 선배 입에다 백만 원짜리 수표 몇 장 쑤셔 넣어줘야 하나. 에이, 그냥 껄껄 웃고 말게요"(p. 109)라고 했다. 2002년 언론일보 신춘문예 소설부문 당선자 정광현은 자신이 "뻥"갔던 성철호의 낙서문학 예찬 연설을 떠올렸는데, 알고 보니 그때 50명도 넘는 카메라맨들과 5백 명도 넘는 축객들의 5분의 4가 철호 측 손님이었다는 것이다.

그러니까 낙서문학은 소위 상류층에 속하는 성철호에 의해서, 엄밀하게 말하면 자본에 의해서 신화화되었다는 것을 알 수 있다. 이제 유사풀은 완전히 존재적 가치를 상실했으며, 낙서문학이란 생산품을 유통시킨 자본의 위력만이 남게 되었다. 그러나 김종광의 「낙서문학사」는 소위 말하는 '예술적인 것' 혹은 범박하게 말해서 창조적인 것이 어떻게 이데올로기의 상품으로 전락할 수 있는지, 그리고 사용가치라는 자본주의 논리 속에서 집단적 형식으로 구성되는 '단계들'을 통해 어떻게 이데올로기적인 환경으로 전이되는가에 궁극적인 의미를 두는 것은 아니다. 그렇다면 이러한 소설적 구도를 통해 작가는 무엇을 말하고자 하는가.

「낙서문학사」에 등장하는 다양한 수용 과정 속에는 작가가 다루지 않은 관계가 존재한다. 바로 작가와 독자와의 관계다. 작품은 그것이 만들어지고 사회라는 형식 속에 포섭되면서 여러 가지 변형을 거친다. 작가는 '개인성'을 상실하고 수익성이라는 명령에 의해서 재생산되는 것이다. 그러나 작가와 독자가 소통하는 방식에서 이것은 아무런 문제가 되지 않는다. 문학은 독자에게 삶 속에서의 고유한 자리를 공유하게 해주고, 창조적인 의미로 거듭나게 하는 근본적radical 자율성을 갖고 있기 때문이다.

그렇다면 김종광은 「낙서문학사」에서 왜 이 부분에 대한 언급을 전혀 하지 않았을까. 그 해답은 바로 "소설 문학과 낙서문학, 달라도 한참 다른 장르"(「언론낙서백일장」(『모내기 블루스』, p. 118))라는 데 있다. 소설 문학과 달리 낙서문학은 자본의 논리, 사회적 형식의 틀 안에서 굴절되고 왜곡되는 사이비 문학의 또 다른 이름인 것이다. 낙서문학에 관한 일련의 에피소드들은 문학의 위기를 떠들어대는 현실의 상황 속에서 더욱 '소설적인 것'에 대한 욕망으로 가득 찬 작가의 몸부림이자 투쟁의 흔적이 무엇인지를 그대로 보여주고 있는 것이다. 그리고 이제 그는 '낭만'에 대해서 말하고 있다.

4. 비대칭적인 발화—낭만을 말하다

「낭만 삼겹살」에 등장하는 황씨의 낭만에 대한 욕망은 어떠한가. "깊은 갱도 속에서 도시락을 까먹을 때도 낭만적이라 했고, 작부의 엉덩이를 두들기며 막걸리 사발을 드높일 때도 낭만적, 월급을 주지 않는 사장에게 단체로 대들 때에도 낭만적, 심지어는 갱도 붕괴로 죽은 지아비의 시신을 붙잡고 울어대는 아낙에게도 '그만 울어유, 낭만적인 세상으로 갔을 규'"(pp. 141~42)라고 했던 황씨는 갱도에서 일하다가 병을 얻은 노동자다. 그에게 낭만은 현실을 견디는 마술이자 삶에 대한 욕망을 떨치지 못하게 하는 에너지로 작용한다. 낭만적이지 않은 현실을 낭만의 이름으로 호명하는 데서 더욱더 비애스러운 황씨의 인생이 묻어난다. 웃음이란 그 견딤의 표상이 아닐까.

「김씨네 푸닥거리 약사」는 어떠한가. 여기에 등장하는 무당 소교댁도 마찬가지 인물로, 부처님도 섬기고 오서산 바위신령도 섬긴다. 김씨가 쓴 소설은 또 어떠한가. 회갑연도 치르지 못한 김씨가 쓴 소설의 제목은 「회갑 선물 중의 회갑 선물」아닌가. 일종의 치유를 위한 푸닥거리인 것. 소설은 "엄청난 상실감이 치유되는 과정"(「김씨네 푸닥거리 약사」, p. 195)인 것이다. 현실과 대칭을 이루지 못하고 어긋나 있는 삶의 치유 방식들이라 할 수 있다.

「단란주점 스타크래프트」도 이와 다르지 않다. 요즘 오버로드/가가 푹 빠져 있는 것이 있으니, 바로 게임 스타크래프트이다. 오버로드/가와 민우는 고등학교 동창으로, 가끔 현대상가라는 곳에서 술을 마시기도 한다. 현대상가는 이 지방의 변두리에 위치해 있는 곳으로, 한때 광산 경기를 타고 사창가로 번성하다가 탄광회사들이 문을 닫자 사창가가 몰락하면서 그 역사의 최후로 남아 있는 곳이다. 그곳 점포들의 이름은 이러하다. "페미니즘, 바다, 리얼리즘, 목마와 숙녀, 노동해방, 파랑새, 남북통일, 취중진담, 포스트모더니즘, 순수, 너랑나랑, 해당화, 신자유주의, 야화, 월드컵, 남포집, 글루미선데이, 친구네(가장 최근에 간판을 바꿨음이 틀림없으리라)"(pp. 207~8) 등. 이곳은 즐비한 술집 이름에서도 짐작할 수 있듯이, 근대적 산물의 파산 현장이 고스란히 남아 있다.

오버로드/가는 친구와 술을 마시건 떠들건 머릿속으로는 게임밖에 생각을 하지 않는다. 오버로드/가가 지상 유닛 러커 수십 마리와 공중 유닛 가디언, 디바우어러 수십 마리로 방어전을 치며 싸우고 있는 이 게임판은 말 그대로 전쟁터이다. 수장인 그가 박살나는 자신의 생명체를 보면서 가슴 아파하는 것은 당연한 일이다. 왜냐하면 그는 인간이고 게임에서마저 질수는 없기 때문이다. 그는 또한 자신이 이렇게 게임에 몰두해 있는 일이 얼마나 어리석은가도 잘 알고 있다. 그것은 "그래, 게임은 이렇게 돼야 하는 거야. 인간인 내가 신이라도 된 것처럼 무소불위의 광기를 펼쳐야 된다고. 자식들, 아까 무서웠어. 감히 인간인 나를 이기려고 들어? 그러나 승리 뒤에, 학살 뒤에 남는 것은, 왜 이따위 게임에 황금과도 같은 시간을 허비하고 있는가 하는 의문뿐. 세상에는 시간이 모자라 있는 시간은 쪼개고 쪼개며, 없는 시간은 만들어서 사는 사람들도 있다던데, 이게 뭣 하는 짓인가"(p. 230)라고 말하는 데에서 잘 드러나고 있다. 그의 저항과 거부의 몸짓 이면에 숨겨진 욕망은 무엇인가. "우리의 자유로써 이 바보 같은 전쟁을 이끌어나가는 것"(p. 214)일 뿐. 도저히 "합리적으로 해독되지 않을 기호"(p. 226)라는 것이다. 그에게 게임은 비대칭적인 차원에서 현실을 경험하게 해주는 '낭만'일 뿐이다.

물론 지젝과 주판치치는 '가상에 대한 열망'에 대해 강하게 비판한다. 사이버 스페이스에 접속하는 것은 일정한 거리를 전제로 하는, 다시 말해 자신의 필요에 의해서 언제든지 끊을 수 있는 특정한 거리를 전제로 하는 만큼 그 거리는 철저하게 이데올로기적이라는 것이다. 그러니 실재에 대한 열망을 가져야 한다는 것이다. 여기에는 실재란 리얼하며, 가상이란 리얼하지 않은 것이라는 전제가 깔려 있다. 그러나 가상 세계가 현실에서 분명하게 특정한 효과를 발휘하고 있다면 그 가상도 현실이고 리얼한 것 아닐까. 적어도 오버로드/가는 실재 현실에서 일어나는 전쟁과 게임판에서 벌어지는 전쟁이 크게 다르지 않다는 인식을 갖고 있다. 주어진 것이 아니라 뭔가 자기 식으로 만들어가는 세상에 대한 그리움이 전이된 공간으로서, 가상에 대한 열망과 실재에 대한 열망은 어쩌면 통하는 것이 아닌가. 그 모든 것이 우리 삶의 일부라는 것. 이들의 조우가 슬픈 것은 아직은 어떤 식으로 소통의 열망을 열어갈지에 대한 대안을 찾지 못하고 있다는 것이다. 이들에게 있어서 아직까지 힘을 재영토화시키는 것은 버추얼 세상뿐이라는 사실. 지금 그들을 견디게 하는 것은 바로 현실과 비대칭적으로 맞서 있는 낭만적인 것뿐이다.

5. 전위를 통해 새로운 문학적 윤리를 꿈꾸다

김종광 소설집 『낙서문학사』에 공존하는 목소리들은, 소설이 대화적인 장르라는 사실을 실천하는 비대칭적인 성격을 갖는다. 개인이 어쩔 수 없이 구성된 권력 안에 존재할 수밖에 없다면, 다양한 가치 평가적 악센트를 통해 언어적 의사소통의 새로운 가능성을 찾는 것도, 전위를 통해 진정한 윤리를 꿈꾸는 자들의 몫이 아닐까. 소설 속의 인물들은 저마다 입장의 차이를 존중받으면서 두 번 다시 반복되지 않는 자기만의 위치를 얻어간다. 의식의 복수성은 그렇게 형성이 된다. 서로를 향해서 발화된 목소리로 복수적 화자의 상황이 생겨나고 안정적인 언어는 갈라지기 시작하는 것이다. 그리고 텍스트의 체계가 발화 주체에 의해서 해체되고 재분배되는 것이다. 다양한 목소리들이 하나로 수렴되지 않은 채 발산되고 나누어지면서, 구체적인 개인의 삶의 모양새가 말 속에서 드러나게 된다. 그리하여 융합되지 않는 목소리들과 갈라진 목소리들이 제각기 떠들고 있는 풍경을 연출해내는 것이다.

재미있는 것은 그것이 각자 자신의 의식에만 머물러 있을 뿐 중심 사건을 만들지 않고 오히려 해체되면서, 발화는 사건과 별다른 관계없이 진행이 된다는 사실이다. 이념적인 공통분모로 귀착되지 않으며, 모든 발화가 가치 판단을 지양하면서 생생한 발화 속에서 구현되는 의미란, 모두 진실인 것도 같고 전부 가짜인 것도 같은 다층적인 상황을 만들어가는 것이다. 이들의 발화적 특징은 같은 사건을 바라보는 주체적 기호의 욕망에 따라 분열되며, 대화가 독백으로 봉합되지 못하게 하는 미려한 서사적 작동 기제에 의해서 끊임없이 움직인다는 것에 있다.

바로 이 부분에서 소위 말하는 윤리적 전위가 일어나기도 한다. 거짓과 진실의 구별이 불분명해지고, 가해자와 피해자의 위치가 바뀔 수도 있는 것이다. 그 언어적 실험은 문학적 상상력을 통해서만 가능한 것이 아닐까. 그러니 문학적 상상력만은 자본의 논리에 포섭되지 않는 미적 생산의 특수성, 근원적 자율성을 포기하지 말아야 하지 않겠느냐는 작가의 진중한 전언은, 문학의 윤리적 과제와 맞물려 있다는 면에서도 의미심장한 것이다. 아마도 『낙서문학사』는 지금까지의 한국 문학에서 발화 중심의 다중 서사 미학과 문학사회학의 감각적 상상력이 어우러진 보기 드문 소설로 기록될 것이다.

작가의 말

문학의 본질, 문학을 한다는 것, 작가라는 존재, 독자의 정체, 작가와 독자를 매개하는 출판시장과 그 관계자들, 이러한 엄청난 문제들을 소설로써 탐구해보겠다는 각오로 '낙서문학사'를 기획했었다. 용기백배하여 「낙서문학사 창시자편」과 「낙서문학사 발흥자편」을 빠르게, 스스로 재미있게 쓸 수 있었다. 그러나 그 다음엔 계속할 수가 없었다. 용기가 점점 스러지더니 문학과 정면으로 박치기하는 이야기를 쓴다는 것이 두려워졌다. 내가 20년을 더 소설가로 살아남는다면 그때 가서 마저 하리라, 하고 미루고 말았다.

「절멸의 날」에서는 3S로 먹고사는 어느 국가를 가상하여 대혼란에 빠뜨렸다. 축구 월드컵을 너무나도 사랑하는 전 세계인에게 바치는 서정시라고 자부한다.

「낭만 삼겹살」에서는 늙은 두 친구가 삼겹살 구워 먹으며 소주 마시고 노래하는 모습을 그렸다. 탄광을 나와서 진폐증으로 병상 생활을 하다가 스러져간 허다한 광부 어르신들께 삼가 조의를 표합니다.

「김씨네 푸닥거리 약사」에는 액자소설이 들어 있다. 내 아버지가 쓴 소설이다. 아버지가 준 원고는 30매 정도였으나 10매도 못 되게 줄일 수밖에 없었다. 어버이는 여전히 소를 키우며 농사를 짓고 계신다.

「단란주점 스타크래프트」에서는 폭력 살육의 게임 속에 나약한 젊은이를 집어넣고 광분하게 만들었다. 나는 품행이 칠칠치 못해, 나로서는 최선이었지만 남들이 보기엔 괴이한 짓을 할 때가 많았다. 그 덕을 가끔 본다. 나를 모델 삼아, 내가 겪은 그대로를 써도 이야기가 될 때가 있는 것이다.

「조싼은 헤맨다」에서는 쓰레기(엽기) 더미를 제재로 풀뿌리 민주주의 시대의 지방정치의 현주소를 짚어보고 싶었고, 「율려 탐방기」는 해외여행에 숙달된 우리나라 국민 여러분께 바치는 귀여운 똥침 같은 것이다. 「쇠북공기전 망징패조편」은 눈치 챌 분들은 다 눈치 채겠지만, 한때 명성을 날리다가 한순간에 소멸된 어느 기업을 모델로 했다.

이상 아홉 편은 2002년에서 2006년 사이에 쓰여졌다. 문지 여러분과 최성실 선생님의 노고에 힘입어 묶이게 되었다. 소설가로 데뷔한 지 9년째가 되는 해이고, 세번째 소설집이다.

독자 여러분의 건강과 건업을 빈다.

—2006년 5월 26일 수원 밤꽃마을에서